Mord im Spukhaus

NIGHTMARE ARIZONA
PARANORMALE COSY-KRIMIS

BETH DOLGNER

AUS DEM ENGLISCHEN VON
MELANIE SCHRANDT

Mord im Spukhaus
Nightmare, Arizona Paranormaler Cosy-Krimi, Band 1

Die Originalausgabe des Romans erschien 2023 unter dem Titel „Homicide at the Haunted House".

ISBN-13: 978-1-958587-33-1

Redglare Media
Umschlaggestaltung: Dark Mojo Designs

Impressum
Beth Dolgner
24 Roy St., #129
Seattle, WA 98109
United States of America
beth@bethdolgner.com

https://bethdolgner.com

INHALTSVERZEICHNIS

WIDMUNG

Für Senta Mäckel, meine liebe ‚Berlin Mutti'.

KAPITEL 1

ICH ERKLOMM IN MEINEM Wagen den Hügel und blinzelte, als die späte Nachmittagssonne durch meine Windschutzscheibe blendete. Vor mir erstreckte sich die Fahrbahn der Interstate meilenweit in einer langen, geraden Linie, ehe sie schließlich zwischen den Hügeln verschwand, die sich am Horizont langsam violett einfärbten.

Rote Punkte tanzten in meinem Blickfeld und ich blinzelte, um meine Sicht zu schärfen. Nein. Ich begriff, dass es nicht die Sonne war, die mich blendete. Ich sah Bremslichter, ein ganzes Meer von ihnen, etwa eine Meile vor mir. Dahinter blitzten blaue Lichter auf. Ich konnte nicht sehen, was dort vorne geschehen war, aber ich wusste, dass es nichts Gutes bedeutete.

Die drei Fahrzeuge vor mir wichen im letzten Moment auf die Ausfahrt aus und ich tat es ihnen nach. Während die Interstate den Hügel hinunter und weiter in das Tal führte, bog ich links auf eine zweispurige Straße ab, die die Interstate überbrückte und sich durch die hügelige Landschaft nach Süden schlängelte. Ein Heer hochgewachsener Saguaro-Kakteen warf lange Schatten auf die Straße, struppige Bäume klammerten sich fest an die felsigen Hänge. Seit ich die Staatsgrenze nach Arizona überquert hatte, war die Landschaft stetig trostloser geworden. Wo ich auch hinsah, wuchsen unterschiedlichste Kakteenarten, jede darauf lauernd, mich zu erstechen.

Ich hoffte inständig, dass die Fahrer vor mir wussten, wohin sie fuhren. Ihre Autos glänzten und sahen verhältnismäßig neu aus, was bedeutete, dass sie wahrscheinlich über ein Navigationssystem verfügten. Mein Auto hingegen war so alt, dass es nur mit einem Radio und einem CD-Player ausgestattet war. Und CDs besaß ich seit mindestens einem Jahrzehnt nicht mehr. Also hörte ich seit zwei Tagen und fünf Bundesstaaten die lokalen Radiosender rauf und runter. Das letzte Mal, als ich so viele Top-40-Lieder kannte, war ich noch auf dem College und drei Konfektionsgrößen schlanker.

Ich besaß nicht einmal mehr ein Mobiltelefon, also konnte ich auch keine Straßenkarten-App nutzen. Mit diesem Gedanken drückte ich das Gaspedal ein wenig fester durch, um die kleine Lücke zwischen mir und dem Auto vor mir zu schließen. Auf keinen Fall wollte ich riskieren, die anderen Wagen auf dieser kurvenreichen Straße aus den Augen zu verlieren. Ich musste in der Lage sein, zurück auf die Interstate zu finden, damit ich sehr bald die elendigste Autofahrt meines Lebens beenden konnte. Nur noch fünf Stunden, dann würde ich bei meinem Bruder in San Diego angekommen sein. Selbst wenn ich für einen billigen Tankstellenkaffee anhielt, würde ich es noch vor Mitternacht schaffen.

Ich folgte den anderen Fahrzeugen weiter nach Süden. Es gab keine Kreuzungen. Die Straße gewann allmählich an Höhe, aber sie machte definitiv keine Kurve in Richtung Westen. Wir entfernten uns weiter und weiter von der Interstate.

Ich war schon mindestens zwanzig Minuten auf dieser Straße unterwegs, als ich ein weiteres Licht aufleuchten sah. Doch diesmal waren es weder Brems- noch Blaulichter. Es war die gelbe Motorkontrollleuchte meines Autos.

„Ach, komm schon", stöhnte ich. Mein Blick schweifte über das Armaturenbrett und ich beobachtete, wie sich die Nadel der Motortemperaturanzeige langsam nach oben bewegte. „Nein, nein, nein. Bitte, nein. Ich muss heute Abend noch nach San Diego!"

Das ist das Problem, wenn man mit seinem Auto spricht: Es gibt keine Antwort und auf einen hören wird es schon gar nicht.

Endlich sah ich ein Stoppschild näherkommen. Die Autos vor mir bogen allesamt rechts ab und steuerten damit nun wieder in Richtung Westen, parallel zur Interstate. Als ich die Kreuzung erreichte, blickte ich nach rechts. Ich sah nichts als weitere schroffe Pflanzen und Felsen. Ich schaute geradeaus und entdeckte ein verblichenes, blaues Holzschild auf dem *Reparaturen! Ölwechsel! Kältemittel! In 3 Meilen!* stand.

Ich zuckte zusammen, als ein Hupen ertönte. Ich blickte in den Rückspiegel und sah eine Schlange von Autos hinter mir, die alle darauf warteten, ebenfalls in die Zivilisation zurückkehren zu können. Hoffnungsvoll prüfte ich die Anzeige meiner Motortemperatur, doch die Nadel rückte bloß weiter nach oben und näherte sich dem roten „Unterstehe dich, weiterzufahren"-Bereich.

Ich seufzte, schaltete meinen Blinker aus und fuhr geradeaus.

„Nur drei Meilen, Auto", sagte ich beschwichtigend. „Du schaffst das."

Mein Auto schaffte es nicht. Ich hatte erst eineinhalb Meilen zurückgelegt, als die Instrumentenanzeige plötzlich aufleuchtete wie ein Weihnachtsbaum. Die Temperaturnadel war im tiefroten Bereich. Ich konnte die Kraftausdrücke nicht mehr zählen, die ich vor mich hinmurmelte, während ich das Auto auf den schmalen Seitenstreifen lenkte und den Motor abstellte. Es ging steil bergauf, also zog ich die Handbremse an und hoffte, dass das Auto auch stehen bleiben würde.

Eigentlich hoffte ein Teil von mir, dass es seitlich den Hang hinunterrollen, Feuer fangen und beim Aufprall im felsigen Tal explodieren würde. Dann allerdings wäre ich wirklich gestrandet.

Ich beschloss, dass es sinnlos wäre, mein Gepäck mitzunehmen. Das Wenige, das ich noch besaß, würde hier draußen schon sicher sein. Ich hatte kein einziges Auto mehr gesehen, seit ich das Stoppschild passiert hatte. Ich schnappte mir meine Handtasche, schloss das Auto ab und begann zu laufen.

Während ich die Steigung hinauf wanderte, bemerkte ich, dass es hier weniger Kakteen gab, dafür aber einige größere Laubbäume die Landschaft säumten. Je höher ich emporstieg, desto weniger bedrohlich schienen die Pflanzen zu sein. Das genügte zwar nicht unbedingt als Lichtblick, war aber derzeit alles, was ich hatte.

Es war heiß, bestimmt 35 Grad oder mehr, doch immerhin ging die Sonne schnell unter. Gerade als die Sonne hinter den Hügeln am Horizont versunken war, erspähte ich ein weiß getünchtes Ziegelsteingebäude hinter einer Kurve.

Ich erkannte die gleiche ausgeblichene, blaue Farbe, die ich bereits auf dem Sperrholzschild an der Kreuzung gesehen hatte. Auf der Seite des Werkstattgebäudes stand in fließender Schrift *Done Right Auto Repair* geschrieben. Als ich die Werkstatt durch die knarrende Eingangstür betrat, war ich verschwitzt, müde und kämpfte gegen den Drang, einfach loszuschreien. Nicht dass ich auf irgendjemanden wütend gewesen wäre, ich hatte einfach nur genug von dieser ganzen Situation.

„Bin gleich bei Ihnen!" Die Stimme des Mannes ertönte aus einem Raum hinter dem Eingangsbereich. Bald erschien der zur Stimme gehörige Körper in der Tür. Irgendwie sah der Mann aus wie die Werkstatt selbst. Sein ölverschmierter weißer Overall wirkte zu groß für seine magere Statur, seine blauen Augen waren so blass wie die Farbe des Schildes. Er lächelte, seine Zähne leuchteten hell im Kontrast zu seinem gebräunten Gesicht. „Gutes Timing. Ich wollte nämlich gerade schließen und ins Wochenende starten. Was kann ich für Sie tun?"

„Ins Wochenende?", wiederholte ich. Ich strich mir eine verschwitzte, kastanienbraune Haarsträhne aus den Augen.

„Ja, ich nehme mir an den Wochenenden frei, um mehr Zeit mit meiner Tochter verbringen zu können." Der Mann zwinkerte mir kurz zu. „Es sei denn, es handelt sich um einen Notfall."

Ich deutete flüchtig in die Richtung, aus der ich gekommen war. „Mein Auto hat sich überhitzt. Ich musste es am Straßenrand zurücklassen."

Der Mann nickte mit strenger Miene. „Das ist ein Notfall. Lassen Sie uns Ihr Auto abschleppen, dann überlegen wir, wie es weitergeht. Ich bin Nick Dalton."

„Olivia Kendrick. Danke." Nick zog einen Lappen aus der Tasche, noch öliger und schmutziger als sein Arbeitsanzug. Er wischte seine Hand daran ab, bevor er sie mir reichte. Ich war bemüht, möglichst neutrale Gesichtszüge zu wahren, als ich seine ausgestreckte Hand schüttelte. Ich hatte kein Interesse daran, ebenfalls mit Öl beschmiert zu werden. Nicks Händedruck war warm und fest. Ich war überrascht zu merken, dass sich meine Lippen zu einem echten Lächeln verzogen. Er hatte einfach etwas Tröstliches an sich. *Ich mag zwar mitten im Nirgendwo gestrandet sein*, dachte ich, *aber wenigstens bin ich bei diesem Kerl gestrandet.*

Nur wenige Minuten später saß ich unbehaglich auf dem Beifahrersitz von Nicks Abschleppwagen. Die Sprungfedern gaben nach und ein Riss in der Kunstlederpolsterung war mit silbernem Klebeband überklebt worden, das bei jeder meiner Bewegungen quietschte. Nick stellte mir während der Fahrt eine Reihe von Fragen, etwa wo ich hinwollte, woher ich kam und wie ich es geschafft hatte, mich so weit von der Interstate zu entfernen.

Als wir neben meinem Auto zum Stehen kamen, pfiff Nick durch die Zähne. „Damit sind Sie den ganzen Weg von Nashville gekommen?" Er klang gleichermaßen entsetzt und beeindruckt.

„Das ist alles, was ich mir leisten konnte", sagte ich steif und zuckte mit den Schultern.

Nick sah mich aufmerksam an. „Ich hätte nur nicht gedacht, dass jemand, der eine so teure Designer-Handtasche trägt, einen solchen Schrotthaufen fährt."

Autsch. Ich registrierte, dass Nick, auch wenn er wie

ein schmuddeliger Chaot aussah, einen scharfen Verstand hatte. Instinktiv umklammerte ich meine Handtasche fester. Als ich alles verkauft hatte, weigerte ich mich strikt, die Handtasche mitabzustoßen. Manche Dinge waren nicht verhandelbar.

Es war schon fast dunkel. Nick holte eine große, silberne Taschenlampe aus einer Kiste, die zwischen Fahrer- und Beifahrersitz lag. „Mal sehen, was uns da erwartet", sagte er, bevor er geschickt aus dem Abschleppwagen glitt.

Ich bot ein weit weniger elegantes Bild und kraxelte hinaus. Nick war schon dabei, die Motorhaube meines Wagens zu öffnen, sodass er meinen unbeholfenen Ausstieg immerhin nicht mitbekommen hatte. Ich ging zu ihm hinüber. Meine Augen folgten dem Strahl seiner Taschenlampe, die er auf den Kühler meines Wagens richtete. Ich verschränkte die Arme und versuchte, so zu tun, als würde ich verstehen, was ich da sah.

Nick ließ sich plötzlich auf die Knie fallen, um unter das Auto zu schauen. Er stand wieder auf, holte seinen schmutzigen Lappen hervor und zog den Messstab aus dem Ölbehälter. Ich unterdrückte ein höhnisches Lachen. Das letzte Auto, das ich besaß, hatte nicht einmal einen Messstab zur Ölkontrolle gehabt. Der Bordcomputer erkannte, wenn der Ölstand zu niedrig war und zeigte mir über eine Meldung auf dem Armaturenbrett an, dass eine Wartung fällig ist.

„Ich sage es nur ungern, aber Sie haben ein Ölleck", sagte Nick. Man muss ihm zugutehalten, dass er aufrichtig klang und es ihm scheinbar wirklich leidtat, mir so schlechte Nachrichten überbringen zu müssen. „Ich hatte gehofft, dass Sie nur Kühlerflüssigkeit nachfüllen müssen, aber es braucht mehr als das." Nick drehte sich mit einem mitfühlenden Gesichtsausdruck zu mir um. „Selbst wenn ich die Teile gleich morgen früh bestelle, werden sie nicht vor Montag oder Dienstag eintreffen. Wir haben nicht diesen Same-Day-Service wie in den großen Städten."

Ich biss mir auf die Lippe, während ich in Gedanken rechnete. Die Reparatur des Ölsystems und mindestens drei Nächte in einem Motel würden sich schnell summieren.

Nick schien zu wissen, was ich dachte, denn er grinste mich an. „Zum Glück haben meine Eltern ein Motel in der Nähe. Und sie geben meinen Kunden immer gerne einen Rabatt."

Ich nickte. Mir blieb nicht viel übrig. Die einzige Alternative wäre gewesen zu fragen, ob es in der Werkstatt eine Couch gab, auf der ich hätte übernachten können.

Nick hängte mein Auto an seinen Abschleppwagen und wir fuhren die kurze Strecke zu seiner Reparaturwerkstatt zurück. Nachdem er dort mein Auto abgekoppelt hatte, lud ich meine zwei Koffer mit Kleidung aus und ließ meine wenigen Kisten mit Erinnerungsstücken im Kofferraum. Die würde ich im Motel nicht brauchen.

Die Fahrt zum Motel war ziemlich beengt. Ich hatte erwartet, dass Nick ein gewöhnliches Auto haben würde, aber wir kletterten erneut in den Abschleppwagen. Er hatte es geschafft, einen meiner Koffer hinter die Sitze zu klemmen, aber der andere stand halb auf meinem Schoß und halb auf der Kiste zwischen uns. Jedes Mal, wenn wir über eine Bodenwelle fuhren, hatte ich Angst, dass der Koffer gegen Nicks Arm stoßen könnte und der Wagen dadurch von der Straße abkommen würde.

Wir fuhren etwa eine Meile, bis ich einige Häuser und Seitenstraßen erkennen konnte. Wir passierten ein Gebäude mit mehreren Geschäften, dann bogen wir um eine Kurve und ich sah eine verschlafene Kleinstadt vor mir. In der Dunkelheit konnte ich nicht viel erkennen, aber die in sanftem Gelb leuchtenden Straßenlaternen erstreckten sich über eine relativ flache Ebene, die mit niedrigen Gebäuden bebaut war.

Auf der linken Straßenseite blinkte eine Leuchtreklame. In grünen Buchstaben stand darauf *Cowboy's Corral Motor Lodge* geschrieben, gekrönt von einem gelben Cowboyhut. „Da sind wir", verkündete Nick stolz.

Das Motel selbst sah genauso kitschig aus wie die Neonreklame aus den 1950er Jahren. Es war wie seine Werkstatt aus weißem Backstein gebaut und bestand aus zwei Gebäudeflügeln, die, mit Parkplätzen dazwischen, von der Straße aus gerade nach hinten verliefen. Auf der Vorderseite des Motels, mittig zwischen den Durchfahrten, die zum und vom Parkplatz führten, befand sich ein kleines, zweistöckiges Gebäude mit Neonschildern in den Fenstern, auf denen die Schriftzüge *Rezeption* und *Satelliten-TV* aufleuchteten.

Nick hielt direkt vor dem Empfangsbüro an. Er hatte bereits meine beiden Koffer ausgeladen, als ich es von der Beifahrerseite heruntergeschafft hatte. Wenn ich noch einmal mit ihm durch die Stadt fahren wollen würde, müsste ich wirklich an meinen Ausstiegskünsten arbeiten.

Nick öffnete die Glastür des Büros und führte mich in einen Raum mit einem dicken, braunen Teppich und einem Schreibtisch aus Resopal. Die Dame hinter dem Schalter hatte das gleiche Grinsen wie Nick. Mit einer einladenden Geste breitete sie ihre dicken Arme aus. „Willkommen in Nightmare, Arizona!"

KAPITEL 2

„MAMA, OLIVIA HIER HATTE auf dem Weg nach San Diego
eine Autopanne", sagte Nick und nickte mir zu. „Sie wird
mindestens bis Montag hierbleiben. Kannst du ihr also
bitte den Freundschaftsrabatt anrechnen?"

„Olivia war der Name? Ich heiße Sue Dalton, aber
die meisten Leute nennen mich einfach Mama." Mama
streckte ihre Hand aus und ich schüttelte sie, ohne zu
zögern. Ihre Hände waren, anders als die ihres Sohnes,
sauber. Sie zwinkerte mir verschmitzt zu. „Das ist die
Abkürzung für Motor Lodge Mama. Benny und ich betreiben den Laden nun schon seit fast dreißig Jahren."

„Nun, ich weiß den Rabatt wirklich zu schätzen",
sagte ich. „Ich hatte nicht mit einkalkuliert, dass ich ein
Wochenende in ... Haben Sie gesagt, diese Stadt heißt
Nightmare, also Nightmare wie Albtraum?"

„Ja, genau." Mama lächelte stolz. „Viele dieser alten Bergbaustädte im Westen haben komische Namen.
Tombstone – ja, wie der Grabstein –, Brilliant und so
weiter. Das Leben hier draußen war kein Leichtes für
die ersten Siedler, also brauchten sie einen guten Sinn
für Humor!"

Nick klopfte mir fest auf die Schulter. „Sie sind
in guten Händen, also mache ich mich jetzt auf den

Heimweg. Mama, wir sprechen uns morgen! Olivia, ich rufe Sie hier im Motel an, sobald ich etwas zu Ihrem Auto sagen kann."

Ich warf einen Blick auf meine weiße Bluse, um mich zu vergewissern, dass Nick keinen Ölfleck darauf hinterlassen hatte, bevor ich mich bei ihm bedankte.

„Das macht dann einhundertsieben Dollar und sechsundzwanzig Cent", sagte Mama, als die Glocke an der Bürotür klingelte.

In meinem bisherigen Leben wäre mir das für eine Nacht preiswert vorgekommen, geschweige denn für drei. Jetzt erschien es mir teuer. Ich holte mein Portemonnaie heraus und zählte das Bargeld sorgfältig für Mama ab. Ich überreichte ihr sechs Zwanzig-Dollar-Scheine, die mir allesamt von Freunden zugesteckt worden waren, als ich mich verabschiedet und Nashville verlassen hatte. Es war rührend und demütigend zugleich gewesen.

Mama zählte mein Wechselgeld ab und reichte mir einen Schlüssel, an dem ein blauer Plastikschlüsselanhänger baumelte. „Sie wohnen im Zimmer Nummer dreizehn", sagte sie. „Das gilt hier als Glückszahl. Und es scheint, Sie könnten ein bisschen Glück gut gebrauchen. Fahren Sie einfach – Entschuldigung, ich meinte, gehen Sie einfach etwa die Hälfte des Weges nach hinten durch, dann finden Sie Ihr Zimmer auf der rechten Seite im Erdgeschoss."

Ich bedankte mich bei Mama und folgte ihren Anweisungen, während die Räder meiner beiden Koffer laut über den Asphalt des Parkplatzes rollten. Ich fand mein Zimmer auf Anhieb und kurz darauf streckte ich mich auf einer braunen Tagesdecke, die das Doppelbett bedeckte, aus. Das Zimmer war etwas in die Jahre gekommen und abgelebt, aber es war sauber. Der Lampenschirm der Stehleuchte in der Ecke trug ein braun-oranges Blumenmuster. Der Teppich war in einem passenden Orangeton gehalten. Ich war mir sicher, dass das Zimmer in den 1960er oder 1970er Jahren, als diese Farben noch chic waren, großartig ausgesehen hatte.

Die dünnen Vorhänge vor dem Fenster konnten den Schein der Leuchtreklame nicht ganz verdecken. Ihr unaufhörliches Blinken brachte mich schließlich dazu, mich in Bewegung zu setzen und aufzustehen. Ich musste mich dringend um meine Buchhaltung kümmern. Schließlich bestand die Möglichkeit, dass ich länger als drei Nächte hierbleiben würde. Und dann wäre da ja auch noch die Autoreparatur zu bezahlen.

Außerdem brauchte ich Geld für Essen. Das war ein wichtiger Punkt.

In wenigen Minuten hatte ich einen traurigen, kleinen Stapel Banknoten und etwas Kleingeld auf dem runden Tisch vor dem Fenster ausgebreitet. Ich besaß keine Kreditkarten mehr und nicht einmal ein Bankkonto. Das war es also.

Ich war pleite.

Einen Moment lang verbrachte ich damit, gemeine, schreckliche Dinge über meinen Ex-Ehemann zu denken, der überhaupt erst der Grund für meine derzeitige Lebenslage war. Hätte er nicht unsere gesamten Ersparnisse verprasst und mir dann nicht noch zusätzlich eröffnet, dass er die Scheidung will, säße ich nicht in einer Stadt namens Nightmare fest. Welch eine Ironie.

Kurz erwog ich, meinen Bruder anzurufen und ihn um Hilfe zu bitten. Vielleicht, dachte ich, könnte er mir etwas Geld senden. Aber ich verdrängte diesen Gedanken schnell wieder. Er und meine Schwägerin taten bereits mehr als genug, indem sie mich in ihrem Gästezimmer im Keller wohnen ließen, während ich versuchte, ein neues Leben zu beginnen. Noch mehr zu verlangen, erschien mir selbstsüchtig. Außerdem verletzte es meinen Stolz.

„Ich kann das schaffen", sagte ich mir. Das klang nicht sehr überzeugend, also presste ich meine Handflächen flach auf den Tisch und sagte mit festerer Stimme: „Ich schaffe das!" In meinen frühen Zwanzigern hatte ich mich schon einmal durch widrige Bedingungen geschlagen und jobbte neben meinem Studium als Kellnerin. Wenn ich das damals schon hinbekommen hatte, warum sollte ich das nicht auch jetzt mit Anfang Vierzig schaffen? Immerhin hatte ich jetzt zwanzig Jahre mehr Lebenserfahrung, die mir helfen sollten, das alles zu meistern.

Ich brauchte einen Job. Ganz einfach. Es musste hier doch irgendeine vorübergehende Aushilfsarbeit geben. Ich würde noch eine Weile bleiben, bis ich den ersten Gehaltsscheck bekäme. Danach könnte ich diese Stadt verlassen und mich wieder auf den Weg Richtung neues Leben machen.

Am nächsten Morgen ging ich zum Empfang, um Mama zu fragen, wo ich womöglich einen Job finden könnte. Ich war froh, als ich dort eine Kanne Kaffee auf einem Beistelltisch stehen sah. Ich hatte sie am Abend zuvor gar nicht bemerkt, aber nach acht unruhigen Stunden voller Albträume, in denen ich in Night-

mare festsaß, griff ich gierig nach einem Styroporbecher
und begann, mir einzuschenken.

„Wie ich sehe, setzen Sie Ihre Prioritäten richtig",
hörte ich Mama hinter dem Resopal-Tresen her rufen.

Ich drehte mich um und sah, wie sie mich anlächelte.
„Guten Morgen. Und ja, ich brauche eine Tasse Kaffee,
bevor ich zu einer Mission aufbreche." Ich ging zu ihr
hinüber und stützte mich mit den Ellbogen auf dem
Schalter ab. „Ich muss einen Job finden. Am liebsten
etwas im Bereich Marketing, wie es in Nashville der Fall
war. Aber ich nehme, was ich kriegen kann."

Mamas Augenbrauen hoben sich überrascht über
ihren strahlend blauen Augen, aber genauso schnell
wurde ihr Gesichtsausdruck wieder neutral. „Oh, Sie
haben also vor, eine Weile zu bleiben? Ich dachte, Sie
wären auf dem Weg woanders hin und hatten hier nur
zufällig eine Panne."

„Nun", sagte ich und wandte meinen Blick ab. Ich
nahm hastig einen Schluck Kaffee. Dieser war aber zu
heiß und ich prustete, als die Flüssigkeit meine Zunge
verbrühte. Er schmeckte nicht gut. Der Kaffee war dünn
und leicht verbrannt, aber ich ermahnte mich, dass er
immerhin kostenlos war.

Als ich wieder aufblickte, lag so etwas wie Mitleid
in Mamas Augen, aber ihr Ton war sachlich. „Es gibt
eine Gemeinde-Jobbörse, die Sie sich ansehen können. Angebote dürften allerdings recht spärlich sein. Die
Touristensaison beginnt erst im Herbst, wenn sich das
Wetter abkühlt. Viele Saisonjobs sind also noch nicht
verfügbar."

„Touristensaison? Sie meinen, die Leute kommen ...",
Ich unterbrach mich, bevor ich „freiwillig" sagen kon-

nte. Stattdessen fuhr ich fort: „Zum Sightseeing?"

„Oh, ja." Mama richtete ihre Schultern auf und strich sich stolz über ihr weiches, gewelltes, graues Haar. „Nightmare war in den späten 1800er Jahren eine Kupferbergbaustadt. Als die Mine stillgelegt wurde, wurde dieser Ort praktisch zu einer Geisterstadt. Dann kamen die Künstler und nutzten die billigen Grundstücke als Wohnhäuser und Ateliers. Später lockte die Stadt dann Geschäftsleute an, die sich auf Touristen einstellten, Minenbesichtigungen anboten, das alte Grand Hotel auf Vordermann brachten und dergleichen. Inzwischen sind wir eine blühende Touristenstadt."

Mama erklärte mir den Weg zur Stellenbörse und versprach, dass es nur ein zehnminütiger Fußweg vom Motel sei. Selbst in meinen khakifarbenen Shorts und dem blauen Tanktop wäre ich ganz sicher verschwitzt, wenn ich dort ankäme. Es sollte ein weiterer heißer Tag werden.

Ich bog links vor dem Motel ab und ging an einer Reihe alter Holzhäuser und einigen kleinen Lehmbauten vorbei, in denen sich Geschäfte befanden. Ein Stück weiter erstreckte sich eine größere Ansammlung von Gebäuden, die Mama als Stadtzentrum bezeichnet hatte. Meiner Meinung nach konnte man das kaum als Stadt bezeichnen.

Ein stetiger Strom von Autos fuhr die Straße hinunter und bog kurz vor mir ab. Mir wurde klar, dass sie die gleiche Richtung wie ich ansteuerten. Mama hatte gesagt, ich solle bei der Kojotenstatue rechts abbiegen und versprochen, dass ich den Straßennamen nicht zu kennen brauche. Sie behielt Recht: Die riesige Statue sah aus, als bestünde sie aus Gips. Sie war in einem grellen Gelbton gestrichen. Dahinter befand sich ein gedrungenes, fensterloses Gebäude mit einem Schild, auf dem *The Neon Coyote* stand. Es schien sich um eine Biker-Bar zu handeln. Obwohl es noch nicht einmal Mittag war, standen schon ein paar Motorräder davor.

Ich überquerte die Straße und ging einen Block weiter. Dann bog ich links ab, wie Mama es mir beschrieben hatte. Ich war nur eine Parallelstraße von der Hauptstraße entfernt, aber es fühlte sich wie eine völlig andere Welt an. Nein, dachte ich, nicht wie eine andere Welt. Es war wie eine andere Zeit. Die Straße hier war mit Staub bedeckt, die Holzhäuser sahen aus wie aus einem Wildwestfilm.

Ich trat auf den überdachten Bürgersteig, der die Straße säumte. Doch noch ehe ich weitergehen konnte, nahm ich eine verschwommene Bewegung wahr. Jemand sprang unmittelbar vor mich. Ein schwarz-weißes Flugblatt war plötzlich nur noch wenige Zentimeter von meinem Gesicht entfernt. Ich kreischte auf.

„Haben Sie sie gesehen?", sagte eine Stimme. Ich konnte nicht einmal den Mann sehen, der das Flugblatt hielt, geschweige denn „sie".

Ich griff nach dem unteren Ende des Blattes und zog es vorsichtig hinunter. Der Mann trug eine Jeans und ein schwarzes T-Shirt, auf dem eine Kuh abgebildet war, die in ein untertassenförmiges UFO gebeamt wurde. Sein graubraunes Haar war leicht verwuschelt, und seine haselnussbraunen Augen traten hervor.

„Sie waren schon einmal hier. Und das nicht zum letzten Mal!" Die Stimme des Mannes zitterte vor Aufregung.

„Wer?", fragte ich. Ein Teil von mir wollte zügig an

diesem Kerl vorbeihuschen, aber ein anderer Teil von mir war durchaus neugierig.

„Die Besucher."

„Sie meinen die Touristen?"

Der Mann lachte fassungslos auf. „Nein! Die Besucher aus der Galaxis. Kommen Sie am Freitagabend zu unserer Beobachtungsparty auf die Barker Ranch!" Er schob mir das Flugblatt wieder zu. Ich schloss instinktiv meine Finger darum, bevor es auf den Boden fallen konnte.

Ich nickte so höflich wie möglich, wich ihm dann aus und ging weiter. *Ich schätze, jede Stadt hat ihre Verrückten.*

Ich kam an einem Ladenlokal vorbei, das sich The General Store nannte und sich scheinbar als Gemischtwarenladen verstand, obwohl ich den Eindruck hatte, dass hier hauptsächlich Souvenirs verkauft wurden. Auf der anderen Straßenseite warb ein altes Holzgebäude mit hoher Fassade und Balkon im ersten Stock auf einem Schild für eine Western-Tanzshow.

Dieser Teil von Nightmare war anders. Obwohl die Gehsteige voller Menschen waren, die, wie ich, offensichtlich zeitgemäß gekleidet waren, rechnete ich fast damit, einem Cowboy im Westernmantel mit einer umgeschnallten Pistole an der Hüfte zu begegnen.

Kaum hatte ich den Gedanken vollendet, sah ich einen Cowboy in einem schwarzen Westernmantel und passendem Hut auf mich zukommen. Als er näherkam, sah ich, wie er nach unten griff und eine Seite seines Mantels von seinem Körper wegzog. Seine Finger krümmten sich um die an seiner Hüfte befestigte Waffe.

„Du hast vielleicht Nerven, in diese Stadt zu kommen!", rief der Cowboy.

Er sah mich direkt an und ich erstarrte. Gerade als ich einen Finger heben wollte, um mit einer *Wer, ich?*-Geste auf mich zu zeigen, hörte ich die Stimme eines anderen Mannes direkt hinter mir. „Dir gehört diese Stadt nicht, McCrory."

Ich fuhr herum und stand einem Mann gegenüber, der ein rotes Bandana über Nase und Mund trug. Man könnte meinen, er würde eine Postkutsche ausrauben wollen.

Der erste Cowboy machte einen weiteren Schritt in meine Richtung. Ich sprang aus dem Weg. „Nein, aber du bist hier trotzdem nicht willkommen, Tanner."

Derjenige, der sich Tanner nannte, zog seine Waffe. Ich drehte mich um und drückte mich mit dem Rücken so fest ich nur konnte gegen die Wand des Gemischt-warenladens. Erst Aliens, jetzt eine Schießerei? Was war Nightmare bloß für eine Stadt?

KAPITEL 3

ICH WARF EINEN BLICK auf eine Gruppe von Leuten, die direkt hinter McCrory standen. Warum waren sie nicht in Deckung gegangen?

Weil sie, so wurde mir zügig klar, zu sehr damit beschäftigt waren, Kameras und Handys hochzuhalten. Meine Anspannung ließ nach, als ich begriff, dass das hier eine von Schauspielern inszenierte Schießerei war. Meine Wangen begannen schlagartig vor Peinlichkeit zu glühen. Wie konnte ich denn nicht erkennen, dass es sich nur um eine touristische Show handelte?

Das liegt daran, dass du in letzter Zeit viel Stress hattest und große Umbrüche durchgemacht hast, Olivia, sagte ich mir. *Deine Nerven liegen blank.*

Die Cowboys lieferten sich immer noch einen Schlagabtausch, während sie sich auf die staubige Straße zubewegten. Ich wich den Leuten aus, die auf dem Gehweg an mir vorbeieilten, um die Show weiterzuverfolgen. Ich erreichte den nächsten Straßenblock, als ich noch das deutliche *Peng-Peng* der Cowboy-Pistolen hörte.

Die Jobbörse, ein Schwarzes Brett mit den lokalen Stellenanzeigen, war genau dort, wo Mama es mir beschrieben hatte. Die schmutzige, alte Korkwand hing neben der Tür der Handelskammer von Nightmare. Eine kleine Zinnplakette unter der Jobtafel informierte darüber, dass das Gebäude vom Jahr 1882 bis ins Jahr 1910 die Zentralbank von Nightmare gewesen war und diese geschlossen wurde, kurz nachdem die Kupfermine kein hochwertiges Erz mehr geliefert hatte.

Ich hatte mich schon auf eine bescheidene Auswahl an Stellen vorbereitet, aber die Realität war noch dürftiger als angenommen. Es waren nur sieben Stellen ausgeschrieben. Zwei davon waren, nach ihrem schmutzigen, leicht zerfledderten Zustand zu urteilen, eindeutig Wochen, wenn nicht gar Monate alt. Drei der anderen vermeintlichen Jobs waren für Dinge, die sich für mich nach einem Schneeballsystem anhörten.

Damit blieben nur noch zwei weitere Anzeigen übrig. Eine davon fing vielversprechend an und bot vierhundert Dollar pro Woche in bar. Ich hielt hoffnungsvoll den Atem an und stieß einen kurzen Seufzer aus, als ich weiterlas, dass es sich um eine Stelle als Schweißer handelte.

Die letzte Stellenausschreibung war handschriftlich auf einem kleinen Stück gemaserten Papiers verfasst und nicht wie alle anderen maschinell gedruckt. Die Schrift war schräg und die Buchstaben spitz zulaufend, was den Worten eine gewisse Dringlichkeit und Aufregung verlieh.

Die erste Zeile lautete *Nightmare Sanctuary Haunted House*. Ich hätte schon fast wieder resigniert, las aber weiter. In der Anzeige hieß es: *Arizonas beliebteste ganzjährige Spukattraktion braucht DICH! Verdiene ein Vollzeitgehalt für Teilzeitarbeit, wöchentlich in bar ... vorausgesetzt du traust dich!*

Es folgte nur noch eine Telefonnummer und das war's. Keine Einzelheiten über die Stelle selbst, über die Bezahlung oder gar darüber, ob für die Stelle irgendwelche Qualifikationen erforderlich waren. Wenn ich irgendeine Berufspraxis bräuchte, hätte ich Pech gehabt: Als Teenagerin hatte ich genau zwei Spukhäuser besucht. In beiden hatte ich die Augen fest zugekniffen und die Hände über die Ohren gehalten. Nicht wirklich eine nützliche Erfahrung.

Dennoch verlockte mich der Gedanke an den Verdienst einer Vollzeitstelle zum Aufwand einer Teilzeitbeschäftigung. Noch mehr reizte mich die Vorstellung, wöchentlich bezahlt zu werden. Vielleicht wäre ich nur ein oder zwei Wochen auf den Job angewiesen, bis ich mir die Autoreparatur und das Motel leisten könnte. Außerdem hätte ich immer noch genug Benzingeld, um es bis nach San Diego zu schaffen.

Ich hatte keinen Stift in meiner Handtasche, um die Nummer aufzuschreiben. Eigentlich war ich es gewohnt, einfach mein Handy zu benutzen, um ein Foto zu schießen oder Notizen zu tippen. Seit ich mein Mobiltelefon aufgegeben hatte, war ich noch nicht zu altmodischen Hilfsmitteln zurückgekehrt.

Meine einzige Möglichkeit war es, die Anzeige mitzunehmen. Ich fühlte mich ein wenig schlecht dabei, da andere Arbeitsuchende das Angebot nun nicht zu Gesicht bekommen würden. Aber, so sagte ich mir, als ich die Stecknadel von der Korkplatte abzog, bei weniger Konkurrenz hätte ich bessere Chancen, die Stelle zu bekommen.

Ich steckte den Zettel in meine Handtasche. Zwar hatte ich nicht darauf geachtet, ob mein Motelzimmer aus vergangenen Tagen über ein Telefon verfügte, war mir aber sicher, dass Mama mich bestimmt das Telefon an der Rezeption nutzen lassen würde. Als ich mich umdrehte und die Wildweststraße nun, da ich eventuell einen Job in Aussicht hatte, etwas weniger kritisch betrachtete, gab mein Magen ein lautes Grummeln von sich. Ich presste eine Hand auf meinen Bauch und schaute mich verstohlen um, um sicherzugehen, dass es niemand sonst gehört hatte. Ich war so sehr auf die Jobsuche fixiert gewesen, dass ich nicht an Essen gedacht hatte, aber plötzlich merkte ich, wie hungrig ich eigentlich war. Am Abend zuvor hatte ich nichts gegessen, da ich zu sehr mit meinem kaputten Auto beschäftigt war. Heute Morgen war ich dankbar gewesen, einfach nur eine Tasse kostenlosen, wenn auch verbrannten Kaffees bekommen zu haben.

Pro Tag konnte ich mir etwa zehn Dollar für Verpflegung leisten. Aber wenn ich den Job im Spukhaus bekäme, könnte ich das Budget vielleicht um ein paar Dollar aufstocken. In der Zwischenzeit war ich jedoch knapp bei Kasse. Auf der Hauptstraße hatte ich kein einziges Schild für ein Fastfood-Restaurant gesehen, also drehte ich mich um und ging in die Handelskammer.

Ein Mann mit einem dicken Schnurrbart und einer Brille mit Drahtbügeln begrüßte mich mit einem lauten „Howdy!". Ich fragte mich, ob er manchmal McCrory, Tanner oder einen anderen Cowboy aus alten Zeiten spielte.

„Guten Morgen", sagte ich, völlig unfähig, seinen Enthusiasmus zu erwidern. „Ich bin auf der Suche nach einem Ort, an dem ich zu Mittag essen kann. Also ein

Lokal mit günstigen Preisen." Ich senkte den Blick. „Ich bin im Moment etwas knapp bei Kasse."

Ich widmete mich einen weiteren, wenn auch kurzen Moment gemeinen Dinge, die ich über meinen Ex dachte. Früher fuhr ich einen deutschen Sportwagen und ließ mir jede Woche die Nägel maniküren. Jetzt fragte ich nach den billigsten Restaurants in einer Stadt namens Nightmare.

Der Mann zeigte in die entgegengesetzte Richtung der Hauptstraße. „Sie wollen zum The Lusty Lunch Counter. Gehen Sie drei Querstraßen weiter, dann biegen Sie links ab und gehen etwa einen halben Block." Die Augen des Mannes verengten sich, als er mich anschaute. „Sind Sie neu in der Stadt?"

Ich blickte an mir hinunter. War es so offensichtlich? „Ja, ich bin erst gestern Abend hier angekommen."

„Mhm. Dachte ich mir schon. Hier ein Tipp: Diese Straße hier ist der High Noon Boulevard. Die Preise sind von einem Ende bis zum anderen auf Touristen ausgerichtet. Die Ansässigen wissen, dass sie ihr Geld hier nicht verschwenden sollten. Sobald man diese Straße verlässt, wird alles viel erschwinglicher, aber das Lusty Lunch ist definitiv am preiswertesten."

Ich bedankte mich bei dem Mann und wandte mich zum Gehen, hielt dann aber noch einmal inne. Da dies die Handelskammer war, gab es keinen besseren Ort, um sich über ein lokales Gewerbe zu erkundigen. „Was können Sie mir über das Nightmare Sanctuary Haunted House erzählen?"

Der Mann zuckte mit den Schultern, aber ich bemerkte, wie sein Blick von meinem abschweifte und sich auf die Wand neben uns fixierte. „Dieser Ort bringt eine

Menge Leute in unsere Stadt. Die Motels, Läden und
Restaurants profitieren alle davon."

„Aber?", fragte ich.

Er zuckte wieder mit den Schultern. „Da drüben arbeiten ein paar merkwürdige Leute. Keine schlecht-
en, wohlgemerkt, nur seltsame. Aber ich schätze, ein
Spukhaus ist nicht gerade ein Ort, an dem normale
Menschen arbeiten."

Außer vielleicht Leute wie ich, die verzweifelt auf
Geld angewiesen sind.

„Verstehe. Nochmals vielen Dank für Ihre Hilfe." Ich
winkte dem Mann zu und machte mich auf den Weg, um
meinen knurrenden Magen zu beruhigen.

Das Lusty Lunch Counter war genau dort, wo der
Mann von der Handelskammer es mir angekündigt hatte. Es befand sich in einem zweistöckigen, holzvertäfel-
ten Gebäude, dessen Farbe schon lange abgetragen war,
sodass nur noch das nackte, gräulich verblasste Holz
übrigblieb. Wie viele der Gebäude, die ich am High
Noon Boulevard gesehen hatte, besaß auch dieses eine
hohe Scheinfront, die das Gebäude viel höher wirken
ließ, als es tatsächlich war. Der Balkon sah leicht schief
aus, aber ich erspähte ein paar Restaurantgäste, die dort
an den Tischen saßen und sich scheinbar nicht um ihre
Sicherheit sorgten.

Im Inneren sah das Restaurant, nun ja, modern war
nicht das richtige Wort, aber immerhin so aus, als würde
es definitiv nicht versuchen, die Atmosphäre einer alten
Bergbaustadt aufzugreifen.

Helle Deckenstrahler erleuchteten die zwei Reihen
von Sitznischen mit roten Polstermöbeln sowie einen
langen Tresen mit einer glänzenden Edelstahlober-

fläche.

Kaum hatte ich mich auf einem freien Hocker an der Theke niedergelassen, wurde eine Speisekarte vor mir abgelegt. Eine Kellnerin mit einem hohen Pferdeschwanz und großen Kreolen kramte bereits einen Stift und einen Bestellblock hervor. „Hallo, Liebes, was darf ich Ihnen zu trinken bringen?"

Ich bestellte ein Glas Wasser und begann, die Speisekarte zu studieren, um zu sehen, mit welcher Auswahl ich das meiste für mein Geld bekommen würde. Mein Blick fiel auf das Mittagsangebot – einen Cheeseburger mit Pommes für sechs Dollar. Mit Mehrwertsteuer und Trinkgeld würde ich mein Tagesbudget um ein Haar unterschreiten. Da ich heute nur eine Mahlzeit bekommen würde, hoffte ich, dass es sich um einen großen Berg Pommes handelte.

Ich bestellte, als die Bedienung mit meinem Wasser zurückkam. Dann beugte ich mich vor und fragte: „Was hat es mit dem Namen dieses Lokals auf sich?"

„Oh, Sie sind neu hier, hm? In diesem Gebäude befand sich einst das beste Bordell von Nightmare." Sie warf mir ein schelmisches Lächeln zu, bevor sie sich abwandte.

Was sollte ich bloß mit dieser Information anfangen? Ich aß nicht nur an einem Ort, der früher ein Bordell war. Die Tatsache, dass es das Beste in Nightmare gewesen war, deutete darauf hin, dass es mehr als ein Bordell gegeben hatte. Ich fragte mich flüchtig, ob auch das Spukhaus eine Bordellhistorie hatte. Sich in einem ehemaligen Freudenhaus zu gruseln, erschien mir weniger seltsam als in einem solchen Etablissement zu speisen. Und auch hygienischer.

Da ich kein Handy dabeihatte, auf dem ich herumscrollen oder mich anderweitig hätte ablenken können, während ich auf mein Essen wartete, schaute ich mich im Lokal um. Es dauerte nicht lange, bis sich eine Stimme in meine Gedanken mischte. Eine männliche Stimme. Obwohl er sich scheinbar bemühte, leise zu sprechen, drang der wütende Ton zu mir herüber. Ich drehte mich leicht auf meinem Hocker und sah aus dem Augenwinkel zwei Männer, die direkt hinter mir an einem Tisch saßen. Auf der einen Seite saß ein Mann in einem Anzug, ihm gegenüber ein Mann in einem karierten Westernhemd.

„Willst du mich auf den Arm nehmen?", zischte der Mann im Anzug. „Wie kannst du das nur ablehnen?"

„Es geht nicht um das Geld", sagte sein Gesprächspartner. Er schien nicht wütend zu sein. Vielmehr wirkte er gelangweilt und auch ein wenig genervt.

„Worum geht es dann?", fuhr der erste Mann fort. „Was nützen all die Jahre der Arbeit, wenn man nicht eines Tages abkassieren kann? Sag „ja" und in einem Monat kannst du in Rente gehen!"

Das Karohemd murmelte etwas, das ich nicht hören konnte.

„Das musst du dir noch einmal überlegen."

Ich hörte auf, so zu tun, als ob ich nicht lauschte und schenkte den beiden meine volle Aufmerksamkeit. Da stand der Mann im karierten Hemd abrupt auf. Er war gut gebaut. Seine gebräunte Haut und sein zerzaustes dunkelblondes Haar gaben ihm ein ausgesprochen raues Aussehen.

Er konnte es mit den Jungs vom Land in Nashville

aufnehmen.

„Bitte. Du musst nur noch ein paar Papiere unter-schreiben", sagte der Mann im Anzug. Er blickte flehend auf.

Das karierte Hemd beugte sich vor und stützte seine Hände auf den Tisch, das Gesicht dicht neben dem seines Gegenübers. „Nur über meine Leiche."

KAPITEL 4

ICH SAH ZU, WIE sich der Typ im karierten Hemd aus dem Lokal stahl. Erst das *Klong* eines Tellers, der vor mir abgestellt wurde, ließ meine Aufmerksamkeit von der Szene auf eine üppige Portion Pommes, genauso wie ich sie mir erhofft hatte, driften. Ich überlegte, was ich gerade gesehen hatte. War dies ein weiteres inszeniertes Gemenge? Ein Gemenge, wie jenes zwischen den beiden Cowboys, in das ich zuvor hineingeraten war? Aber nein, natürlich nicht, sagte ich mir. Das Lusty Lunch war ein Ort für Einheimische. Hierbei handelte es sich um ein echtes Drama. Für mich war es wie ein Showdinner, aber für kleines Geld.

Als ich mit dem Essen fertig war, war der Mann im Anzug auch schon fort. Ich ging zurück zum Motel und nahm dafür eine Route, die jenseits der Touristenstraße lag. Ich wollte meine Ruhe haben, während ich mich mental auf den Anruf für den Job im Spukhaus vorbereitete.

Zurück im Motel war mir heiß, ich war durchgeschwitzt und vollgestaubt, aber immerhin hatte ich einen vollen Magen. Und es stand tatsächlich ein Telefon auf meinem Nachttisch. Ich holte die Stellenanzeige für das Spukhaus aus meiner Handtasche und setzte mich auf die Bettkante. Ich atmete dreimal tief durch, bevor ich den Hörer abnahm und zu wählen begann. Der Vorgang entspannte mich sogar ein wenig, da ich so abgelenkt davon war, ein Wählscheibentelefon zu nutzen. Ich war mir sicher, dass es inzwischen viele junge Menschen gab, die heutzutage nicht einmal mehr wussten, wie man so etwas bedient.

Beim dritten Klingeln ging eine Frau ans Telefon. Ihre Stimme hatte einen klaren, leicht gehetzten Klang. „Nightmare Sanctuary, wie kann ich Ihnen helfen?"

„Hallo, ich rufe wegen Ihrer offenen Stelle an."

Es entstand eine Pause am anderen Ende. Als die Frau wieder sprach, war ihr Tempo langsamer und deutlich artikulierter. „Hier ist das Nightmare Sanctuary Haunted House."

„Ja, ich weiß. Ich habe Ihre Anzeige auf der Stellentafel vor der Handelskammer gesehen und wollte fragen, ob die Stelle noch frei ist."

„Wann haben Sie die Anzeige gesehen?"

„Heute Morgen erst." *Und warum*, fragte ich mich, *ist das überhaupt wichtig?*

„Ähm ... Können Sie bitte einen Moment dranbleiben?"

Noch bevor ich „ja" sagen konnte, hörte ich ein *Klick*, gefolgt von leiser Orchestermusik, die sich anhörte, als würde sie begleitend zu Videoaufnahmen eines mitternächtlichen Friedhofs laufen. Wenigstens gab es im Spukhaus eine angemessene Warteschleifenmusik.

Es dauerte ganze drei Minuten, bis sich die Stimme am anderen Ende der Leitung zurückmeldete. Ich hatte mitgezählt, wie lange es dauerte. Um mich weiter von günstigen Cheeseburgern ernähren zu können, brauchte ich wirklich dringend einen Job. Und jede wartende, hoffende Sekunde fühlte sich wie eine Ewigkeit an.

Die Dame hatte etwas angespannt geklungen, als sie ans Telefon gegangen war. Doch als sie nun wieder sprach, hatte ihr Tonfall einen neugierigen Klang angenommen. „Können Sie heute Nachmittag für ein Vorstellungsgespräch vorbeikommen? Vielleicht so gegen halb vier?"

„Ja, danke! Wir sehen uns dann." Ich legte auf, bevor ich merkte, dass ich nicht einmal nach ihrem Namen gefragt hatte. Ich hatte also keine Ahnung, wohin ich genau musste, geschweige denn an wen ich mich wenden sollte, wenn ich erst dort ankam. Außerdem hatte ich keine Idee, was ich zu einem Vorstellungsgespräch für einen Job in einem Spukhaus anziehen sollte. Ich wusste, dass man sich für den Job kleiden soll, den man haben will, aber ich wollte dort bestimmt nicht wie ein Ghul erscheinen.

Schließlich entschied ich mich für eine schwarze Hose, eine Strickbluse mit einem orange-gelben Blumenmuster und schwarze Keilabsätze. Die Schuhe sahen professionell aus, waren aber immer noch bequem genug, um den ganzen Weg zu meinem Vorstellungsgespräch zu Fuß zu gehen. Was den Rest des Outfits anging, so dachte ich mir, dass das Orange und Schwarz mir zumindest einen Hauch von Halloween verleihen würde.

Ich verließ mein Zimmer recht früh, um an der Rezeption vorbeizuschauen. Mama überreichte gerade einem lächelnden jungen Paar einen Zimmerschlüssel. Ich vermutete, dass das Cabrio, das vor der Tür parkte, ihnen gehörte und beneidete sie um ihr schönes Auto und ihren Enthusiasmus für Roadtrips. Sobald sie am Empfang fertig waren, trat ich vor.

„Sie sehen aus, als würden Sie sich um einen Job bewerben", bemerkte Mama. „Das ging aber schnell!"

„Ja! Ich habe ein Vorstellungsgespräch im Nightmare Sanctuary Haunted House. Ich wollte fragen, ob Sie mir den Weg dorthin verraten könnten?"

Mamas Gesicht verfinsterte sich. „Nightmare Sanctuary? Sind Sie sicher, dass Sie dort arbeiten wollen?"

Nervös fuhr ich mir mit der Hand durch mein schulterlanges Haar. „Warum nicht?"

Mama schnaufte abschätzig. „Da arbeiten ein paar merkwürdige Leute. Das ist alles, was ich meine."

Das war genau das, was mir der Mann von der Handelskammer entgegnet hatte. Ich spürte, wie meine Schultern tiefer sackten. Wenn die Angestellten einen so schlechten Ruf hatten, wollte ich diesen Job vielleicht doch nicht.

Andererseits konnte ich für ein oder zwei Wochen so ziemlich alles ertragen. Es ging nur darum, aus dieser Stadt herauszukommen und weiter nach San Diego zu fahren.

Mama gab mir eine Wegbeschreibung, die dieses Mal keine Kojotenstatuen beinhaltete. Stattdessen erklärte sie mir, ich solle am Galgen rechts abbiegen und dass ich dieses Wahrzeichen auf keinen Fall verpassen dürfe. Nightmare Sanctuary war etwa eine Meile vom Motel entfernt. Mama versicherte mir, dass es auf dem Weg dorthin etwas Schatten gebe, sodass ich nicht allzu schwitzig sein sollte, wenn ich dort ankam.

Ich machte mich auf den Weg und fühlte mich,

als hätte die Wirkung der morgendlichen Tasse Kaffee gerade eingesetzt. Ich vibrierte förmlich ob meiner verzweifelten Suche nach einem Job einerseits und meinem nervösen Vorbehalt gegenüber den Menschen im Spukhaus andererseits. Eine Wahl zwischen Pest und Cholera.

Anstatt wie am Vormittag links auf die Hauptstraße Richtung High Noon Boulevard abzubiegen, bog ich rechts ab und überquerte die Straße an der nächsten Kreuzung. Die kleine Straße, die ich nun entlangging, war gesäumt von prächtigen, wenn auch verfallenen viktorianischen Häusern. Je weiter ich ging, desto weniger Häuser wurden es. Nach etwa einer halben Meile lief ich unter riesigen Pekannussbäumen, die die Straße flankierten. Der Schatten und eine leichte Brise kühlten mich etwas ab. Ich verlangsamte mein Tempo. Es war noch reichlich Zeit und es gab keinen Grund, mich zu beeilen.

Die Baumreihe endete abrupt an einer Kreuzung. Der Galgen, den Mama beschrieben hatte, stand bedrohlich an der mir gegenüberliegenden Ecke. Er fühlte sich wie eine Art Warnung an. Ich starrte ihn noch einen Moment lang an, ehe ich nach rechts auf einen Feldweg abbog, an dessen Rand sich niedrige Bäume drängten. Die Straße schlängelte sich träge einen Hügel hinauf. Als ich die Anhöhe erreichte, blieb ich stehen und staunte über den Anblick, der sich mir bot.

In einer Senke zwischen den Hügeln stand ein massives Steingebäude, umgeben von einem Garten, der gleichzeitig zugewuchert und tot war. Dickes Unkraut rankte bis zum Fundament des vierstöckigen Gebäudes empor. Es sah noch viel unheilvoller aus als der Galgen an der Kreuzung.

Die Straße, auf der ich mich befand, führte den Hügel hinunter, machte eine Linkskurve und endete auf einer großen Wiese, die ich für einen Parkplatz hielt. Ich folgte der Straße, bis ich direkt vor dem Gebäude stand. Eine alte, kreisförmige Auffahrt aus Steinplatten war fast von Unkraut überwuchert. In der Mitte der Auffahrt befand sich ein großes, schwarzes Schild, auf dem in blutroten Buchstaben *Nightmare Sanctuary Haunted House* stand. Unter dem Schild häuften sich riesige Eisenzahnräder, verrostete, alte Tonnen und etwas, das wie ein Bohrgerät für Riesen aussah. Ich vermutete, dass es sich dabei um Überbleibsel aus der alten Kupfermine handelte.

Im Gegensatz zu der verwilderten Einfahrt war der Steinweg, der zum Eingang des Gebäudes führte, gut gepflegt. Ein kleinerer Weg mündete vom Parkplatz aus darin. Als ich mich dem Gebäude näherte, konnte ich die in den Stein über der hohen, gewölbten Eingangstür eingravierten Worte erkennen: *Nightmare Sanctuary Hospital and Asylum*.

Ein kleiner Schauer lief mir den Rücken hinunter. Früher kamen Menschen an diesen gruseligen Ort, um sich heilen zu lassen? Allein der Anblick dieses Gebäudes musste doch bei jedem ein ungutes Gefühl auslösen. Ich konnte nur hoffen, dass das ehemalige Krankenhaus ein hübscherer, gastlicherer Ort war, die Gärten einst noch gepflegt wurden und das steinerne Schild noch nicht so dunkel und fleckig war.

Die zweiflügeligen Eingangstüren waren von der Vorderseite des Gebäudes etwas nach hinten versetzt, wodurch ein überdachter Vorraum wie ein Säulengang

entstand. Als ich in dessen Schatten trat und auf die
Türen zuging, hörte ich eine Stimme: „Wir haben noch
nicht geöffnet."

Ich zuckte zusammen. Der Ort hatte mich bereits in seinen Bann gezogen. Ich drehte mich um und
sah rechts von mir eine Tür und ein offenes Fenster. Das Fenster war mit einer schmalen Theke aus-
gelegt. Ein Schild verriet mir, dass es sich um die
Kasse handelte. Der mürrisch dreinblickende Mann, der
dort stand, sah nicht gerade erfreut aus, mich zu sehen. Er hatte hohe Wangenknochen, übertroffen von
großen, dunkelbraunen Augen, die im Vergleich zu seiner blassen Haut besonders düster wirkten. Sein dicht-
es, rostrotes Haar fiel ihm bis über die Schultern. Vorsichtig wagte ich einen Schritt nach vorne und setzte ein
höfliches Lächeln auf, während ich gegen ein plötzlich
einsetzendes Unbehagen ankämpfte. Der Mann hatte
etwas nahezu Wildes an sich.

„Ich bin wegen eines Vorstellungsgesprächs hier",
sagte ich zaghaft.

Der Mann antwortete nicht. Stattdessen lehnte er sich
über den Ticketschalter und starrte mich an.

„Das ist um drei Uhr dreißig", schob ich nach.

„Ich weiß." Er verschwand vom Fenster. Eine
Sekunde später öffnete sich die Tür und er trat heraus.
Ich konnte sehen, wie muskulös seine Beine unter der
engen, verwaschenen Jeans waren. „Mir nach."

Der Mann sagte kein weiteres Wort zu mir, als er eine
der Flügeltüren öffnete und mich in einen geräumigen
Eingangsbereich mit hoher Decke führte. Hier sah es
aus wie etwas, das ich in einem Schloss in England erwarten würde, nicht in einem alten Krankenhaus in ein-

er Bergbaustadt. Gleich hinter den Eingangstüren bogen wir rechts ab und gingen einen Flur entlang. Der Mann blieb auf halber Strecke an einer offenen Tür zu unserer Linken stehen und sagte: „Sie ist hier." Dann drehte er sich um und streifte mich auf seinem Weg zurück nach draußen.

„Herein." Die Stimme war eindeutig dieselbe, die ich am Telefon gehört hatte. Ich war gespannt, wie die dazugehörige Person wohl aussehen oder sich ihre Aura anfühlen würde. Ich habe es nicht so mit Hokuspokus, aber dieser Ticketverkäufer hatte eine äußerst negative Energie ausgestrahlt.

Ich seufzte fast vor Erleichterung, als ich den Raum betrat. Der Raum sah aus wie ein Büro, wenn auch eines, das vor etwa einem Jahrhundert eingerichtet worden war. Hinter einem massiven Eichenholz-Schreibtisch saß eine völlig normal wirkende Frau mit gewelltem, kastanienbraunem Haar, das mit Haarklammern zurückgesteckt war. Sie stand auf und kam um den Schreibtisch herum, wobei sich ihre hochgewachsene Gestalt schnell und anmutig bewegte.

„Ich bin Justine Abbott", sagte sie, lächelte und reichte mir die Hand. „Ich entschuldige mich für das unhöfliche Verhalten von Zach. Er ist nur etwa drei Tage im Monat gut gelaunt."

„Olivia Kendrick", stellte ich mich vor und schüttelte Justine die Hand. Ihre grünen Augen leuchteten in ihrem runden Gesicht. Auf der Stelle beschloss ich, sie zu mögen. Im Nightmare Sanctuary mag es vielleicht seltsame Gestalten wie Zach geben, doch Justine schien in Ordnung zu sein.

Justine deutete mit einer einladenden Geste auf

einen Ochsenblut-Ledersessel vor ihrem Schreibtisch, während sie wieder Platz nahm. „Setzen Sie sich, bitte. Haben Sie einen Lebenslauf dabei?"

„Oh!" Innerhalb einer halben Sekunde schaltete ich von Gelassenheit auf absolute Nervosität um. „Nein, daran habe ich gar nicht gedacht. Das tut mir leid. Wie unprofessionell von mir."

„Ist schon gut", versicherte mir Justine. „Sie sehen ja, was für ein Chaos hier herrscht." Sie deutete auf Unterlagen, die sich stapelweise auf dem Schreibtisch türmten. „Unser Inhaber ist ... im Moment nicht da, also springe ich als Leiterin ein. Es ist ein bisschen unübersichtlich, also selbst wenn Sie einen Lebenslauf dabeihätten, würde ich ihn wahrscheinlich nur verlegen. Sagen Sie, was haben Sie vorher gemacht?"

„Ich habe für eine Marketingagentur in Nashville gearbeitet."

„Was hat Sie denn dann nach Nightmare verschlagen?"

Oh, Mann. Ich musste das vorsichtig formulieren. Ich spürte, wie mir Schweißperlen auf die Stirn traten. Ich konnte ihr nicht einfach die Wahrheit sagen. Stattdessen stammelte ich: „Ich habe mich gerade scheiden lassen und suche einen Neuanfang."

Okay, ich hatte ihr also die Wahrheit gesagt. Nur hatte ich verschwiegen, dass Nightmare lediglich ein unfreiwilliger Zwischenstopp auf dem Weg in mein neues Leben war.

„Warum haben Sie sich für diese Stellenanzeige entschieden und nicht für eines der anderen Angebote?" Justine lehnte sich in ihrem Stuhl zurück und verschränkte ihre Finger in ihrem Schoß.

Ich lachte nervös. „Die Wahrheit? Es war das Einzige, das kein Schneeballsystem zu sein schien oder etwas, für das ich besondere Qualifikationen vorweisen muss."

Justine legte den Kopf leicht schief und ich bekam das Gefühl, dass sie mich musterte. „Okay. Nun, wenn Sie nichts dagegen haben, nachts zu arbeiten und sich hin und wieder in dunklen Räumen aufzuhalten, dann biete ich Ihnen den Job gerne an."

„Prima! Was—."

„Aber!" Justine beugte sich vor. „Sie sollten das Nightmare Sanctuary erleben, bevor Sie sich festlegen. Kommen Sie heute Abend wieder, dann liegen zwei Eintrittskarten an der Kasse für Sie bereit."

Das war zwar etwas anders, als einfach nur ein Bewerbungsformular auszufüllen, aber ich konnte verstehen, warum es sinnvoll war, das Spukhaus zu erleben, bevor man hier zu arbeiten begann. Ich stimmte zu und fragte, welche Art von Arbeit die Stelle beinhaltete.

Justine erhob sich und bedeutete mir, ihr zu folgen. Sie ging mit mir den Flur entlang in Richtung Eingangstür, während sie vage antwortete: „Oh, ein bisschen von allem. Eintrittskarten verkaufen, die Szenerien des Spukhauses überwachen, um sicherzustellen, dass alles reibungslos abläuft. Sie werden jeden Abend dort eingesetzt, wo Sie gebraucht werden."

Als wir die Eingangstür erreichten, öffnete Justine sie und winkte mich durch. „Viel Spaß heute Abend. Falls Sie überleben, können Sie morgen Abend um sieben Uhr anfangen."

Die Tür schlug mir vor der Nase zu. Das Geräusch schallte durch den Säulengang.

KAPITEL 5

„OKAY", SAGTE ICH IN Richtung der Tür.

Ich schaute nach, ob Zach mich beobachtete, aber ein Rollo war über das Fenster gezogen worden. Ich drehte mich um und blickte in den hellen Tag hinaus. Für einen Moment war ich zu verblüfft, um meine Füße in Bewegung zu setzen. Das war das seltsamste, unkonventionellste Vorstellungsgespräch, das ich je geführt hatte. Und überhaupt, was hatte Justine damit gemeint, dass ich morgen anfangen könnte, „falls ich überlebe"?

„Das meint sie nicht so", redete ich mir gut zu. „Etwas Spukhaus-Humor, das ist alles."

Zurück im Motel ließ ich mich auf mein Bett fallen. Gedanklich war ich noch immer bei dem bizarren Interview und Zachs seltsamem Gehabe. Ich hoffte inständig, meinen Entschluss nicht zu bereuen.

Eines wusste ich mit Sicherheit. Ich wollte nicht allein durch das Sanctuary gehen. Es gab schließlich einen Grund, warum ich bisher nur in zwei Spukhäusern gewesen war. Weder mochte ich Schreckmomente, noch fand ich Gefallen daran, im Dunkeln mit Gott weiß was allein zu sein.

Ich kannte nur zwei Leute in der ganzen Stadt und bezweifelte ernsthaft, dass Mama mich begleiten wollte.

Trotzdem machte ich mich auf den Weg zu ihrem Büro.
Ich fand sie am Schreibtisch sitzend hinter dem Tresen
vor. „Hey, Mama", rief ich.

Ich könnte schwören, ihr fiel ein Stein vom Herzen,
als sie mich sah. Ganz so, als hätte sie erwartet, dass ich
nicht von meinem Bewerbungsgespräch zurückkehren
würde. „Wie ist es gelaufen?" Ihre Stimme klang ein
wenig zu freudig, um überzeugend zu sein.

„Die sind bereit, mich einzustellen, wollen aber, dass
ich den Ort erst einmal selbst erlebe. Dafür haben sie
mir zwei Eintrittskarten für heute Abend hinterlegt.
Glauben Sie, dass ich Nick vielleicht dafür begeistern
könnte? Außer Ihnen beiden kenne ich niemanden in
dieser Stadt."

„Lassen Sie es uns herausfinden." Nur eine Sekunde
später hielt Mama ihr Handy ans Ohr. Ich konnte aus
Mamas Gesprächsfetzen schließen, dass Nick scheinbar
nicht für den Ausflug zu haben war. Als Mama aufgelegt
hatte, lächelte sie mich dennoch an. „Meine Enkelin
Lucy würde sie heute Abend gerne begleiten. Sie ist elf
Jahre alt, also sollte sie sich nicht allzu sehr fürchten. Sie
will schon seit Jahren unbedingt dorthin. Halloween ist
ihr liebster Feiertag."

Na, super. Nun würde ich also auch noch babysit-
ten müssen, während ich damit beschäftigt sein würde,
nicht zu schreien oder vor einem Job wegzulaufen, den
ich so dringend brauchte. Das konnte ja nur ein fan-
tastischer Abend werden.

Für neunzehn Uhr war ich nun also mit Nick und Lucy
im Büro des Motels verabredet. Bis dahin hatte ich noch
ein paar Stunden totzuschlagen.

Gerade als ich mein Gespräch mit Mama beenden

wollte, holte sie ein Tablett mit Zimtschnecken hinterm Tresen hervor. Ihre beste Freundin arbeitete in einer Bäckerei und war vorhin mit den Resten des Tages da. Mama bestand darauf, dass ich welche nahm. Ich wehrte mich nicht und nahm mir drei Stück. Das mochte vielleicht ein unorthodoxes, aber immerhin ein kostenloses Abendessen sein.

Wieder in meinem Zimmer, machte ich es mir auf dem Bett bequem, schaltete den Fernseher an und ließ mir zwei der Zimtschnecken schmecken. Es liefen gerade Wiederholungen der Fernsehserie *The Twilight Zone* auf einem lokalen TV-Sender. Das schien mir passend, wenn man bedachte, wie meine letzten vierundzwanzig Stunden verlaufen waren.

Kurz vor neunzehn Uhr zog ich mir wieder meine bequemen Shorts und das Tanktop an. Es gab keinen Grund, heute Abend besonders professionell zu wirken. Das Jobangebot hatte ich nun so gut wie in der Tasche und im dunklen Spukhaus würde mich sowieso niemand sehen.

Nicks Abschleppwagen kam vor dem Motel zum Stehen. Ich sah zu, wie Nick aus der Fahrerkabine sprang. Die Beifahrertür schwang auf und ich machte mich auf das Halloween-begeisterte Kind gefasst. Als Nicks Tochter Lucy vor dem Abschleppwagen auftauchte, staunte ich nicht schlecht. Sie trug Jeansshorts, ein rosafarbenes T-Shirt und passende Turnschuhe, ebenfalls in rosa. Ihr Haar war eine wilde Mähne dunkler Locken, die jemand erfolglos versucht hatte, mit einem rosa Haarband zu bändigen. Lucy grinste breit und als Nick mir zuwinkte, lief sie direkt auf mich zu.

„Hi, du bist Miss Olivia, richtig? Danke, danke, danke!

Ich habe soooo lange darum gebettelt, ins Sanctuary gehen zu dürfen. Du bist die erste Person, die ‚ja' gesagt hat!"

Wow, dieses Kind hat eine Menge überschüssige Energie. „Ich war seit mehr als zwanzig Jahren nicht mehr in einem Spukhaus", erwiderte ich mit ernster Miene. „Du musst mir vielleicht die Hand halten, wenn ich Angst bekomme."

Lucy stemmte selbstbewusst die Hände in die Hüften und streckte ihr Kinn vor. „Versprochen!"

Nick fuhr uns zum Sanctuary, wobei er einen schmalen, ausklappbaren Mittelsitz für Lucy nutzte. Es war zwar ein bisschen eng, aber besser als zu Fuß zu gehen. Er versprach außerdem, auf uns zu warten, während wir durch das Spukhaus gingen. Ich fragte ihn dreimal, ob er uns wirklich nicht hineinbegleiten wolle, doch er weigerte sich beharrlich.

Die Schotterstraße, die zum Sanctuary führte, war in beide Richtungen voll befahren. Nick parkte etwas weiter vom Gebäude entfernt. Lucy und ich versicherten ihm, dass wir von hier aus problemlos zu Fuß gehen könnten. Das heißt, ich ging, Lucy hüpfte. Dabei lief sie vor mir her, machte kehrt und rauschte mit fuchtelten Armen wieder an mir vorbei. „Ich gehe zum Nightmare Sanctuary! Ich gehe ins Spukhaus!", trällerte sie in einem Singsang.

Wenigstens eine von uns war aufgeregt.

Vor dem Ticketschalter hatte sich eine Warteschlange entwickelt. Die Wartezeit war jedoch kurz und wir waren bald an der Reihe. Und da war er wieder. Zach. Immer noch genauso mürrisch wie vorhin. Ich trat an den Schalter heran, Zach wandte sich ab. Ich wollte mich gerade über sein unhöfliches Benehmen ärgern, als er sich auch schon wieder mit einem Umschlag in den Händen zu mir umdrehte. Er drückte mir das Couvert wortlos in die Hand.

„Ähm, danke", sagte ich. Auf dem Umschlag stand mein Name. In ihm befanden sich zwei Eintrittskarten. Lucy und ich traten vor die Eingangstüren. Ein großer, schrecklich dünner Mann mit einem schwarzen Zylinder und einem langen schwarzen Mantel schaute auf uns herab. „Seid ihr sicher, dass ihr das tun wollt?", fragte er mit bedrohlicher Stimme.

Okay, das war nicht wirklich beängstigend. Gerne hätte ich den Kerl gebeten, zum Lusty Lunch Counter zu gehen und sich dort einhundert Cheeseburger zu bestellen, doch er war ja nur ein Typ in einem Kostüm. Ich lächelte ihn an. „Wir sind sicher."

Während ich das sagte, drückte sich Lucy an meine Seite. Sie ließ ihre Hand in meine gleiten. Als ich überrascht nach unten sah, blickte sie mit großen Augen zu mir auf. „Ich, ähm, passe nur auf, dass du keine Angst bekommst", sagte sie. Ihre Stimme war kaum lauter als ein Flüstern.

Ich drückte ihre Finger. „Danke."

Wir betraten den Eingangsbereich, der so ganz anders aussah als der sonnige, einladende Ort, an dem ich nur wenige Stunden zuvor gewesen war. Absperrpfosten waren aufgestellt worden, um den Besucherstrom zu lenken. Leute schlängelten sich durch den ganzen Raum. Doch es waren nicht allein die Menschenmengen, die den Raum so anders erscheinen ließen. Von den violetten Glühbirnen im Kronleuchter hoch über uns ging ein schwaches Licht aus. Eine Art versenktes Stro-

boskoplicht blitzte in unregelmäßigen Abständen, sodass es aussah, als würde draußen ein schlimmes Gewit-
ter toben. Aus versteckten Lautsprechern ertönte hin-
tergründig dieselbe gruselige Orchestermusik, die ich in
der Warteschleife während des Telefonats mit Justine
gehört hatte.

Lucy und ich reihten uns in die Schlange ein. Ich war
dankbar für die Wartezeit. Die Langeweile zwang Lucy,
sich ein wenig zu entspannen. Ich bekam unterdessen
die Chance, jedes Detail des Raumes wahrzunehmen.
Dieser war mit unglaublichen Stuckverzierungen und
einem massiven Kamin samt kunstvoll geschnitztem
Sims ausgestattet. Solche Bauwerke wurden heutzutage
definitiv nicht mehr errichtet.

Als wir endlich das vordere Ende der Schlange erreicht hatten, führte uns eine junge Frau mit säure-
grünem Haar in einen engen Raum unter der Treppe.
Wir wurden mit zwei Pärchen zusammengewiesen und
ich hoffte, dass es ihnen nichts ausmachte, den Abend,
der vermutlich als Doppeldate geplant war, mit uns zu
verbringen.

Nach dem starken Griff um meine Hand zu urteilen,
war Lucys Beklemmung mit voller Wucht zurückgekehrt. Wir folgten den beiden Paaren einen dunklen
Flur entlang, der nur von Wandleuchten mit schumm-
rigen Glühbirnen ausgeleuchtet wurde. Es war zwar
dunkel, aber nicht zu duster. Ich fragte mich, was in
aller Welt mich damals in den beiden Spukhäusern so
verängstigt hatte.

Wir bogen um eine Ecke und fanden uns in einer täuschend echten, verwitterten Friedhofsszenerie
wieder. Sogar das halb verdorrte Gras, das den Boden

bedeckte, sah echt aus. Hinter den schiefen Grabsteinen erhob sich eine Fassade, die wie ein Mausoleum aussah. Eine beeindruckende Kulisse.

Eine Frau in einem schmutzigen weißen Nachthemd tauchte hinter einem der Grabsteine auf, gerade als das erste Paar unserer Gruppe daran vorbeiging. Ich hörte einen Schrei, gefolgt von nervösem Gekicher. Als wir weitergingen, tauchte eine weitere Frau hinter einem hohen Denkmal auf. Auch sie war weiß gekleidet, doch ihr Kleid war sauber. Es leuchtete praktisch in der Dunkelheit und schien um ihre Knöchel zu tanzen. Die Frau hatte eingefallene Wangen und dunkle Augen. Ihr langes, schwarzes Haar wehte nach hinten, obwohl kein Lüftchen durch den Raum zog.

Sie schritt anmutig über das Gras. Als sie sich uns näherte, öffnete sie ihren Mund und begann aufzuheulen. Zuerst leise, doch bald immer lauter und lauter. Der Ton wurde so unangenehm durchdringend, dass ich meine Finger aus Lucys Griff ziehen musste, um mir schützend die Ohren zuzuhalten. Mit einem Blick auf Lucy sah ich, dass sie es mir nachtat.

Die beiden Paare eilten zur Tür auf der anderen Seite der Szene, die wie der Eingang zu einem anderen Mausoleum aussah. Lucy und ich blieben unserer Reisegruppe dicht auf den Fersen.

Ich senkte die Arme, als wir einen weiteren kurzen Korridor betraten. An den Wänden flackerten elektrische Kerzen und ich erkannte, dass sich das Thema Mausoleum in diesem Raum fortsetzte. Die Gestaltung der Wände erweckte den Anschein, hier seien wirklich Leichen bestattet worden. Falsche Steintafeln trugen Namen, Sterbedaten und sogar Grabinschriften.

Fasziniert las ich die Inschriften der Tafeln, als Lucys plötzlicher Aufschrei mich überrumpelte. Ich schaute zu ihr und sah, wie sie auf etwas hinter uns starrte. Sie sprang vor mich und benutzte mich als Schutzschild zwischen sich und dem, was hinter uns lauerte. Nichts Gutes ahnend drehte ich mich um und blickte in blutorangefarbene Augen, die mich anstarrten. Ich sprang erschreckt hoch und warf dabei fast Lucy um.

Die Augen gehörten einer der schönsten Frauen, die ich je gesehen hatte. Sie hatte makellose, dunkle Haut und schwarzes Haar, das zu einer Hochsteckfrisur eingedreht war. Selbst im schwachen Licht konnte ich ihre markanten Wangenknochen und die vollen Lippen erkennen.

Ihr Mund öffnete sich und entblößte glänzende Reißzähne. *Aha, im Mausoleum lauern also Vampire!* Innerlich applaudierte ich Nightmare Sanctuary für die gute Show, die sie bisher ablieferten.

Die Vampirin beugte sich näher zu mir, bis ihre großen Augen mein gesamtes Blickfeld einnahmen. Als sie sprach, klang ihre Stimme kräftig und selbstbewusst. „Willkommen in der Familie, Olivia. Es wird dir bei uns gefallen." Sie zwinkerte mir zu und trat dann so schnell in den Schatten, dass es schien, als sei sie vom Erdboden verschluckt worden.

Ich lehnte mich vornüber und spähte in die Dunkelheit, aber ich konnte sie nicht mehr entdecken. Woher kannte sie meinen Namen? Selbst wenn die Angestellten hier wussten, dass es eine neue Olivia im Team gab, konnte sie doch unmöglich wissen, dass ich diese Person war.

Lucy zog am Bund meiner Shorts. „Die anderen sind

schneller als wir."

Ich drehte mich um. Lucy hatte recht. Die Paare waren bereits durch die Tür am Ende des Flurs entschwunden. Schnell folgten wir ihnen. Als wir sie einholten, betraten wir eine neue Szene. Hier stand ein komplettes Piratenschiff – wenn auch im Kleinformat.

Unser Weg durch die Szene führte über einen niedrigen Steg, der etwas überbrückte, das wie echtes Wasser aussah. Nebel waberte um unsere Beine und von den Ästen der Bäume hingen Ranken herab. Ich hatte das Gefühl, auf einer echten tropischen Insel nach Piraten zu suchen und bugsierte mir eine Ranke aus dem Gesicht.

Neben dem Piratenschiff befand sich eine Kiste von der Größe eines kleinen Geländewagens. Auf der einen Seite der Box befand sich eine Glasscheibe, durch die ich eine Meerjungfrau im Wasser erkennen konnte. Sie schlug mit ihrer silbernen Schwanzflosse und schwamm nach oben, wo ihr Kopf über der Wasseroberfläche am Rand der Kiste erschien. Dann stützte sie sich mit den Armen auf der hölzernen Oberkante ab und lächelte zu uns herab. Ihr Gesicht wirkte offen und freundlich, ihr Lächeln aber wirkte etwas verrucht. Vielleicht war es der Grünstich ihrer Haut, der mich das denken ließ. Ich blinzelte. War ihre Haut tatsächlich grün gefärbt oder vermittelte die Beleuchtung hier den Eindruck?

Die Meerjungfrau hob eine Hand, um ihr voluminöses, goldenes Haar aus dem Gesicht zu streifen. „Sie ist daaa!", sang sie mit hoher Stimme. Sie begann zu lachen und alles wurde schwarz.

KAPITEL 6

ICH SCHRIE NOCH LAUTER als Lucy. Hatte ich bereits erwähnt, dass ich Dunkelheit nicht ausstehen kann? Anfänglich hatte ich mich nicht gefürchtet, doch dass die Vampirin meinen Namen kannte, brachte mich etwas aus dem Konzept. Irgendwie fühlte ich mich dadurch angreifbar. Und nun auch noch von der Meerjungfrau herausgepickt worden zu sein, verstärkte mein Unbehagen.

Das Licht ging wieder an. Ich schrie erneut. Ein Pirat mit fauliger Haut stand auf einmal vor mir. Der Rand seines Dreispitzhutes stieß gegen meine Stirn. „Willkommen an Bord, Olivia!", dröhnte er.

Das war's. Meine Fassung ging baden. Ich zeigte auf Lucy, die irgendwo hinter mir stand und schrille kleine Schreie von sich gab. „Sie ist doch noch ein Kind!", schrie ich. „Wieso würden Sie ein Kind so dermaßen erschrecken?"

Der Zombiepirat schmiss seinen Kopf in den Nacken und lachte herzhaft. Als er mich wieder ansah, zwinkerte er mir zu. „Und wen genau erschrecke ich?"

Erst dann dämmerte mir, dass Lucys Schreie keine Angst ausdrückten. Sie lachte. Ich drehte mich um und schaute zu ihr hinunter. Sie zeigte auf mich. „Er hat dich so doll erschreckt!"

Ich sah hoch zu der Meerjungfrau, die ebenfalls lachte. Dann wandte ich mich wieder dem Piraten zu. Er hatte ungefähr meine Körpergröße. Doch wie er dort in seinem zerschlissenen, roten Samtmantel mit verschränkten Armen stand, wirkte er größer. „Es tut mir leid", stammelte ich. „Entschuldigung. Ich dachte, sie wäre aufgebracht."

Über die Schulter des Piraten konnte ich sehen, wie bereits die nächste Gruppe die Szene betrat. Ich drehte mich um und ging so schnell ich konnte meines Weges, wobei ich Lucy vor mir hertrieb. Sie kicherte immer noch, als wir die nächste Szene betraten, die wie ein verlassenes Krankenhaus anmutete. Ich atmete schwer, fühlte mich beschämt und aufgewühlt. Ich hatte gerade einen zukünftigen Arbeitskollegen angeschrien und fühlte mich miserabel.

Andererseits dachte ich mir, dass der Pirat es vielleicht sogar verdient hatte. Mich so zu Tode zu erschrecken, was sollte das? Eine Art Schikane neuer Mitarbeitender?

Ich kniff die Augen zu und massierte mit leichtem Druck den Nasenrücken. Aber klar. Nachdem ich unsere Tickets abgeholt hatte, musste Zach die Info über meine Ankunft weitergegeben haben, wodurch alle wussten, wie ich aussah, was ich trug und mit welcher Gruppe ich im Gebäude unterwegs war. Als Justine mir mitteilte, dass ich den Job bekommen würde, falls ich den Abend überlebte, wusste sie wahrscheinlich, was auf mich zukommen würde. Die Frage war nur, warum sie sich so eine Mühe gaben. Wollte Justine nur sichergehen, dass meine Nerven stark genug waren, um, wie sie angekündigt hatte, im Dunkeln zu arbeiten? Oder steckte mehr dahinter?

Ich öffnete die Augen gerade noch rechtzeitig, um nicht über eine silberne Trage zu stolpern, die mit Requisiten bedeckt war, die wie blutige Tücher aussahen. Glücklicherweise überstand ich die Krankenhausszene, ohne dass mich jemand beim Namen nannte oder mir fast einen Herzinfarkt verpasste. Ich atmete ein paar Mal tief durch, versuchte, mich wieder auf die hervorragende Handwerkskunst der Kulissen zu konzentrieren und zwang meine Schultern, sich zu lockern.

Immerhin hatte Lucy ihre anfängliche Furcht vollständig überwunden. Sie war mir einige Meter voraus und wandte ihren Kopf hin und her, um alle Eindrücke aufzusaugen. Sie hatte ein breites Grinsen im Gesicht. Die beiden Paare, mit denen wir anfänglich unterwegs waren, hatten uns längst abgehängt, womit wir nur noch zu zweit waren. Aber Lucy schien es nichts auszumachen, die Führung ins Unbekannte zu übernehmen.

Die nächste Szenerie, die wir betraten, war wirklich atemberaubend. Es sah aus, als hätten wir das Gebäude verlassen und wären in einen richtigen Wald getreten. Kahle Bäume mit dicken Stämmen und knorrigen Ästen füllten den Raum. Der Boden unter unseren Füßen war grasbewachsen. Die Beleuchtung war so gestaltet, dass man meinte, der Vollmond würde zwischen den Ästen hervorlugen.

Wir erreichten eine Art Lichtung, auf der sich drei Gestalten über einen riesigen schwarzen Kessel beugten. Das Feuer unter dem Kessel wirkte echt. Es stieg vermeintlich richtiger Rauch empor, der sich kriechend um den Fuß des Kessels schlängelte, bevor er in die Dunkelheit entwich. Wenn dies kein reales Feuer war, dann war es ein unglaublich guter Effekt.

Wir näherten uns der Feuerstelle und den, wie ich nun erkannte, zwei Frauen und einem jungen Mädchen. Das Mädchen war etwa in Lucys Alter. Sie trug ein schwarzes, knielanges Kleid mit weißen Strumpfhosen und schwarzen Stiefeln mit schmal zulaufenden Schuhspitzen. Die jüngere der beiden Frauen mochte Ende zwanzig oder Anfang dreißig sein. Ihre langen, blonden Locken fielen über einen roten Samtumhang. Die andere Frau war wesentlich älter. Ihr Rücken unter dem schwarzen Schal schien gekrümmt. Ihre Gestalt war viel zu dünn für ihr voluminöses, bodenlanges, schwarzes Kleid. Ihr graues Haar war zu einem Dutt gebunden, aber es standen so viele lose Strähnen um ihren Kopf, dass es aussah, als trage sie einen Heiligenschein.

Die blonde Frau kam direkt auf mich zu. Ich machte mich schon darauf gefasst, meinen eigenen Namen einmal mehr aus dem Munde einer Fremden zu hören. Doch stattdessen sagte sie: „Du bist nicht ich. Nicht mehr."

Bevor ich etwas erwidern konnte, stellte sich die alte Dame neben sie. „Aber du bist nicht ich. Noch nicht."

„Wer bist du dann?", fuhr die Blonde fort. „Wer ist Olivia Kendrick in Wirklichkeit?"

„*Was* bist du?", fragte die Alte.

Was für eine merkwürdige Frage. Irgendwie kam mir diese Begegnung unheimlicher vor als die beiden vorhergehenden. Ich hatte das Gefühl, die beiden Frauen sahen mich nicht an, sondern blickten in mich hinein. Instinktiv trat ich einen Schritt zurück. Ich würde niemanden mehr anschreien, aber hier verweilen kam auch nicht in Frage.

Mein Blick suchte Lucy, nur um festzustellen, dass sie nicht da war. Ich spürte schon Panik in mir aufsteigen, doch dann entdeckte ich sie in einiger Entfernung. Sie und das junge Mädchen gingen Hand in Hand in Richtung einer Baumreihe im hinteren Teil der Szene. Der Anblick ließ mich heftig erschaudern. Ich rief Lucys Namen laut und deutlich.

Erst nach meinem dritten Ruf drehte sich Lucy endlich zu mir um und ich winkte sie zu mir herüber. Das Hexenmädchen sagte noch etwas zu ihr und ließ dann ihre Hand los.

Als Lucy wieder an meiner Seite stand, legte ich ihr eine Hand fest auf den Rücken und lenkte sie aus dem Raum. Ich war sicher, dass mich die beiden Frauen noch immer eindringlich anstarrten. Dafür musste ich mich nicht noch einmal zu ihnen umdrehen, ich spürte es einfach.

Die noch verbleibende Zeit im Nightmare Sanctuary verging wie im Fluge. Zwar war ich hier und da versucht, in einen Spurt zu verfallen, um schneller wieder ans Tageslicht zu kommen, wollte gleichzeitig aber auch nicht Lucy verängstigen. Ich hielt unser Tempo also zügig, aber entspannt genug, dass Lucy noch immer alles genießen konnte. Als wir endlich aus der Tür traten und ich die frische Luft auf meinem Gesicht spürte, fing Lucy an, euphorisch auf- und abzuspringen. „Das war das Fantastischste überhaupt, Olivia! Du bist die Beste!"

Sie schien in keinster Weise zu ahnen, dass ich mich – ich war mir nicht einmal sicher, wie ich es nennen sollte – fürchtete? Nein, so schlimm war es nicht. Ich fühlte mich unwohl. Nightmare Sanctuary war unheimlich und ich war im Begriff, dort zu arbeiten. Denn egal, wie seltsam der Abend verlaufen war, ich würde mich nicht davon abhalten lassen, einen Teilzeitjob anzunehmen, der mit Vollzeitbezahlung lockte.

Noch bevor wir zu Nick in den Abschleppwagen stiegen, begann Lucy, ihrem Vater jedes Detail unseres Abends zu erzählen. Nick saß am Steuer, die Fenster seines Wagens waren heruntergekurbelt. Auf den Wagen zulaufend, fuchtelte Lucy mit den Armen und rief: „Dad! Weißt du was? Ich habe eine Hexe getroffen! Und ein ekliger Pirat hat Olivia zum Schreien gebracht!"

Die Erzählung spektakulärer Ereignisse setzte sich auf der gesamten Rückfahrt zur Cowboy's Corral Motor Lodge fort. Inzwischen lächelte sogar ich und trug ein paar Details dazu bei. Jetzt, da wir uns wieder in der realen Welt der Leuchtreklamen und asphaltierten Straßen befanden, fiel es mir leichter, meine sonderbare Bekanntschaft mit meinem neuen Kollegium zu verdrängen.

Erst als ich wieder allein in meinem Motelzimmer war, grübelte ich weiter darüber nach, was es mit alledem auf sich hatte. Lucy hatte mich zum Abschied herzlich umarmt. Ich war froh, dass wenigstens sie einen vergnüglichen Abend genossen hatte.

Am Sonntagmorgen wachte ich mit verspannten Schultermuskeln auf. In meinem früheren Leben hätte ich mir umgehend eine Massage gebucht. Stattdessen streckte ich mich und versuchte, nun einige der verhärteten Muskelpartien selbst weichzukneten. Schließlich ließ ich ab und widmete mich der noch übrigen Zimtschnecke.

Bis ich geduscht, mich angezogen und für eine Tasse

Kaffee auf den Weg zur Rezeption gemacht hatte, war es
bereits zehn Uhr. Mama war gerade damit beschäftigt,
einige Gäste auszuchecken, also rief ich ihr nur ein
„Guten Morgen" zu und schlenderte nach draußen.
Ich ließ mich auf der Bank neben der Eingangstür zur
Rezeption nieder. Die gelbe Markise, die sich über die
Vorderseite des Gebäudes spannte, spendete mir Schatten. So konnte ich ohne Schweißausbrüche das Treiben
um mich herum beobachten.

Auf der Straße herrschte reger Autoverkehr. Ich ging
davon aus, dass die Cowboys Tanner und McCrory
später wieder ein großes Publikum für ihre Schießerei
erwarten konnten.

Ich war es nicht gewohnt, nichts zu tun zu haben. In
Nashville hatte ich immer etwas um die Ohren. In einer
Marketingagentur zu arbeiten, bedeutete, dass dauernd
irgendwelche dringlichen Aufgaben anfielen. Auch nach
Feierabend und sogar am Wochenende. Selbst wenn ich
nicht arbeitete, gab es da auch noch die üblichen Be-
sorgungen oder Hausarbeit, die auf mich warteten. Hier
in Nightmare standen mir nun neun Stunden Nichtstun
bevor. Das gefiel mir nicht.

Wenn ich ehrlich war, musste ich mir eingestehen,
dass ich in Nashville etwas zu beschäftigt gewesen war.
Ich sagte nur ungern „nein". Viele meiner Aktivitäten,
wie zum Beispiel den sonntäglichen Brunch mit meinen
Freundinnen, hatte ich auch sehr genossen. Aber in der
Summe war es doch zu viel. Vielleicht, so vermutete
ich, wäre ich mit etwas weniger Beschäftigung schneller
darauf aufmerksam geworden, wie Mark fröhlich unser
Geld verprasst hatte.

Im Endeffekt musste ich einen Mittelweg zwischen

völliger Auslastung und gähnender Langeweile finden. Vielleicht könnte ich mir einen Revolver an die Hüfte schnallen und so tun, als würde ich Bösewichte aus der Stadt jagen.

Am Ende begnügte ich mich damit, in meinem Zimmer weitere TV-Wiederholungen anzusehen. Später suchte ich noch einmal den Lusty Lunch Counter für ein Mittagessen auf. Diesmal allerdings ohne kostenloses Showprogramm.

Am Ende eines öden Tages hatte ich mich tatsächlich darauf gefreut, zur Arbeit ins Nightmare Sanctuary aufzubrechen. Mir fiel auf, dass ich nicht wusste, was ich anziehen sollte. Nach dem zu urteilen, was ich am Vorabend gesehen hatte, war legere Kleidung scheinbar die richtige Wahl. Zach trug zu seiner gestrigen Schicht an der Kasse ein Nightmare Sanctuary-T-Shirt. Entweder würde man mich ähnlich ausstatten oder in ein Kostüm stecken. Ich entschied mich also für schwarze Jeans und ein pflaumenfarbenes Strickoberteil.

Kurz darauf war ich unterwegs zum Spukhaus. Als ich den Hügel erklomm, versank die Sonne gerade hinter einem fernen Berg. Das Nightmare Sanctuary war in Sicht. Es sah unheimlicher aus als während meiner letzten beiden Besuche. Tagsüber entschärfte der Sonnenschein die Wirkung des Ortes. In der Dunkelheit waren die Umrisse des ehemaligen Krankenhauses einfach schwieriger zu erkennen, wodurch es an Imposanz verlor. Die Dämmerung hingegen war der optimale Zeitpunkt für den schaurigen Eindruck.

Ich näherte mich dem Gebäude und machte mich auf weitere bizarre Erlebnisse am heutigen Abend gefasst. In unmittelbarer Nähe zum *Nightmare Sanctu-*

ary Haunted House-Schild stellte ich fest, dass sich dort seit gestern das Sammelsurium alter Bergbauausrüstung noch erweitert hatte. Auf einem der rostigen Zahnräder lag nun eine lebensgroße Puppe drapiert. Ihr Kopf hing nach hinten über die Kante des Zahnrads, ihre Beine waren gespreizt. Die Requisite trug eine enge, verblichene Jeans und ein kariertes Westernhemd, das auf der Brust blutige Risse aufwies.

„Wow", staunte ich leise und trat näher heran. Die Leiche sah so realistisch aus.

Der große, hagere Mann, der uns in der Nacht zuvor Eintritt gewährt hatte, kam aus Richtung der Eingangstür auf mich zu und blieb vor dem rostigen Haufen stehen. Ich wollte ihm gerade meine Anerkennung für die großartige Arbeit, die hier mit der Requisite geleistet wurde, aussprechen. Doch da schlug er beide Hände vor seinen Mund und starrte mit großen Augen auf die Leiche. Er ließ die Hände wieder sinken, ballte sie zu Fäusten und stieß einen spitzen Schrei des Entsetzens aus.

Tat er so, als sei die Leiche echt, um mir einen Schrecken einzujagen? Das musste wieder diese Schikane sein, die ich am Abend zuvor schon erleben durfte. Entschlossen zu beweisen, dass ich nicht darauf hereinfiel, ging ich auf die Leiche zu und hielt dem Anblick des leblosen Körpers stand. Die unbewegten Augen starrten himmelwärts. Für einen genaueren Blick beugte ich mich vornüber. Ich erkannte das Gesicht.

Es war der Mann aus dem Lusty Lunch Counter. Derjenige, der sich mit dem Mann im Anzug gestritten hatte.

Das war keine Attrappe. An meinem neuen Arbeitsplatz lag ein Toter.

KAPITEL 7

ICH SCHNAPPTE NACH LUFT und machte einen Schritt nach hinten. Das weckte die Aufmerksamkeit des dürren Mannes, der mich jetzt erst richtig zu bemerken schien. „Was hast du getan?", rief er.

Ich schüttelte heftig den Kopf. „Ich bin gerade erst angekommen. So wie Sie."

Er erwiderte nichts, behielt mich aber ganz genau im Blick, während er irgendwo unter seinem langen schwarzen Mantel ein Funkgerät hervorholte. Ich konnte nicht hören, was er in das Gerät sprach, aber nach nur wenigen Sekunden hörte ich Schrittgeräusche. Drei Personen eilten auf uns zu. Darunter war auch Justine, die geistesgegenwärtig direkt Anweisungen erteilte. „Malcolm, ruf die Polizei. Clara, sag allen, sie sollen sich im Speisesaal zu einer Lagebesprechung versammeln. Olivia", ich zuckte zusammen, als ich meinen Namen hörte, „holen Sie Zach. Er soll ein Team zusammenstellen, um die Zufahrtsstraße am Galgen zu blockieren. Nehmen Sie Gutscheine mit dorthin und bitten Sie die Besucher, morgen wiederzukommen. Außer Rettungsfahrzeugen lassen Sie niemanden durch. Und keiner verliert gegenüber Außenstehenden ein Wort darüber, was hier geschehen ist."

Malcolm, der große, hagere Mann, hielt sich bereits ein Handy ans Ohr, das so gar nicht zu seinem Zylinder und seinem Mantel passen wollte. Diejenige, die Justine als Clara angesprochen hatte, war bereits schnellen Schrittes auf dem Weg ins Gebäude. Ich für meinen Teil war wie erstarrt und zu schockiert, um etwas anderes zu tun, als stumm zu nicken.

„Oh nein", stöhnte Justine. Sie war näher an die Leiche herangetreten. „Das ist Jared Barker. Warum liegt er tot vor unserer Tür?"

Der Name kam mir irgendwie vertraut vor. Es war diese Ahnung, die meine Füße endlich in Bewegung setzte. Auf dem Weg zum Ticketschalter grübelte ich, warum ich meinte, den Namen zu kennen. Ich konnte mich nicht entsinnen, dass der Mann im Anzug Jared während ihres Streits im Diner beim Namen genannt hatte. Es musste etwas mit seinem Nachnamen zu tun haben. Unwillkürlich musste ich an meinen Spaziergang auf dem High Noon Boulevard zurückdenken. Da war doch dieser Typ, der mir ein Flugblatt für eine UFO-Beobachtungsparty vor die Nase gehalten hatte. Was sagte er, wo sollte die Beobachtung stattfinden? Auf der Barker Ranch? Sicher, Barker war ein geläufiger Nachname. Aber in einer so kleinen Stadt wie Nightmare? Der tote Mann und die Ranch mussten irgendwie miteinander verbunden sein.

Zach war nicht am Ticketschalter, also lief ich weiter ins Gebäude und den Flur entlang, der zu Justines Büro führte. Es war niemand zu sehen. Justine hatte Clara beauftragt, das Personal im Speisesaal zu versammeln. Ich beschloss also, dort nachzusehen, natürlich ohne zu wissen, wo das sein könnte.

Glücklicherweise huschte die Frau, die in der Nacht zuvor in der Friedhofsszene so laut aufgeheult hatte, gerade im Eingangsbereich über den Steinfußboden, als ich wieder dort vorbeikam.

„Entschuldigung!", rief ich. „Können Sie mir sagen, wie ich in den Speisesaal komme?"

Die Frau sah mich mit ihren dunklen Augen an und gab mir dann mit einer Geste zu verstehen, dass ich ihr folgen sollte. Ihre Stimme war tief und heiser. „Komm, ich zeige dir den Weg."

Lucy und ich hatten uns am Abend zuvor im Westflügel des Gebäudes aufgehalten und die Spukszenen zur Linken des Eingangs betreten. Die Frau, der ich nun folgte, bewegte sich durch eine breite Holztür in den Ostflügel.

Wir gingen einen von Türen gesäumten Flur entlang. Vor uns eilten weitere Personen in die gleiche Richtung. Etwa auf halber Strecke des Flurs bogen alle nach links ab. Ich tat es ihnen nach und fand mich in einem großen Saal wieder. Durch die Fenster konnte ich die Landschaft auf der Rückseite des Gebäudes sehen. Es handelte sich zweifelsohne um den Speisesaal. Im ganzen Raum waren schwere Eichentische mit passenden Sitzbänken ordentlich zu Tischreihen angeordnet.

Ich musterte die Gesichter der Anwesenden und hoffte, darunter auch Zach zu entdecken, aber ohne Erfolg. Stattdessen erspähte ich Clara und rannte zu ihr hinüber. Sie drehte sich mit ihren großen, fliederfarbenen Augen zu mir um. Ihr Gesicht war schmal und spitz. In ihrem blonden Haar steckten Gänseblümchen. „Du bist die Neue. Olivia." Ihre Stimme hatte einen kindlichen Klang.

„Justine hat mich gebeten, Zach zu suchen, aber er ist nicht am Ticketschalter. Weißt du, wo er noch sein könnte?"

Claras Augenbrauen zogen sich zusammen. „Du hast recht. Ich habe ihn dort auch nicht gesehen, als ich vorbeiging." Sie warf einen Blick auf ihre Armbanduhr. „Theo kann dir genauso gut helfen. Er müsste auch gleich wach sein."

„Okay. Ähm, wer ist denn Theo?"

„Er ist ungefähr so groß wie du, trägt schulterlanges, braunes Haar, hat braune Augen ..." Clara sah sich um, dann rief sie: „Theo!"

„Clara, was ist los?", fragte eine Stimme hinter mir. Dank Claras Beschreibung ahnte ich bereits, dass Theo der Zombiepirat sein musste, den ich gestern angeschrien hatte. Wie er sich jedoch so schnell und geräuschlos an mich herangeschlichen hatte, konnte ich mir nicht erklären. Heute war er immerhin noch nicht verkleidet. Ohne die ganze verrottende Haut sah er recht passabel aus. Zumindest würde er das ohne die Sorgenfalten, die sich nun auf seiner Stirn abmalten.

„Olivia wird dich gleich ins Bild setzen. Macht euch schon mal auf den Weg zur Kreuzung am Galgen. Justine hat Arbeit, um die ihr euch kümmern müsst." Ohne eine Antwort abzuwarten, wich Clara beiseite und ging auf ein Grüppchen zu, das ich als die drei Hexen des gestrigen Abends erkannte.

Ich erzählte Theo schnell, dass draußen eine Leiche gefunden wurde und wir daher angewiesen worden waren, Besucher fernzuhalten. Ich bin mir nicht sicher, wie zusammenhängend ich das Ganze tatsächlich wiedergab, doch Theo schien es verstanden zu haben. Kaum hatte ich meine Ausführung beendet, drehte er sich zur Seite und rief: „Amos! Vivian!"

Eine Frau in blauen Jeans und gepunkteter Bluse betrat gerade den Speisesaal, blickte auf und eilte dann auf uns zu. Sie war zierlich. Ihr Outfit, der rote Lippenstift und das rote Kopftuch, das ihr dunkles Haar aus dem Gesicht hielt, unterstrichen ihren Vintage-Look. Ein paar Sekunden später erschien ein Mann an ihrer Seite. Während Vivian aussah wie die Cousine von Rosie the Riveter, sah Amos aus, als käme er geradewegs von seiner Schicht im Bergwerk. Sein breiter Körper war muskulös. Durch seine Statur wirkte er einschüchternd, doch sein Gesichtsausdruck zeugte von Sorge. Sanft ergriff er Vivians Hand.

„Das ist Olivia. Sie wird uns gleich alles erklären." Theo schritt zur Tür. Wir drei anderen beeilten uns, ihm zu folgen. Überrumpelt davon, dass man mir die Gesprächsinitiative überlassen hatte, brauchte ich ein paar Anläufe, ehe es mir gelang, plausible Sätze mit allen wichtigen Details zu bilden. In der Eingangshalle forderte uns Theo auf, kurz stehenzubleiben.

Er verschwand auf dem Flur in Richtung Justines Büro. Kurz darauf kehrte er mit einem Bündel Karten in den Händen zurück. Er reichte je ein Bündel an jeden von uns weiter. Jetzt erkannte ich, dass dies die Rabattcoupons waren, von denen Justine vorhin sprach. „Lasst uns gehen", sagte Theo mit ernster Miene.

Das Nightmare Sanctuary öffnete seine Pforten zwar erst um zwanzig Uhr für Gäste, aber Theo bekräftigte, ich solle mich auf eine frühere Ankunft einstellen. Einige Leute würden lieber vor Ort auf den ersten Ein-

lass warten, anstatt sich später am Abend in einer un-
berechenbar langen Warteschlange einzureihen.

Als wir die unbefestigte Straße Richtung Galgen ent-
langgingen, hörten wir Sirenen. Wir wichen alle auf den
kaum vorhandenen Seitenstreifen der Straße aus, kurz
bevor zwei Polizeiautos und ein Rettungswagen um die
Ecke bogen.

An der Kreuzung am Galgen angelangt, wies Theo
uns an, uns auf dem Feldweg zu verteilen. „Für den
Moment genügt es, eine Straßenbarriere zu errichten",
erklärte er. „Sobald der Verkehr zunimmt, dirigieren
wir die Ankommenden dann nach links, um auf diesem
Weg zurück in die Stadt zu fahren. Teilt ihnen mit, dass
wir wegen unerwarteter Wartungsarbeiten für heute
schließen mussten."

Nun, dachte ich, eine Leiche zu beseitigen, kann man
durchaus so bezeichnen.

Theo bewies ein gutes Gespür. Wir hatten keine drei
Minuten dort gestanden, als das erste Auto vor uns anhielt. Vivian ging zur Fahrerseite hinüber und verteilte
ein paar Coupons durch das offene Fenster. Ich konnte das Gespräch nicht hören, beobachtete aber, wie
sie freundlich und zugleich entschuldigend lächelte. Ihr
Gesichtsausdruck schien zu sagen: „Da kann man nichts
machen, stimmt's?"

Mir war zwar bewusst, dass Darsteller eines
Spukhauses über gute schauspielerische Qualitäten ver-
fügen mussten, aber Vivian war einfach umwerfend. Sie
ließ sich nicht anmerken, wie aufgebracht und besorgt
das ganze Team war.

Es dauerte nicht lange, bis uns ein konstanter Strom
weiterer Fahrzeuge erreichte. Wir lotsten alle Leute auf

die Straße zu ihrer Linken, weg vom Nightmare Sanctuary. Als das letzte Tageslicht am Horizont verschwand,
stauten sich die Autos bereits. Es war eine Schande,
wenn man bedachte, wie viele Einnahmen dem Sanctuary heute entgehen würden. Sonntagabende waren
wahrscheinlich nicht so gut besucht wie Freitage und
Samstage, und dennoch schien es ein recht beliebter Tag
für Touristen, um sich zu gruseln.

Nach einer Weile stieß Malcolm zu uns und bot jedem von uns eine Flasche Wasser und eine Tüte Kartoffelchips an. Es war nicht viel, aber es tat gut. Ich war
von Kopf bis Fuß eingestaubt und hatte es allmählich satt, mich immer wieder bei den Besuchern zu
entschuldigen. Früher am Abend waren die Leute meist
enttäuscht und einige sogar wütend gewesen. Inzwischen steckte so mancher Ankömmling neugierig seinen
Kopf aus dem Autofenster und fragte, was denn hier
los sei. Man habe gehört, dass die Polizei vor Ort
sei. Wir konnten versuchen, an der Behauptung über
außerplanmäßige Wartungsarbeiten festzuhalten, aber
die Wahrheit würde eher früher als später ans Licht
kommen.

Der gesamte Abend fühlte sich einen Hauch zu surre-
al an. Ich hatte nicht einmal irgendwelche Vertragspa-
piere unterschrieben oder einen Personalbogen aus-
gefüllt, wie es am ersten Tag im neuen Job sonst
üblich wäre. Stattdessen war ich munter und nicht-
sahnend in eine Leiche gelaufen und verbrachte den
Rest des Abends neben einem Galgen an einer staubigen Kreuzung. Der zunehmende Mond, der gerade
über dem Horizont aufging, bildete den krönenden Abschluss.

Meine Kollegen sprachen nicht viel mit mir, aber das nahm ich ihnen nicht übel. Sie redeten auch untereinander nicht viel. Vermutlich hatten sie die Ereignisse anfänglich in einen leichten Schockzustand versetzt. Später hielt uns alle dann das rege Verkehrsaufkommen in Schach.

Ich trank den letzten Schluck meines Wassers und blickte auf die Uhr an meinem Handgelenk. Es war zweiundzwanzig Uhr und ich rätselte, wie lange wir wohl noch hier draußen verweilen würden. Ich ließ den Kopf sinken und rollte ihn herum, um meinen Nacken ein wenig zu strecken.

Im nächsten Moment schlug eine Autotür hinter mir zu. Ich drehte mich um und sah ein Polizeifahrzeug. Spätestens jetzt würde uns die Geschichte mit den Wartungsarbeiten niemand mehr abnehmen. Überrascht vernahm ich, wie der Polizist rief: „Ich suche Olivia Kendrick."

Mein erster Instinkt war, ungelogen, mich umzudrehen und davonzulaufen. Ich fühlte mich schuldig, ohne etwas verbrochen zu haben. Doch statt dem Impuls nachzugeben, hob ich zaghaft die Hand, wie ein Kind in der Schule. „Das bin ich."

Der Polizist stand gegen den Kofferraum seines Wagens gelehnt. Er winkte mich zu sich und zog einen Notizblock aus seiner Tasche. „Ich bin Officer Reyes. Wie ich hörte, sind Sie eine der beiden Personen, die das Mordopfer entdeckt haben?"

„Das Mordopfer?", platzte ich heraus. „Er wurde ermordet?" Noch während ich es aussprach, wurde mir bewusst, dass Jared Barker weder unglücklich gestürzt war, noch dass es ihm wie aus dem Nichts die Brust zerfetzt hatte. Selbstverständlich war er einem Mord zum Opfer gefallen. Mein Gehirn hatte diese Tatsache schlichtweg verdrängt. Das muss eine Art mentaler Selbsterhaltungstrieb gewesen sein.

Officer Reyes sah mich an, als wollte er darauf etwas erwidern, stellte mir aber stattdessen Fragen. Ich erzählte ihm von meiner Ankunft im Nightmare Sanctuary und erwähnte auch die Begegnung zwischen Jared und dem Mann im Anzug, die ich am Vortrag im Lusty Lunch Counter beobachten konnte.

„Emmett Kline", murmelte Officer Reyes. Er stellte mir noch ein paar Folgefragen, bedankte sich dann und gestattete mir, zu meiner Arbeit zurückzukehren.

Erst um Mitternacht forderte Theo uns auf, zurück zum Haus zu gehen. Zu diesem Zeitpunkt hatten wir seit zwanzig Minuten kein einziges Auto mehr abweisen müssen. Theo ließ mich wissen, dass das Nightmare Sanctuary nur bis Mitternacht geöffnet hatte und wir deshalb keine weiteren Besucher zu erwarten hätten. „Aber", fügte er hinzu, „wir werden im Speisesaal zu einer Besprechung erwartet."

Ich betrat den Speisesaal, wobei meine Turnschuhe ein paar Staubflecken hinterließen. Mit „wir" meinte Theo scheinbar das gesamte Personal des Spukhauses. Kurz nachdem wir uns zum Rest des Teams an die Tische gesellt hatten, betrat Justine ein kleines Podest am Ende des Raumes.

„Irgendwer hat Jared Barker ermordet und ihn vor unserer Tür abgelegt", begann Justine. Sie schaute uns alle finster an. „Entweder war es jemand aus unseren Reihen oder man versucht, es so aussehen zu lassen, als wäre es jemand von uns gewesen."

„Wie ist er umgekommen?", fragte eine Stimme weiter vorne im Saal.

„Sein Genick war gebrochen. Außerdem weist sein Körper tiefe Kratzspuren wie von einem Tier auf", antwortete Justine unverblümt.

„Oh!", sagte ich leise, mehr zu mir selbst als zu den Leuten um mich herum. „Er wurde von einem Tier angegriffen!"

Obwohl Justine sich auf der anderen Seite des Raumes befand, musste sie mich gehört haben. „Nein. Die Kratzspuren sind ihm vorsätzlich zugefügt worden. Wohlüberlegt. Tiere sind nicht die einzigen Kreaturen mit Krallen, Olivia."

KAPITEL 8

AUF DEM NÄCHTLICHEN HEIMWEG blickte ich häufiger über meine Schulter hinter mich als nach vorn. Ich war alarmiert. Wenn in Nightmare tatsächlich ein mordendes Ungetüm mit spitzen Klauen sein Unwesen trieb, wollte ich wachsam sein, ehe es sich vielleicht sogar an mich heranschleicht, um erneut zu töten.

Am nächsten Morgen riss mich ein lautes Türklopfen aus einem Traum, in dem ich an einer endlosen Schlange von Menschen vorbeiging und jedem mitteilte: „Tut mir leid, wir haben wegen Mordes geschlossen."

Ich zupfte am Saum meines Schlafshirts, um sicherzugehen, dass alle wichtigen Körperteile anständig bedeckt waren und stolperte zur Tür. Ich öffnete die Tür mit einer Hand, während ich hinter der anderen ein Gähnen verbarg.

Mama stand vor mir und hielt mir eine Tasse Kaffee entgegen. Ich nahm sie dankbar an und winkte Mama herein. Ich war nach meiner Rückkehr aus dem Sanctuary so erschöpft gewesen, dass ich meine Kleidung einfach achtlos auf den Tisch geworfen hatte. Hastig räumte ich die Kleidungsstücke auf mein Bett und bot Mama einen Sitzplatz an.

„Danke. Ich kann nicht lange bleiben", sagte sie, als

sie sich niederließ. „Benny ist gerade in Phoenix bei seinem kranken Onkel, also bin ich im Moment allein. Wenigstens ist montags nichts los, sobald die letzten Wochenendausflügler ausgecheckt haben."

Beim Blick auf meine Uhr stellte ich fest, dass es schon fast elf Uhr war. Zwar war ich erschöpft gewesen, aber dass ich so lange geschlafen hatte, überraschte mich dennoch.

„Wie auch immer", fuhr Mama fort, „ich habe mitbekommen, was da draußen passiert ist. Geht es Ihnen gut?"

Ich nickte. „Mir geht's gut. Es war bloß ein ziemlicher Schreckmoment. Kannten Sie Jared Barker?"

„Natürlich, seine Familie lebt schon genauso lange in Nightmare wie meine." Mama schnalzte mit der Zunge. „So eine Tragödie. Dieser Ort da draußen ..." Sie murmelte etwas Unverständliches. Ich meinte, das Wort „unnatürlich" zu hören.

„Es ist tragisch", stimmte ich zu. „Vor allem tut es mir für Jareds Angehörige leid."

Mamas Blick fixierte einen Punkt auf der Wand hinter mir. „Haben Sie ihn gesehen? Seine Leiche?", fragte sie. Sie versuchte, es beiläufig klingen zu lassen, aber sie konnte ihre Neugierde nicht vor mir verbergen.

Ich erzählte ihr die kurze Version dessen, was ich gesehen hatte und dass es sich mutmaßlich um einen Tierangriff handeln musste.

„Hmm", war alles, was Mama antwortete. Sie presste ihre Handflächen auf den Tisch und richtete sich auf. „Jetzt, wo ich weiß, dass es Ihnen gut geht, kann ich mich beruhigt wieder ins Büro begeben."

„Danke, dass Sie nach mir gesehen haben. Und für

den Kaffee." Ich begleitete Mama hinaus. Ich drehte mich um, lehnte mich beim Schließen der Tür von innen gegen sie und spürte, wie sehr ich Kohldampf hatte.

Ich hatte bereits gestern Nacht vor dem Schlafengehen geduscht, um auf gar keinen Fall den ganzen Staub mit ins Bett zu tragen, entschied mich aber für eine weitere Dusche, um richtig wach zu werden. Ich fischte ein blaues Sommerkleid aus Seide aus meinem Koffer. Eigentlich war es ein bisschen zu chic für Nightmare, aber das luftige Teil war ideal für dieses Klima. Wie meine Handtasche gehörte es zu jenen Dingen, die ich nicht verkaufen wollte, ganz egal, wie dringend ich Geld brauchte.

Beim heutigen Besuch im Lusty Lunch Counter fragte mich die Bedienung, die mich die letzten beiden Male bereits bedient hatte, nicht einmal mehr, was ich trinken wollte. Noch ehe ich es mir auf einem der Barhocker bequem machen konnte, hatte ich schon ein Glas Wasser vor mir stehen.

Ich aß gerade die ersten Pommes, als ich bemerkte, wie mich meine linke Sitznachbarin anschaute. Ich ließ eine Pommes aus meiner Hand zurück auf den Teller fallen und drehte mich zu ihr. Hatte ich mein Gesicht mit Ketchup beschmiert? Wenn ja, dann behielt sie es für sich. Abrupt wandte sie sich wieder ihrem eigenen Teller zu.

Hinter der Theke befand sich ein Spiegel. Während des Essens schaute ich auf und registrierte im Spiegelbild, dass mehrere Menschen, die in den Sitzgruppen hinter mir saßen, ebenfalls starrten. Traf sich unser Blick zufällig im Spiegel, drehten sie sich hastig weg. Doch nach ein oder zwei Minuten erwischte ich sie erneut beim Starren.

Kurz darauf vernahm ich Geflüster. Zwei Männer zu meiner Rechten unterhielten sich leise, während sie mir verstohlene Blicke zuwarfen. Ich schnappte Gesprächsfetzen wie „Sanctuary" und „Rechtsmedizin" auf.

Ich winkte die Bedienung herbei. Als sie vor mir stand, zog ich eine Augenbraue hoch. Noch bevor ich den Mund ganz öffnen konnte, unterbrach sie mich. „Ja, es wird über Sie getratscht." Sie machte keine Anstalten, ihren Tonfall zu drosseln und warf den beiden Männern einen abschätzigen Blick zu.

Ich schüttelte den Kopf. „Warum?"

„Sie tauchen in Nightmare auf und zwei Tage später ist Jared Barker tot. Nicht nur das, er wird auch noch dort gefunden, wo Sie gerade erst einen Job angenommen haben."

„Der Mord an ihm hat nichts mit mir zu tun." Beim Wort „Mord" wurde es mucksmäuschenstill um uns herum.

Die Kellnerin zuckte mit den Schultern. „Natürlich nicht. Aber Sie sind neu in der Stadt und deshalb sind die Leute misstrauisch. Das ist völlig normal." Sie streckte ihre Hand aus. „Ich bin Ella. Heute ist unsere dritte Begegnung hier, also denke ich, es ist an der Zeit, dass wir uns mit Namen vorstellen."

„Olivia", stellte ich mich vor und schüttelte ihre Hand.

Ella ergriff meine Hand und lehnte sich über den Tresen zu mir. „Kümmere dich nicht um die neugierigen Leute. Ich weiß nicht, wer Jared getötet hat, aber du warst es mit Sicherheit nicht."

Trotz des allgegenwärtigen Argwohns und der prüfenden Blicke konnte ich Ella ein aufrichtiges

Lächeln schenken. „Danke."

Den Rest meines Essens über fühlte ich mich unwohl. Immerhin verließen die beiden Männer, die neben mir saßen, das Restaurant kurz nachdem Ella sie konfrontiert hatte. Ich war gerade dabei, Bargeld aus meiner Brieftasche zu fischen, als sich wieder jemand neben mir platzierte. Ich wandte mich um und erkannte den UFO-Jäger, den ich am Samstag getroffen hatte.

„So eine Schande", sagte er mit bebender Stimme zu mir. „Eine absolute Schande. Er wusste um die Gefahren!"

Ella tauchte wieder auf, stützte die Ellbogen auf den Tresen und ihr Kinn in die Hände. „Luke, wovon in aller Welt redest du da?"

Luke zog die Augenbrauen hoch. „Jared, natürlich. Ich glaube, die Besucher könnten ihn umgebracht haben. Er muss etwas getan haben, was sie verschreckt oder verärgert hat. Sie sind sehr empfindlich, weißt du?"

„Die Außerirdischen", sagte Ella mit matter Stimme, „fühlten sich gekränkt und haben Jared Barker ermordet?"

Luke erhob und schwenkte den Zeigefinger. „Unterschätze nicht meine Theorie!"

„Klaro. Ich nehme an, du bekommst das gleiche wie immer?"

Luke war durch seine Bestellung abgelenkt. Ich nutzte den unbehelligten Moment, rutschte fix von meinem Hocker, griff nach meiner Handtasche und winkte Ella zu. Auf dem Weg zum Ausgang verdrehte ich die Augen und setzte einen *Ist der Typ noch zu fassen?*-Gesichtsausdruck auf.

Obwohl ich so lange geschlafen hatte, gönnte ich mir

am Nachmittag noch ein Nickerchen. Ich war es nicht gewohnt, bis Mitternacht zu arbeiten. Wenn das in den nächsten Wochen mein Alltag sein sollte, dann musste ich mir diese Ruhephasen nehmen. Außerdem empfand ich es als äußerst anstrengend, dass meine Gedanken andauernd um Geldsorgen oder einen Mord kreisten.

Auf meinem späteren Weg zum Nightmare Sanctuary war ich recht gelassen. Zumindest bis ich mich der Stelle auf der unbefestigten Straße näherte, von der aus das alte Krankenhausgebäude in Sichtweite kommen würde. Ich hatte keine Ahnung, was mich erwarten würde, wenn ich die Kuppe des Hügels erreichte und so sprach ich mir selbst Mut zu. „Komm schon, Olivia. Es kann nicht schlimmer sein als der Anblick einer Leiche. Wovor hast du Angst?"

Wie sich herausstellte, gab es nichts zu befürchten. Es fanden sich keinerlei Anzeichen dafür, dass in der Nacht zuvor ein weiteres Mordopfer auf dem Rasen drapiert worden war. Alles sah völlig normal aus. Nun, so normal wie man es für ein gruseliges, altes Krankenhaus eben annehmen konnte.

Ich betrat gerade das Gebäude durch den Haupteingang, als mir bewusst wurde, dass ich keine Ahnung hatte, wo ich eigentlich hin sollte. Musste ich mich irgendwo anmelden oder einstempeln? Am Abend zuvor hatte ich das jedenfalls nicht getan und hoffte nun inständig, dass ich für die gestrigen Arbeitsstunden auch rechtmäßig bezahlt werden würde.

In dem Moment kam Justine gerade aus der Richtung ihres Büros. Also fragte ich sie und fügte hinzu, dass ich auch noch keine offiziellen Arbeitsunterlagen unterschrieben hatte. Sie winkte lässig ab. „Darum kümmern wir uns bald. Die Dokumente liegen irgendwo auf meinem Schreibtisch. In der Zwischenzeit habe ich aber immerhin ein T-Shirt für Sie organisieren können." Sie griff in die Tragetasche, die an ihrem Arm baumelte, holte ein schwarzes Nightmare Sanctuary-T-Shirt heraus und reichte es mir. „Gehen Sie den Flur entlang in Richtung Speisesaal. Auf der rechten Seite finden Sie die Sanitärräume mit Schließfächern. Dort können Sie sich umziehen und Ihre Handtasche aufbewahren. Anschließend kommen Sie einfach in den Speisesaal. Dort treffen wir uns jeden Abend und besprechen die Aufgaben, Neuigkeiten und so weiter."

„Eine Personalbesprechung", ergänzte ich.

„Genau, obwohl ich diese Leute weniger als Personal, sondern eher als Familie betrachte." Justine schenkte mir ein breites Lächeln. „Ein Familientreffen also! Na los."

Ich zog mich um, verstaute meine Handtasche und meine Bluse in einem der Spinde und ging dann zum Speisesaal. Als ich eintrat, bemerkte ich sofort, dass die Stimmung dieses Mal viel weniger finster war. Die Leute, die bereits hier saßen, waren nicht gerade fröhlich, aber sie schienen auch nicht wegen Jareds Ableben zu trauern. Ich nahm auf einer Bank drei Reihen hinter dem Podium Platz.

Ich saß allein auf der Bank und ließ meinen Blick durch den Raum schweifen. Die weinende Frau aus der Friedhofsszene schob etwas, das wie eine große Wanne auf Rädern aussah. Darin saß die Meerjungfrau, mit dem Rücken an eine der Wannenseite gelehnt. Ihre Schwanzflosse ragte auf der anderen Seite aus der Wanne heraus.

Ich richtete meine Aufmerksamkeit und damit meinen Blick wieder nach vorne und erschrak so sehr, dass ich zusammenzuckte. Jemand saß direkt neben mir. Ich hörte sein kräftiges Lachen.

Theo! Ich musste nicht sein Gesicht sehen, um zu wissen, dass er es war. Wie konnte sich der Kerl immer wieder unbemerkt an mich heranschleichen? Theo hatte bereits sein Zombie-Make-up aufgelegt und seinen großen Piratenhut dabei.

„Hi, Olivia!", sagte er freundlich. „Du hast gestern Abend gute Arbeit geleistet. Wo bist du denn heute Abend eingesetzt?"

„Keine Ahnung."

Theo zupfte am Ärmel meines T-Shirts. „Wenigstens hast du jetzt deine Uniform."

Die hübsche Vampirin, die mich bei meinem Besuch mit Lucy angesprochen hatte, setzte sich mir gegenüber an den Tisch. Ich hatte mich wie ein totaler Tollpatsch gefühlt, als ich meine Beine vorhin umständlich über die Bank gehievt hatte. Sie hingegen schaffte das mit einer einzigen, geschmeidigen Bewegung, trotz ihres langen, spitzenbesetzten Kleides. „Und vergiss nicht", sagte sie, „es ist wichtig, unheimlich, aber hilfreich auszusehen."

„Hilfreich sein kriege ich hin", versicherte ich ihr. „Bei dem unheimlichen Part bin ich mir noch nicht so sicher."

„Das schaffst du schon, Liebes. Es war kein Zufall, der dich zu uns geführt hat. Ich weiß, dass du dich bei uns wohlfühlen wirst. Ich bin Gräfin Moreau, aber du kannst mich Mori nennen, wie alle anderen auch. Es ist nicht nur ein Spitzname, weißt du? Es ist auch das lateinische Wort für Tod." Gräfin Moreau lächelte stolz,

ihre Reißzähne schimmerten im Schein der Deckenleuchten.

Bevor ich antworten konnte, stieß etwas gegen meine
Beine. Ich zuckte überrascht zurück und blickte an mir
hinunter. Eine kleine drahtige, graue Gestalt huschte
davon und mit gebeugtem Rücken unter unseren Tisch.
Sie verschwand aus meinem Blickfeld, ehe ich sie genau
erkennen konnte.

„Was war das?", fragte ich.

„Oh." Mori klang unbehaglich. „Das war mein Hund."

Ich nickte nur. Das musste eine mir unbekannte Hun-
derasse sein. So was hatte ich bisher noch nicht gesehen.

Das Tier war auf seinen Hinterbeinen gelaufen.

KAPITEL 9

JUSTINE ENTGEGNETE UNS ALLEN ein lautes „Guten Abend".
So konnte ich nicht mehr den sogenannten Hund kom-
mentieren, was wohl auch besser war. Ich hatte keine
Ahnung, was ich hätte äußern sollen. Aber ganz sicher
hätte ich es nicht über mich gebracht, Mori zu versich-
ern, dass ich ihr Fellbaby süß fand. Ich war nicht einmal
sicher, ob es überhaupt Fell hatte. Ich hatte es nicht ganz
genau gesehen, aber doch gut genug, um behaupten zu
können, dass es ein ausgesprochen hässliches Tier war.

„Ich weiß, dass wir alle noch unter dem Eindruck der
gestrigen Ereignisse stehen", begann Justine, als im Saal
Stille herrschte. „Ich weiß auch, dass ihr alle dieselben
Fragen habt wie ich: Was bedeutet das für die Zukunft
des Sanctuarys? Wenn Jared von jemandem außerhalb
getötet wurde, warum hat man seine Leiche dann vor
unserer Tür abgelegt? Ich kenne weder die Antwort auf
diese beiden, noch auf eine der anderen Dutzend Fragen, die aufgekommen sind. Das tut mir leid. Denkt aber
bitte daran, dass das Sanctuary schon weitaus Schlim-
meres durchgemacht und überstanden hat. Wir haben
einander", alle um mich herum sprachen die nächsten
Worte im Chor mit Justine, „und gemeinsam können wir
uns dem Tageslicht stellen."

Vereinzelt gab es Beifall. Ich war mir nicht sicher, was der Satz bedeutete, aber es schien eine Art Betriebsmantra zu sein.

Danach ging Justine zum Geschäftsalltag über. Sie zählte einige Reparaturen auf, die durchgeführt werden mussten, ein paar Änderungen an der Beleuchtung in verschiedenen Szenen und andere Kleinigkeiten, die mir überhaupt nicht relevant erschienen. Als Justine damit fortfuhr, wer heute in welcher Position arbeiten würde, wurde ich wieder hellhörig. „Olivia", rief sie, „Sie werden am Eingang stehen und die Eintrittskarten der Besuchenden entgegennehmen, die Leute ins Haus und in die Warteschlange führen. Man wird Ihnen immer wieder dieselben Fragen stellen, also sprechen Sie sich mit Zach ab, ehe Sie die Schicht beginnen. Dann kann er Sie einweisen."

Na toll. Den Griesgram um eine Einarbeitung zu bitten, war genau, wonach mir der Sinn stand.

„Oh, und noch eine Sache!" Justine wippte nervös von einem Fuß auf den anderen. „Das gilt eigentlich für euch alle. Wenn jemand nach den gestrigen Ereignissen fragt, sagt ihnen bitte, dass es euch nicht möglich ist, euch dazu zu äußern. Aber wer Interesse hat, findet eine entsprechende Erklärung auf unserer Webseite."

Die Sitzung war gegen halb acht beendet. Es blieb mir also noch eine halbe Stunde Zeit, bevor die Türen für den Abend geöffnet wurden. Ich wünschte Theo und Mori eine gute Schicht und machte mich dann auf den Weg zum Kassenbereich. Anders als am Abend zuvor war Zach dieses Mal tatsächlich da und sah noch mürrischer aus als sonst. Ich hätte nicht gedacht, dass das überhaupt möglich war.

Ich stellte mich so weit entfernt wie möglich vom Kassenfenster auf, ohne dabei völlig unhöflich zu wirken. „Hi, Zach", rief ich. „Ich habe heute Abend Einlassdienst und Justine sagte, du könntest mich informieren, welche Fragen mich erwarten."

Zach legte seine Finger um den Rand der Arbeitsplatte und schaute mich an. „Wo ist die Toilette? Wie lange wird es dauern, bis wir durch die Schlange sind? Ist es sehr beängstigend? Werde ich von einem der Darstellenden berührt?"

„Und wie lauten die Antworten auf diese Fragen?", hakte ich nach, als mir klar wurde, dass das alles war, was Zach mir bereitwillig mitteilen würde.

„Erste Halle links, etwa fünfundzwanzig Minuten, nur wenn Sie ein Angsthase sind, nein."

Eine Woche, Olivia. Du musst nur eine Woche mit diesem Kerl zusammenarbeiten. Höchstens zwei.

„Danke", murmelte ich. Da Zachs Einarbeitung keine ganze Minute gedauert hatte, blieb mir immer noch reichlich Zeit bis zum Einlassbeginn. Ich machte mir Zachs Informationen also selbst zu Nutze und suchte die Toilette auf.

Als ich zurückkam, standen die ersten Leute bereits in der Schlange vor dem Ticketschalter. Bei meinem Besuch mit Lucy war eine der Eingangstüren aufgestellt, also tat ich es dem nach und positionierte mich neben der aufgesperrten Tür. Schon bald riss ich die perforierten Enden der Eintrittskarten der ersten Besucher ab und winkte sie hinein, wo sie sich in der aus Absperrpfosten bestehenden Wartereihe anstellten.

Nicht überraschend, dass es vergnüglicher war, Eintrittskarten anzunehmen und die Leute im Nightmare

Sanctuary willkommen zu heißen, anstatt sie mit Hilfe einer Ausrede abzuwimmeln. Menschen, die an mir vorbeigingen, kicherten nervös und, wie vorhergesagt, stellte man mir immerzu die gleichen vier Fragen.

Ein beständiger Strom neuer Gäste erreichte den Kassenbereich aus Richtung des Parkplatzes. Die Schlange schien gar nicht kürzer werden zu wollen. Ich konnte mir nicht vorstellen, dass an Montagabenden üblicherweise so viel los war. Entweder, so vermutete ich, lag es an den Gutscheinen, die wir gestern großzügig verteilt hatten oder aber die Menschen wollten gerne den Ort des Stadtskandals live erleben. Glücklicherweise fragten nur wenige Leute nach dem Mord an Jared, sodass mir das nicht allzu viel Unbehagen bereitete.

Etwa zwei Stunden später schlängelte sich Malcolm zu mir durch. „Ich löse Zach ab, damit er seine Pause antreten kann. Es wird auch gleich jemand kommen, um dich abzulösen." Eine Minute später erschien Malcolms schmales Gesicht und sein großer Zylinder im Ticketfenster.

Etwa zehn Minuten später hörte ich eine hohe Stimme sagen: „Hey, Olivia, du bist an der Reihe! Die nächsten zwanzig Minuten hast du Pause." Ich drehte mich um und sah Clara, deren lilafarbene Augen mich anstrahlten. Heute Abend waren ihre Haare zu einem unordentlichen Dutt hochgesteckt. Jetzt sah ich, dass ihre Ohren genauso spitz waren wie ihr Kinn.

Ich bedankte mich bei Clara, als sie meinen Platz am Eingang einnahm und ging in den Speisesaal. Hier fand ich, was mich sehr glücklich machte: einen Tisch voller Snacks und Getränke.

Was ich auch vorfand und mich hellhörig werden ließ, waren Zach und Mori. Zach stand mit dem Rücken an die Wand gelehnt. Mori stand direkt vor ihm. Sie war kleiner als er, aber ihre bestimmte Körperhaltung strahlte Ärger und Kontrolle aus.

Mori beugte sich vor, bis ihr Gesicht nur noch wenige Zentimeter von Zachs Gesicht entfernt war. „Du hast gestern im Wachdienst gearbeitet, Zach Roth", fauchte sie. „Wie konntest du nichts sehen? Oder du hattest vielleicht sogar den besten Blick auf das Geschehen. Das waren Krallenspuren auf dem Körper des Mannes."

Zachs Augen weiteten sich und für einen Sekundenbruchteil spiegelte sich darin etwas wie Panik wider. Doch schnell grinste er und schob sich an Mori vorbei. Er hastete auf die Tür zu, wo ich es nicht schaffte, ihm schnell genug aus dem Weg zu gehen. Zachs Schulter stieß so hart gegen meine, dass es mich durch den Aufprall halb herumwirbelte.

„Au." Ich rieb mir die stechende Schulter und warf Zach den beleidigtesten Blick zu, den ich aufbringen konnte.

„Bist du okay?", fragte Mori.

Ich drehte mich um und sah einen wütenden Ausdruck auf ihrem Gesicht, wusste aber auch, dass dieser nicht mir galt. „Ja. Ich glaube übrigens nicht, dass Zach gestern im Wachdienst gearbeitet hat."

Mori erstarrte. „Was?"

„Als Justine mir gestern nach der Entdeckung der Leiche die Anweisungen gab, Zach zu suchen, hatte ich keinen Erfolg damit. Ich habe ihn nicht gefunden. Überhaupt, glaube ich, habe ich ihn gestern zu keinem Zeitpunkt irgendwo angetroffen."

„Ich auch nicht, aber ich dachte, er hätte euch draußen dabei unterstützt, Besucher abzuweisen."

Ich zuckte mit den Schultern. „Nein, ich war den ganzen Abend da draußen, aber er war nicht bei uns. Ehrlich gesagt, weiß ich gar nicht, wie ihr es alle mit ihm aushaltet. Ist der Kerl jemals entspannt?"

Mori ging auf einen Tisch zu. „Er hat auch gute Momente. Nimm dir einen Snack und setz dich zu mir." Das ließ ich mir nicht zweimal sagen und wählte eine Packung Erdnussbutterplätzchen als Abendessen. Mori fuhr fort: „Zach springt ein paar Mal im Monat als Darsteller ein, aber ansonsten arbeitet er tagsüber als Wachmann und kümmert sich am Abend um den Kartenverkauf."

„Warum braucht ihr tagsüber einen Sicherheitsdienst? Ich würde denken, dass das eher nachts nötig wäre."

„Wir brauchen tagsüber Schutz, damit wir alle sicher sind."

Ich blickte stirnrunzelnd auf den Keks in meiner Hand. „Du meinst, um das Sanctuary zu schützen."

„Ja, das auch. Viele von uns leben hier im Sanctuary, wusstest du das? Hier im Ostflügel im Stockwerk über uns sind ein paar Zimmer, einige andere Unterkünfte sind über den Rest des alten Gebäudes verteilt."

Meine Gedanken sprangen sofort auf die Möglichkeit der Unterbringung und Verpflegung. Würde ich hier einziehen, müsste ich nicht jede Nacht für ein Motel aufkommen und hätte im Handumdrehen genug Geld für meine Autoreparatur.

Nein, sagte ich mir. Ich wollte nicht gleichzeitig im Nightmare Sanctuary wohnen und arbeiten. In den Abendstunden konnte ich den gruseligen Ort gut aushalten. Aber gewiss war dies kein Platz, an dem ich das Licht ausschalten und schlafen wollte. Ich glaubte nicht an Geister, aber hätte ich eine Neigung dazu gehabt, würde ich hier welche erwarten. Da war ich mir sicher.

Dann begriff ich. „Weil das Haus bis spät in die Nacht geöffnet ist, schlafen die meisten von euch tagsüber."

Mori hielt einen Moment inne, dann sagte sie: „Genau." Sie deutete auf den Raum um uns herum. „Jugendliche und Leute, die gruselige, alte Orte faszinierend finden, können nur schwer widerstehen. Selbst wenn es sich nicht um ein Spukhaus handeln würde, kämen kontinuierlich ungebetene Gäste her, die verlassene, verfallene Gebäude mögen. Zach hält also Kindsköpfe davon ab, einzubrechen oder kleine Souvenirs mitzunehmen."

Mori wurde still und ich kaute meine Kekse. Ich hatte das Gefühl, dass das Geräusch meines Kauens im weitgehend leeren Speisesaal widerhallte. Es waren noch ein paar wenige Leute anwesend, die offenbar auch gerade eine Pause nahmen, aber ansonsten war hier nichts los.

Ich hatte gerade meinen Snack beendet und liebäugelte mit einer weiteren Packung Kekse, als Mori wieder ansetzte. Sie nickte, als hätte sie sich gerade zu etwas entschlossen. „Du gehörst jetzt zur Familie, Olivia. Also kann ich dir auch gleich die Wahrheit sagen. Wir sind nicht wirklich besorgt wegen Jugendlichen, die es für Mutproben herzieht. Zach hat angefangen, auf dem Gelände zu patrouillieren, nachdem Baxter verschwunden ist."

Verwundert legte ich den Kopf schief. „Wer ist Baxter?"

„Der Eigentümer von Nightmare Sanctuary. Der Mann, dem die meisten von uns ihr Leben verdanken."

KAPITEL 10

MORI SEUFZTE UND PRESSTE eine Hand auf ihr Herz. Die voluminösen Ärmel ihres tiefvioletten Kleides verstärkten den dramatischen Effekt. Ich dachte an ein Renaissance-Gemälde eines Mädchens mit gebrochenem Herzen. „Die meisten von uns hier im Sanctuary passen nirgendwo anders hin. Wir waren ... Außenseiter. Einige von uns wurden sogar von Leuten aus der Stadt gejagt. Man konnte nicht akzeptieren, dass wir anders sind als sie."

Ich fühlte einen Stich des Mitgefühls, als ich an Mama und den Herrn von der Handelskammer dachte, die mich vor den „merkwürdigen Leuten" im Nightmare Sanctuary gewarnt hatten. Beide waren so nett, so hilfsbereit zu mir gewesen. Da war es schmerzlich, daran zu denken, dass sie vielleicht nicht so nett zu den Leuten aus dem Spukhaus sein würden, wenn sie ihnen zufällig begegneten. Jemanden als „seltsam" zu bezeichnen oder ihn aus der Stadt zu jagen, waren aber sicherlich noch zwei Paar Schuhe. Ich fragte mich, was einige der Mitarbeitenden des Spukhauses wohl an sich gehabt hatten, dass sie von der Gesellschaft verstoßen wurden.

„Baxter hieß jeden willkommen", fuhr Mori fort. „Für einige von uns war er wie eine Vaterfigur. Für andere war er der beschützende, große Bruder. Es war ihm egal, woher wir kamen. Er bot uns einfach ein Zuhause und einen Job an."

„Und einige von euch leben hier, weil ihr nicht draußen in der ..." Ich brach ab. Der Ausdruck „normale Gesellschaft" lag mir auf der Zunge, aber im Spukhaus *ist* das hier normal. Die Kostüme, die Reißzähne, sogar eine Meerjungfrau, die in einem Wassertank auf Rädern durch die Gänge fährt – all das war für die Angestellten des Nightmare Sanctuary normal.

Kein Wunder, dass Justine von ihnen als eine Familie sprach.

Ich brauchte meinen Satz gar nicht zu beenden. Mori nickte bereits. „Wir fühlen uns hier sicherer, ja. Hier können wir wir selbst sein, ohne uns Gedanken darüber machen zu müssen, was andere über uns denken."

„Was ist mit Baxter passiert? Du sagtest, er sei verschwunden?" Ich erinnerte mich, dass Justine anfangs erwähnt hatte, dass der Eigentümer des Hauses im Moment nicht da sei. Aber sie hatte nicht durchscheinen lassen, dass er als vermisst galt.

„Vor ungefähr sechs Monaten ist er einfach verschwunden. Wir sind eines Abends aufgewacht und Baxter war nicht mehr da."

„Könnte er aus irgendeinem Grund die Stadt verlassen haben?"

„Nein." Selbst in diesem einen Wort konnte ich den ablehnenden Ton in Moris Stimme hören. Es war nicht in Ordnung, dass ich annahm, Baxter hätte etwas verbrochen. Offensichtlich wurde allgemein angenommen, dass ihm jemand etwas angetan hatte.

Mori schniefte verächtlich. „Es gibt einen ortsansässigen Immobilienmakler, der hier wochenlang herumgeschnüffelt hat, ehe Baxter verschwand. Er sagte immer wieder, er wolle das Haus in ein Fünf-Sterne-Hotelresort umbauen. Er hat einen etwas zwielichtigen Ruf. Viele von uns glauben, dass er etwas mit Baxters Verschwinden zu tun hat. Vielleicht hat er Baxter erpresst, um ihn aus der Stadt zu drängen, oder er hat ihn irgendwie abgeschreckt. Natürlich gibt es immer noch eine dritte Möglichkeit ..."

„Du glaubst, ein Immobilienmakler würde für ein Grundstück töten?"

„Wie ich schon sagte: Emmett hat eine dunkle Vergangenheit, zumindest wird das behauptet. Er ist ein richtiges Scheusal."

Ich richtete mich auf. „Emmett? Den Namen habe ich schon mal gehört, aber in welchem Zusammenhang?" Ich dachte zurück. In den letzten vierundzwanzig Stunden war so viel passiert, dass ich nur schwer den Überblick behielt. Als es mir einfiel, schnappte ich nach Luft.

„Der Polizist, der gestern Abend mit mir gesprochen hat! Ich habe ihm erzählt, dass ich Jared im Lusty Lunch Counter gesehen hatte. Jared hat sich dort mit einem Typen im Anzug gestritten. Der Officer murmelte etwas von einem Emmett."

„Dreiteiliger Anzug, weißes, glatt nach hinten gestrichenes Haar, hohe Stirn?"

„Das ist der, den ich mit Jared streiten sah."

Mori lehnte sich zu mir und ihr Blick traf meinen. Für einen Moment vergaß ich alles um mich herum. Ihre Augen waren beinahe hypnotisierend. „Verrate mir jedes einzelne Wort, das sie gewechselt haben", forderte sie mit tiefer Stimme.

Ich schilderte ihr schnell die Einzelheiten des Streits, der damit endete, dass Jared sagte: „Nur über meine Leiche."

Mori verzog bei diesem Satz das Gesicht und schüttelte empört den Kopf. „Das bedeutet, dass Emmett definitiv auf der Verdächtigenliste der Polizei steht. Das ist gut."

„Nach dem, was ich hier gerade mitgehört habe, steht auch Zach auf deiner Verdächtigenliste." Mir wurde klar, dass ich den Verdacht gegen Zach nur noch weiter angefeuert hatte, indem ich über seine Abwesenheit am Abend des Mordes sprach.

„Zach und Emmett stehen definitiv an der Spitze." Mori hatte ihren Blick noch immer auf mich gerichtet. „Erzähl niemandem von meinem Verdacht."

Wieder nahm ich etwas Hypnotisches in Moris Blick wahr. Es schien fast so, als würde sie in meinem Verstand rühren und versuchen, meine Gedanken in eine gewünschte Richtung zu lenken. Ich blinzelte ein paar Mal schnell, um meinen Kopf freizubekommen. „Keine Sorge, die stehen auch auf meiner Liste. Aber ich bin hier die Fremde. Und daher werde ich ganz sicher nicht meine eigenen Theorien verbreiten, geschweige denn die von anderen."

Moris Augenbrauen zogen sich zusammen und sie lehnte sich zurück. Nach ein paar Augenblicken sagte sie schlicht: „Gut."

Ich schaute auf meine Uhr. „Ich muss zurück auf meinen Posten. Das war ... aufschlussreich. Danke, dass du so ehrlich mit mir warst, Mori."

Mori schenkte mir ein sanftes Lächeln, bei dem die

Spitzen ihrer Reißzähne kaum zu sehen waren. „War mir ein Vergnügen. Wie ich schon sagte, du gehörst jetzt auch zur Familie. Ich weiß noch nicht, was deine Geschichte ist oder wie du in Nightmare gelandet bist, aber ich bin sicher, dass du hier dein Happy End finden wirst."

Ich nickte Mori zu. Nachdem sie mir so viel über diese offensichtlich eng verbundene Gruppe erzählt hatte, wollte ich ihr nicht gestehen, dass ich nur hier war, um schnelles Geld zu verdienen.

Ich ging langsam zu meinem Arbeitsplatz zurück und war noch ganz in Gedanken, während ich Clara auf die Schulter klopfte und ihr für die Pausenablösung dankte. Mich beschäftigte, was Mori mir über Emmett erzählt hatte. Ich wollte wirklich wissen, auf welche Art von zwielichtiger Vergangenheit sie anspielte. Aber das war keine Frage für eine kurze Pause.

Wieder im Einlassdienst beantwortete ich Fragen, riss Ticketabschnitte ab und nickte Gästen höflich zu, wenn sie an mir vorbeigingen. Innerlich aber trieb mich die Frage um, ob Emmett Jared wegen eines Immobilienstreits umgebracht hatte. Offensichtlich hatte Emmett versucht, Jared dazu zu bringen, etwas zu verkaufen, als ich die beiden an diesem Tag im Restaurant belauscht hatte. Jetzt war ich mir sicher, dass es sich um ein Stück Land gehandelt haben muss, vielleicht sogar um die Barker Ranch. Hatte Emmett Jared beseitigt, um so ein Hindernis für ein Immobiliengeschäft aus dem Weg zu räumen?

Hatte Emmett Baxter aus genau demselben Grund verschwinden lassen?

Ich schauderte. Es war ein warmer Abend, doch

all diese Gedanken rundum Morddelikte ließen mich frösteln.

Etwa anderthalb Stunden vor Schluss ebbte der touristische Andrang allmählich ab. Es schien, als wollten sowohl Touristen als auch True Crime-Fans an einem Montagabend zu einer akzeptablen Zeit im Bett sein. Ich nahm immer noch Eintrittskarten entgegen und beantwortete Fragen wie ein Roboter, ohne wirklich darüber nachzudenken, was ich da tat. Ich konnte nicht anders: Mein Gehirn war einfach nicht in der Lage, Smalltalk mit Gästen zu führen und gleichzeitig über Mord nachzugrübeln.

Eine Stunde vor Feierabend holte mich schließlich ein Gast in die Gegenwart zurück. Ein großer, muskulöser Mann in einem tadellosen, olivgrünen Anzug mit verspiegelter Sonnenbrille stolzierte auf mich zu, als gehöre ihm der Laden. Wer trägt um elf Uhr nachts eine Sonnenbrille? Überhebliche Leute, jedenfalls nach meiner Erfahrung. Ich streckte pflichtbewusst meine Hand nach seinem Ticket aus, aber er ging an mir vorbei, ohne zu reagieren.

„Sir", sagte ich mit höflicher, aber fester Stimme, „ich muss Ihre Eintrittskarte kontrollieren."

„Das ist nicht nötig", sagte er in einem genervten Ton.

„Doch, das ist es. Sie müssen ein Ticket lösen, um reinzukommen. Den Abriss ihres Tickets nehme ich dann an mich, um ihn für unsere Unterlagen aufzubewahren."

„Ich brauche keine Eintrittskarte." Der Mann drehte sich um und sah mich jetzt direkt an. Er hatte gewelltes, hellbraunes Haar. Ich vermutete, dass er viel Zeit vor dem Spiegel verbrachte, um es so gut aussehen zu lassen.

„Doch, brauchen Sie." Ich deutete auf den Kassenschalter. Im Stillen redete ich mir gut zu und mahnte mich, wenigstens den Anschein eines freundlichen Tons in meiner Stimme zu bewahren. „Gleich hier drüben können Sie ein Ticket kaufen."

„Ich brauche keine Eintrittskarte", wiederholte der Mann, „weil ich nicht hier bin, um durch ein albernes Spukhaus zu laufen."

Genug! Meine Geduld mit dem Typen hatte ein Ende. Ich verschränkte meine Arme vor der Brust und hob eine Augenbraue. „Warum sind Sie dann hier, *Sir*?" Ich betonte das letzte Wort bewusst zynisch.

Schnelle Schritte waren hinter mir zu hören und schon tauchte Justine neben mir auf. „Es ist alles in Ordnung, Olivia!", verkündete sie kurzatmig. Zum Mann mit der Sonnenbrille sagte sie: „Das ist die Dame, von der ich dir erzählt habe. Diejenige, die gerade ihren Job hier aufgenommen hat."

Ich warf Justine einen verwirrten Blick zu. Als ich wieder zu dem Mann sah, nahm dieser gerade seine Sonnenbrille ab. Er hatte die schönsten grünen Augen, die ich je gesehen hatte. Vor meinem geistigen Auge verpasste ich mir selbst einen beherzten Tritt. Der ruppige Typ hatte so einen netten Gedanken nicht verdient. Er kam einen Schritt auf mich zu. Um Augenkontakt halten zu können, musste ich meinen Kopf in den Nacken legen. Dabei gab ich alles, um so unbeeindruckt wie möglich dreinzuschauen.

Der Mann starrte mich weiter an. Da schob Justine mit angespannter Stimme nach: „Olivia, das ist Damien. Seinem Vater gehört das Nightmare Sanctuary."

„Oh!", entwich es mir erstaunt. „Ich habe das von Ihrem Vater gehört. Es tut mir sehr leid, dass er vermisst wird." Idiot hin oder her, ich hatte das Gefühl, dass es sich gehört, ihm mein Mitgefühl für seine Situation auszusprechen.

Damien setzte seine Sonnenbrille wieder auf und zuckte träge mit den Schultern. „Er wird schon wieder auftauchen. Und in der Zwischenzeit werde ich mich eben um diesen Zirkus hier kümmern."

KAPITEL 11

DAMIEN FEGTE OHNE EIN weiteres Wort an Justine und mir vorbei und ließ mich mit offenem Mund hinter ihm her starrend zurück. Ich wandte mich Justine zu und sah in ihrem Gesichtsausdruck eine Mischung aus Wut und Angst.

„Ist er immer so schlimm?", fragte ich.

„Ja", antwortete Justine eisig. „Zum Glück kommt er nur selten nach Nightmare."

„Was ist denn mit ihm los? Ist er gar nicht in Sorge um seinen Vater?"

„Scheinbar nicht. Als klar wurde, dass Baxter als vermisst gilt, haben wir ihn gleich kontaktiert. Doch er benahm sich am Telefon so, als wären wir aufdringliche Werbetreibende und das Ganze nur eine lästige Unannehmlichkeit."

Justine ließ mich wissen, dass sie eine Runde durchs Haus machen würde, um alle vor der Ankunft von Damien vorzuwarnen und setzte sich in Bewegung. Tatsächlich sprach sie von „vorwarnen". Ganz offensichtlich war Damien im Sanctuary nicht besonders beliebt. Bei seinem Verhalten, das er mir gegenüber an den Tag gelegt hatte, überraschte mich das auch nicht.

Kurz vor Mitternacht, gerade als sich die letzten Besucher verabschiedet hatten und ich mich allmählich auf den Heimweg und mein Bett freute, kam Justine noch einmal vorbei, um mir mitzuteilen, dass Damien für den nächsten Tag um zehn Uhr ein Treffen einberufen hatte.

Ich runzelte die Stirn. „Morgens?" Als Justine nickte, fragte ich: „Aber ich dachte, ihr schlaft tagsüber?"

„Tun wir auch. Außerdem ist Dienstag der einzige Tag in der Woche, an dem das Spukhaus geschlossen bleibt. Somit müssen wir an unserem freien Tag früh aufstehen, um zu hören, was Damien mitzuteilen hat."

Als endlich Feierabend war, ging ich langsam zurück in Richtung der Schließfächer. Um mich herum verließen andere Mitarbeitende ebenfalls ihre Posten, gingen nach oben oder wie ich zu den Spinden. Ich konnte ihren Gesprächen über Damien lauschen und hörte Theorien darüber, was seine Anwesenheit möglicherweise bedeuten könnte. Niemand klang erfreut über seine Ankunft. Wenn überhaupt, klangen sie verängstigt.

Mein Wecker klingelte am frühen Dienstagmorgen. Nicht nur meine nachtaktiven Kollegen wurden durch diese außerplanmäßige Besprechung in ihrer Ruhe gestört. Es war fast zwei Uhr morgens gewesen, als ich von der Arbeit heimgekehrt war und in den Schlaf fand. Ich stand früher auf als nötig auf. Auf keinen Fall wollte ich riskieren, zu spät zum Teamtreffen zu kommen. Damien schien nicht der Typ zu sein, der in Sachen Unpünktlichkeit besonders nachsichtig war.

Zehn Minuten vor Beginn der Besprechung betrat ich den Speisesaal des Sanctuarys. Es begrüßten mich allerhand verschlafene Gesichter. Ich war überrascht zu sehen, dass die Meerjungfrau nicht nur immer noch als solche verkleidet war, sondern auch noch in ihrem Wassertank auf Rädern unterwegs war. War sie eine jener Darstellerinnen, deren Schauspiel zwischen Kunst und Realität verschwamm? Ich konnte mir durchaus vorstellen, dass sie, wenn sie sich erst einmal in die Schwanzflosse gewunden hatte, diese nicht mehr so schnell ausziehen mochte, wenn es nicht wirklich nötig war. Aber an ihrem freien Tag schien mir das dennoch sinnlos.

Ich sah mich nach Mori um, konnte sie aber nirgends entdecken. Daher suchte ich mir einen Platz am Tisch von Clara und Malcolm. Beide begrüßten mich mit ernstem Nicken, fragten mich, ob es mir gut ginge, und schwiegen dann. Überhaupt stellte ich fest, dass nur wenige Leute miteinander redeten. Diejenigen, die sich unterhielten, flüsterten leise mit ihren Sitznachbarn. Ich kam mir vor wie auf einer Beerdigung.

Meine Uhr zeigte genau zehn Uhr an, als Damien an das Podium herantrat. Er trug einen maßgeschneiderten, anthrazitfarbenen Anzug mit einem schwarzen Hemd darunter. Die Farben passten gut zu seinem hellen Teint. Ich war froh, dass er die Sonnenbrille weggelassen hatte, wodurch er etwas weniger überheblich aussah. Ein wehmütiger Seufzer kam mir über die Lippen. Es war ein Jammer, dass er keine gewinnende Persönlichkeit hatte, die zu seinem attraktiven Äußeren passte.

„Meine Damen und Herren", begann Damien. Ähnlich wie ich ihn am Vorabend mit „Sir" ansprach, strotzte nun auch Damiens Anrede vor Zynismus. Ich konnte praktisch die Verachtung spüren, die von ihm ausging. „Da mein Vater nicht hier ist, um es selbst zu tun, bin ich

gekommen, um das Tagesgeschäft und die Finanzver-
waltung des Nightmare Sanctuary zu übernehmen."

„Warum hast du sechs Monate gebraucht, um
endlich aufzutauchen?", rief jemand. Ich brauchte nicht
hinzusehen, um zu wissen, dass es Zach war. Diese grol-
lende Stimme war unverwechselbar.

Damien warf Zach einen vernichtenden Blick zu.
„Weil ich gehofft hatte, dass ihr alle auf euch selb-
st aufpassen könnt. Ihr seid doch erwachsen, oder?"
Damiens Blick schweifte durch den Raum und verhar-
rte bei den drei Hexen. Die Jüngste starrte ihn an, das
Kinn vorgestreckt. „Nun, die meisten von euch. Mein
Steuerberater hat mir die aktuellen Zahlen des Hauses
vorgelegt. Daher ist mir klar, dass ohne die Hilfe meines
Vaters niemand von euch kompetent genug ist, um den
Laden am Leben zu halten."

Justine saß zwei Tische vor mir, ihren Rücken hatte
sie trotzig aufgerichtet. Ich konnte zusehen, wie sich
eine ihrer auf dem Tisch ruhenden Hände zu einer Faust
ballte.

„Ich bin nicht hier, weil ich es möchte. Ich bin hier,
weil ich keine andere Wahl habe. Wenn Nightmare
Sanctuary sein Geschäft aufrechterhalten will, dann
braucht ihr jemanden, der euch führt. Oder vielleicht
braucht ihr jemanden, der den Verkauf dieses Anwesens
aushandelt. Das ist eine der Entscheidungen, wegen der
ich hierhergekommen bin. Ich möchte diesen Ort persönlich begutachten, bevor ich handle."

Der gesamte Raum begann zu brummen, die Leute
tuschelten miteinander und sogar in Richtung Damien.
Ich hörte Clara leise sagen: „Das stimmt nicht. Wir sind
in keinen großen finanziellen Schwierigkeiten."

„Er will so viel wie möglich erben", erklärte Malcolm verbittert. „Wir sind zwar nicht in Schwierigkeiten, aber schwimmen auch nicht im Geld, auf das er so dringlich aus ist. Seit Baxter verschwunden ist, ist es nicht mehr dasselbe."

„Was für ein Mistkerl", murrte ich. Für die Leute um mich herum war dieser Ort so viel mehr als nur ein Job und Damien drohte ohne auch nur einen Hauch von Mitgefühl, ihnen all das zu entreißen. Und wofür? Für noch mehr Geld?

Ich hatte mich leise unterhalten und war sicher, auf gar keinen Fall von den Leuten am Nebentisch, geschweige denn von Damien, gehört worden zu sein. Und doch hatte ich diese Worte kaum ausgesprochen, da spürte ich, wie sich Damiens Blick in mich bohrte. Es war derselbe Ausdruck, mit dem er mir am Abend zuvor begegnet war, nachdem er seine Sonnenbrille abgenommen hatte. Es war ein forschender, fast neugieriger Blick. Ich verschränkte die Arme und starrte zurück, den Mund zu einem schmalen Strich verzogen. Wenn dieser Typ ein Wettstarren anzetteln wollte, dann war ich allemal bereit dazu.

Endlich, nach einer gefühlten Minute, zuckte Damiens Kiefer und er wandte seine Aufmerksamkeit wieder dem Raum zu, in dem immer noch große Unzufriedenheit herrschte.

Damien räusperte sich und das Gerede verstummte. Es wurde deutlich, dass er zwar von keiner der hier anwesenden Personen gemocht, aber durchaus gefürchtet wurde. Ich hatte keinen Zweifel daran, dass das eingesetzte Schweigen eher von Angst als Respekt herrührte. Damien fuhr damit fort, zu berichten, dass er die Einnahmen des Sanctuarys näher beleuchten und seine Ausgaben überprüfen werde. Wieder ging ein Raunen durch die versammelte Gruppe, doch diesmal merklich leiser.

Die Sitzung dauerte nur etwa zwanzig Minuten. Ich ärgerte mich darüber, für so eine kurze Besprechung eine Meile durch die heiße Sonne gelaufen zu sein und das Ganze nun wiederholen zu dürfen. Damien hätte diese Dinge auch einfach am Mittwochabend kurz vor der Öffnung des Spukhauses mitteilen können. So viele Leute waren für so wenig aufgestanden.

Als ich mich wie alle anderen erhob, sah ich mich erneut nach Mori um. Nicht nur sie war abwesend, sondern auch Theo. Aber das spielte keine Rolle. Es war nicht so, als hätten sie viel verpasst.

Mein Weg zur Tür führte mich direkt an den drei Hexen vorbei. Im Tageslicht, das durch die hohen Fenster fiel und im Schein der strahlenden Deckenleuchten sahen sie gleich viel weniger gruselig aus. Die blonde Hexe war sogar ausgesprochen hübsch. Und trotzdem noch ein bisschen unheimlich, dachte ich.

„Der verlorene Sohn ist heimgekehrt", sagte die Alte.

„Nur um sich in Erinnerung zu rufen, dass er das schwarze Schaf der Familie ist", fügte die Blonde hinzu.

„Du bist zwar gerade erst angekommen, aber gehörst nun auch zur Familie." Das kleine Mädchen streckte ihre Hand aus und ergriff die meine.

Die alte Frau schüttelte den Kopf und eine Strähne ihres weißen Haares wirbelte um ihr Gesicht. „Das wird er nicht mögen. Oh, nein."

„Er wird dich nicht mögen." Die Blondine lächelte, als ob sie mir ein Kompliment gemacht hätte.

„Aber *wir* mögen dich", sagte das kleine Mädchen. Sie lächelte zu mir hoch. „Mein Name ist Maida."

„Ich bin Madge", fuhr die schöne Blonde fort.

„Und ich bin Morgan", beendete die Alte.

Ich nickte den dreien höflich zu. „Ich bin Olivia. Aber ich glaube, das wusstet ihr schon."

Alle drei Hexen lachten.

In diesem Moment ging Damien an uns vorbei. Schnell wandte er den Kopf ab. Ich hätte schwören können, dass sich seine Schritte beschleunigten.

„Vielleicht wäre es besser gewesen, wenn Baxter den Handel eingegangen wäre", sagte Morgan.

„Dann wüssten wir wenigstens, was mit uns geschieht. Diese Ungewissheit schadet der Magie", bemerkte Madge.

Maida seufzte. „Mister Emmett mag uns auch nicht. Aber er hat auch nichts gegen uns. Wir sind ihm gleichgültig. Er interessiert sich nur für das Geld, nicht für die Menschen."

Meine Augenbrauen zogen sich hoch und ich sah Maida beeindruckt an. Für ein so junges Mädchen war sie erstaunlich scharfsinnig.

„Was meinst du mit ‚wenn Baxter den Handel eingegangen wäre'?", fragte ich Morgan.

„Wenn er eingewilligt hätte, das Nightmare Sanctuary Haunted House an Emmett Kline zu verkaufen", stellte sie klar.

„Er hatte sich immer widersetzt. Dafür waren wir dankbar", fügte Madge hinzu.

„Aber Mister Emmett ist nicht so gruselig wie Mister Damien." Maidas Stimme war kaum mehr als ein Flüstern. Sie trat so nah an mich heran, dass sich ihre

Schulter gegen meine Hüfte drückte.

Plötzlich ertönte ein lautes Kreischen. Reflexartig warf ich einen Blick über meine Schulter und sah noch aus dem Augenwinkel, wie die Sitzbank am Tisch hinter mir ruckartig über den Boden rutschte. Sie traf mich direkt in den Kniekehlen und zwang mich, hart auf ihr Platz zu nehmen. Ich drehte mich ganz um, um zu sehen, was die Bewegung der Bank verursacht hatte. Dabei sah ich etwas Graues den Gang zwischen den Tischen entlangflitzen. Es war keinen Meter groß und ich erkannte es als Moris Haustier wieder. Auf gar keinen Fall war das ein Hund. Es hatte nicht einmal ein Fell. Das Graue war vielmehr eine lederartige Haut. Ich hatte zwar schon mal von haarlosen Katzen gehört, aber noch nie von haarlosen Hunden.

Und dann war da auch noch die Sache mit dem Gang auf den Hinterbeinen.

Die Kreatur war schon wieder um die nächste Ecke gebogen, bevor ich sie richtig beäugen konnte. Das Wesen konnte sich wirklich schnell fortbewegen. Ich stand auf und deutete in die Richtung, in die es gehuscht war, um die Hexen zu fragen, um was es sich hierbei genau handelte. Doch inmitten meiner Kopfdrehung gen Hexen blieb mir der Mund offenstehen. Zwei Cowboys hatten gerade den Raum betreten. Allerdings nicht durch die Tür, sondern durch eine solide Steinwand.

„Wie ... was?" Ich war so schockiert, dass ich vergaß, meinen Arm zu senken.

Madge spähte in die Richtung, in die ich gefesselt starrte. „Das sind Tanner und McCrory." Sie winkte ihnen zu und setzte ein kokettes Lächeln auf.

„Was, also wie die Typen, die die Schießerei auf dem

High Noon Boulevard nachspielen?", fragte ich. In der Tat waren die zwei Cowboys exakt so gekleidet wie die Schauspieler, die mir am Samstag begegnet waren. Doch die beiden Männer, die hier gerade auf die Meerjungfrau zustolzierten, schienen schwach zu leuchten. Ich blinzelte ein paar Mal und kniff die Augen zusammen, um besser sehen zu können. Tatsächlich wirkte es, als könnte ich durch sie hindurchsehen.

„Tanner und McCrory sind Nightmares berühmteste Cowboys", ließ Morgan mich stolz wissen.

Maida kicherte. „Die beiden lassen die Charaktere in der Stadt immer und immer wieder sterben, jeden Tag aufs Neue."

„Aber wie haben sie es denn geschafft, es so aussehen zu lassen, als wären sie gerade durch die Wand gelaufen?", fragte ich. Endlich fiel mir ein, meinen Arm zu senken. Bloß mein Unterkiefer hing noch immer tiefer als üblich.

„Oh, Olivia, du bist so witzig!", lachte Maida und schüttelte dabei meinen Arm.

„Die beiden sind keine Schauspieler", sagte Madge. „Sie sind die echten Tanner und McCrory."

„Natürlich sind sie Geister. Schließlich haben sie sich vor mehr als einhundert Jahren gegenseitig umgebracht." Morgan deutete auf mich und schenkte mir ein schiefes Lächeln. „Eines Tages, wenn du ein Geist bist, wirst du auch durch Wände gehen können!"

KAPITEL 12

MEIN MUND BEWEGTE SICH ein paar Mal, bevor ich endlich wieder vernünftige Worte herausbrachte. „Du machst Witze, oder?", fragte ich ungläubig.

Die drei Hexen schüttelten die Köpfe, ihre Bewegungen waren dabei vollkommen synchron.

„Oh. Ja, nun, ich muss jetzt los. Wir sehen uns morgen Abend." Ich löste meine aus Maidas Hand und verließ eilig den Speisesaal. Dabei hielt ich Tanner und McCrory ganz genau im Auge. Tanner hatte sich sein rotes Bandana vom Gesicht gezogen und schien in eine intensive Unterhaltung mit der Meerjungfrau vertieft zu sein. Ich konnte eindeutig durch seinen Körper hindurchsehen. Denn erst so war für mich sichtbar, dass sich McCrory hinter ihm ebenfalls in einem ernsten Gespräch mit der heulenden Frau aus der Friedhofsszene befand. Ich redete mir ein, dass es sich dabei um eine optische Täuschung handelte. Es musste einfach so sein.

Und dennoch schrie ein Teil meines Verstandes, dass Geister real waren. Und dass ich gerade zwei davon dabei beobachtet hatte, wie sie durch eine Wand in eine Gruppe von Menschen stolpern, für die das völlig normal war.

Normal. Ich konnte mich nicht einmal mehr daran

erinnern, was normal eigentlich bedeutete. In meinem Leben war zuletzt gar nichts mehr normal verlaufen. Es fing mit der Hiobsbotschaft an, dass Mark unser gesamtes Vermögen verprasst hatte und die Scheidung verlangte. Damals nahm ich an, dass der Verkauf unseres Hauses, meines Autos und des größten Teils meines Besitzes mein Tiefpunkt gewesen wäre. Auf meinem Weg nach San Diego hatte ich dann mit jeder weiteren zurückgelegten Meile das Gefühl, mich langsam, aber sicher wieder aus dem Loch zu ziehen.

Doch schließlich folgte die Autopanne in der seltsamen Kleinstadt Nightmare, Arizona. Nun war ich gestrandet, bankrott, in eine Mordermittlung verwickelt, arbeitete in einem Spukhaus, das jeden Moment vom dämlichen Sohn des Inhabers geschlossen werden konnte und hatte nette, aber äußerst bizarre Arbeitskollegen.

Ich kann kündigen, sagte ich mir. *Ich kann diesen Ort, diese Leute und diesen Mord jederzeit hinter mir lassen und woanders einen neuen Job suchen.*

Mein Lachen glich eher einem erstickten Heuler. Ich war dringend auf das Geld angewiesen und je eher ich es bekam, desto besser. Ich konnte es mir nicht leisten, diesen Job zu kündigen. Und außerdem, so ungewöhnlich meine Kollegen auch waren, sie waren herzlich. Aufgeschlossen. Als mein Leben in Nashville in die Brüche gegangen war, hatten sich viele Menschen, die ich einst für gute Freunde gehalten hatte, von mir abgewandt. Ohne mein Vermögen oder meinen sozialen Status war ich ihre Zeit nicht mehr wert. Hier im Sanctuary wurde ich zwar zu Beginn ein wenig schikaniert, aber schon bei der ersten persönlichen Begegnung hatte

Mori mich willkommen geheißen und mir versichert, dass es mir hier gefallen würde. Sie erwähnte ausdrücklich, ich gehöre jetzt zur Familie. Maida hatte das auch betont.

Mir entfuhr ein Seufzer. Ich konnte es mir nicht nur nicht leisten, diesen Job zu kündigen, sondern mir dämmerte, dass ich auch gar nicht kündigen mochte. Ich wollte bleiben und diese Menschen besser kennenlernen. Und mehr noch, ich wollte ihnen helfen, sich gegen Damien zu behaupten.

Mit einem Mal überrollte mich eine mächtige Welle der Erschöpfung. All die Monate des Bemühens, der permanente Stress und die Verzweiflung, die ich seit meiner Ankunft in Nightmare empfunden hatte, holten mich in diesem Moment ein. Neben der Tür, die vom Haupteingang zum Ostflügel führte, stand ein Gargoyle, eine Wasserspeier-Statue. Ich machte Halt und lehnte meine Stirn gegen dessen Brust. Das graue Gestein sah aus, als wäre es mit einer Moosschicht bedeckt. Sie war überraschend weich und warm. Ich schloss die Augen und versuchte, die kreisenden Gedanken zu stoppen.

„Ist alles gut, Ma'am?", grollte eine Stimme.

Ich kreischte augenblicklich auf und sprang nach hinten. Die Statue bewegte sich und streckte einen muskulösen Arm aus, um mir die Hand zu geben. „Tut mir leid, wenn ich dich erschreckt habe. Ich bin Gunnar."

„Und es tut mir leid, dass ich mich auf dich gestützt habe. Ich dachte, du wärst eine Requisite." Ich schüttelte Gunnars Hand und hoffte, dass mir das Herz nicht direkt aus meiner Brust springen würde. „Ich bin Olivia."

„Ja, ich weiß. Ich bin froh, dass du hier bist." Gunnar hatte ein breites Lächeln, das eine Reihe von langen, scharf aussehenden Zähnen offenlegte. Er war mindestens einen Meter größer als ich und als ich genau hinsah, erkannte ich, dass er sogar Flügel hatte. Sein Kostüm musste unvorstellbar schwer wiegen und ich fragte mich, warum er sich – wie die Meerjungfrau – die Mühe gemacht hatte, sich am Ruhetag zu verkleiden.

Vielleicht fühlt er sich als Gargoyle wohler als in seiner eigenen Haut.

Ich schenkte Gunnar ein gequältes Lächeln, wünschte ihm einen schönen Nachmittag und verließ das Gebäude zügig. Der Spaziergang zurück zum Motel half mir, mich zu beruhigen. Die heiße Sonne trug zur Entspannung meines überforderten Verstandes bei. Doch als ich zurück im Cowboy's Corral war, kreisten meine Gedanken noch immer um Gunnar und seine Gargoyle-Kostümierung.

Eine zweite Dusche war dringend nötig. Diesmal drehte ich das Wasser so kalt, wie ich es gerade noch aushalten konnte. Ich beschloss, dass ich vor dem Mittagessen ein kurzes Nickerchen brauchte. Ich streckte mich also auf dem Doppelbett aus und starrte den Strukturputz der Zimmerdecke an, bis mein Geist endlich nachgab und das Gedankenkarussell stoppte.

Als ich aufwachte, fühlte ich mich schon etwas besser. Ich war sicher, dass mein täglicher Cheeseburger mit Pommes meinem Wohlbefinden noch weiter auf die Sprünge helfen würde. Also machte ich mich fertig, schnappte mir meine Tasche und öffnete die Tür. Auf der anderen Seite der Tür stand Mama mit erhobener Hand, bereit, anzuklopfen.

„Hallo, Mama!", sagte ich herzlich, aber ihr besorgter

Blick ernüchterte mich augenblicklich. Ich winkte sie herein. „Was ist denn los?"

Mama setzte sich an den Tisch und faltete die Hände in ihrem Schoß. Sie hatte jenen Blick, den Mütter aufsetzen, wenn sie kurz davor sind, einen Vortrag zu halten. Plötzlich fühlte ich mich wieder wie eine Teenagerin. Meine eigene Mutter hatte mir als Jugendliche so einige Vorträge gehalten.

„Ich habe gehört, dass Damien Shackleford wieder in der Stadt ist", begann Mama in einem unheilvollen Tonfall. „Der Sohn von Baxter."

Ich setzte mich auf den anderen Stuhl und stützte meine Ellbogen auf den Tisch. „Ja, er ist gestern Abend aufgetaucht. Woher wussten Sie das?"

Mama hob eine Augenbraue. „Ich kriege so einiges mit. Es heißt, er sei zurückgekommen, um die Finanzen des Spukhauses zu regeln."

„Das hat er angekündigt. Er ist im Sanctuary nicht sonderlich beliebt. Das Team spürt, dass er eigentlich nicht dort sein will. Er denkt wohl auch, er sei besser als der Rest."

„Damien trägt eine Menge aufgestauten Ärger in sich." Mama schwieg einen Moment lang. Sie wandte ihren Blick zur Seite, und ich hatte den Eindruck, dass sie nicht die Wand begutachtete, sondern einer Erinnerung nachsah. „Damien und Baxter waren nie einer Meinung, aber er war kein schlechter Junge. Hoffentlich ist er auch kein schlechter Mann. Es mag schwierig sein, mit ihm zu arbeiten, aber bedenken Sie, dass sein Vater vermisst wird. Unter anderen Umständen wäre er nie freiwillig in diese Stadt zurückgekehrt. Haben Sie bitte Nachsicht mit ihm."

Ich musste lachen. „Sie möchten, dass ich nachsichtig mit ihm bin? Damien war mir gegenüber von der ersten Sekunde an unhöflich. Ich habe ihm nichts getan und doch verhält er sich, als ob er einen persönlichen Groll gegen mich hegen würde."

Mama schüttelte den Kopf. „Ich glaube nicht, dass er etwas gegen Sie persönlich hat, sondern schlicht gegen jeden, der im Sanctuary arbeitet. Es tut mir leid zu hören, dass er sich so aufführt. Ich hatte die Hoffnung, die Zeit hätte ihn ein wenig milder gestimmt."

„Was ist passiert, dass er so geworden ist?"

„Ich kenne nicht alle Details, aber Gerüchten zufolge muss es mit dem Nightmare Sanctuary in Verbindung stehen. Ich weiß nur, dass Damien mit seiner Familie gebrochen und Nightmare verlassen hat, um draußen in der Welt einen Neustart zu wagen. Der Junge hat mir wirklich leidgetan."

Familie. Da war es wieder, dieses Wort. Ich dachte an das, was die Hexen früher am Tag gesagt hatten, und ich fragte mich, ob Damien wusste, wie schnell ich in die Sanctuary-Familie aufgenommen worden war. Nahm er mir etwa übel, dass er nicht auf die gleiche Weise willkommen geheißen worden war? Selbst wenn das der Fall wäre, gäbe es ihm noch lange nicht das Recht, sich wie ein Idiot zu benehmen, weder mir noch anderen gegenüber.

Mama sah mich erwartungsvoll an, also sagte ich pflichtbewusst: „Ich werde versuchen, netter zu Damien zu sein als er zu mir."

„Das weiß ich zu schätzen. Sie haben ein paar turbulente Tage hinter sich. Sie sind in einer Kleinstadt gestrandet, die Ihnen unbekannt ist, an Ihrem neuen

Arbeitsplatz spielt sich gerade ein Drama ab und dann haben Sie zu allem Übel auch noch eine Leiche entdeckt. Ich glaube, Sie müssen etwas Dampf ablassen. Deswegen gehen wir heute Abend aus. Ich lade Sie in den Saloon ein."

Natürlich sagte ich zu, schon allein, um Mama in einer Bar sitzen zu sehen. Sie schien mir nicht der Typ zu sein, der oft ausgeht. Außerdem lag sie richtig: Ich sollte wirklich mal abschalten.

Kurz darauf rauschte Mama wieder von dannen. Im Gehen rief sie mir noch zu, ich solle mich bis um einundzwanzig Uhr in meine Cowboystiefel geworfen haben. Ich verzichtete darauf, ihr zu verraten, dass ich gar keine Cowboystiefel besaß – und auch nie besessen hatte – obwohl ich in Nashville gelebt hatte. Ich vermutete, das sei ohnehin bloß ein Spruch gewesen. Als ich am späten Nachmittag zum Lusty Lunch Counter kam, um meinen Cheeseburger und Pommes zu essen, war ich geradezu beschwingt. Okay, vielleicht nicht beschwingt, aber eben auch nicht unglücklich. Ich freute mich darauf, auszugehen. Und ich war dankbar für die Freundlichkeit, die mir die Leute von Nightmare entgegenbrachten.

Ich verlebte einen ruhigen Nachmittag. Anstatt mich erneut der Langeweile hinzugeben, wodurch nur wieder meine Gedanken und Emotionen in Aufregung versetzt würden, genoss ich die friedlichen Stunden ganz bewusst und sammelte Energie für das, was der Abend mit sich bringen würde. Das Telefon in meinem Zimmer klingelte dreimal, bevor ich begriff, dass mich jemand anrief. Ich war das Geräusch eines altmodischen Festnetztelefons nicht mehr gewohnt. Am anderen Ende war Mama. Sie rief aus dem Büro an, um mich für halb acht zum Abendessen einzuladen. Diese Frau sorgte im Handumdrehen dafür, dass ich nicht hungern musste.

Pünktlich betrat ich an diesem Abend das Büro des Motels und atmete tief ein: Barbecue. Und dem Geruch nach zu urteilen, war es ein gutes Barbecue. Nick und Lucy waren ebenfalls da. Lucy rannte mir sofort entgegen und schlang ihre Arme um meine Taille. „Hi, Olivia! Wie ist dein neuer Job im Spukhaus?"

„Es ist prima! Ich habe viele der Leute kennengelernt, die uns bei unserem Besuch erschreckt haben. Wie sich herausgestellt hat, sind sie alle wirklich nett."

„Ich hoffe, ich kann bald wieder mit diesem Mädchen spielen. Weißt du, die mit dem schwarzen Kleid."

Ich war mir nicht sicher, wie wohl ich mich damit fühlte, aber sagte: „Ihr Name ist Maida."

„Maida. Ja, sie war nett."

Mama beäugte uns. Ich ahnte, dass es ihr nicht unbedingt gefallen würde, wenn ihre Enkelin sich mit jemandem aus dem Sanctuary anfreundete. Und schon gar nicht mit einer kleinen Hexe. Ich wechselte schnell das Thema und fragte Lucy, was sie während ihrer Sommerferien unternommen hatte. Schon bald saßen wir zusammen in der Lobby und plauderten fröhlich, während wir Pappteller mit Pulled Pork, Krautsalat und Baked Beans auf unserem Schoß balancierten.

Als wir mit dem Essen und Aufräumen fertig waren, verkündete Mama, sie wolle sich ein wenig frisch machen und verschwand im hinteren Büroraum. Ich erwartete, dass sie kurz ihr Make-up auffrischen und ihr voluminöses Haar auftoupieren würde. Stattdessen kam sie in einem glitzernden, schwarzen Top und einer eng anliegenden, dunkelblauen Jeans zurück.

„Oh, Sie haben sich ja richtig chic gemacht!", kommentierte ich. „Ich gehe nicht oft aus. Aber wenn es dazu kommt, mache ich das Beste daraus. Los geht's!"

Mama umarmte Lucy, winkte Nick zu und wir gingen los.

Der Saloon lag am High Noon Boulevard. Auf dem Weg dorthin erzählte mir Mama, dass das Barpublikum eine Mischung aus Ortsansässigen und Touristen sein würde. „Aber", fügte sie hinzu, „dienstagabends sind mehr von uns als von denen dort. Niemand, der in Nightmare wohnt, geht an den Wochenenden auch nur in die Nähe des Saloons."

Der Nightmare Saloon sollte nicht enttäuschen. Er befand sich etwa auf halber Strecke den Boulevard hinunter. Im Inneren warf das schummrige Licht lange Schatten auf den Holzboden und die Wandverkleidung. In einer Ecke stand ein Klavier, auf dem ein Mann etwas spielte, das beschwingt, aber eindeutig altmodisch klang.

Die Theke erstreckte sich über die gesamte Rückwand des Saloons. Mama steuerte geradewegs auf zwei leere Barhocker zu und grüßte dabei die Leute, an deren Tischen wir vorbeikamen. Offensichtlich war Mama gleichermaßen bekannt und beliebt.

Ich hatte bereits die Hälfte eines lokal gebrauten Bieres getrunken, als Mama mich sanft mit dem Ellbogen anstupste. „Siehst du den Tisch voller Frauen dort drüben beim Klavier?", fragte sie im Halbflüsterton. „Die mit der roten Bluse ist Jareds Witwe, Laurie Barker."

Ich schaute so verstohlen, wie ich konnte, hinüber. Die Frauen lachten, drei leere Bierkrüge standen in der

Mitte ihres Tisches. „Warum ist sie im Saloon? Ihr Mann wurde doch gerade erst umgebracht!"

„Exakt das wird der Grund sein, warum sie hier ist. Natürlich betrinkt sie sich. Stünde Ihnen nicht danach der Sinn, wenn Ihr Mann gerade ermordet worden wäre?"

Ich murmelte etwas über Ehemänner und nahm einen langen Schluck meines Bieres. Einen Moment später spürte ich ein Fingertippen auf meiner Schulter. Ich drehte mich um und sah Jareds Witwe vor mir stehen. Ihr Körper schwankte leicht.

„Ich habe gehört, Sie haben ihn gefunden", sprach sie.

KAPITEL 13

WOW, WIE UNANGENEHM. DIE Frau starrte mich an. Die Situation wurde mit jeder Sekunde, die ich zögerte, unbehaglicher. Ich presste ein „Ja" heraus. Das schien nicht zu genügen, also fügte ich hinzu: „Mein herzliches Beileid zu Ihrem Verlust."

Laurie lachte bitter auf. „Wie soll ich überhaupt für seine Beerdigung aufkommen? Sein Vater hat mit der Rinderfarm ein Imperium geschaffen. Aber Jared hatte nicht denselben Geschäftssinn. Ich bräuchte Geld, keine Beileidsbekundungen."

Ich griff nach meinem Bier und erhob es in ihre Richtung. „Ich verstehe Sie. Ich wurde auch von meinem Mann im Stich gelassen. Also, von meinem Ex-Mann."

„Ich schätze, mir bleibt gar nichts anderes übrig, als die Ranch an Emmett zu verkaufen", sagte Laurie.

Mir fiel auf, dass sie nicht wirklich traurig darüber schien, dass dies ihr einziger Ausweg war. „Emmett ist doch dieser Immobilienmakler, oder?" Natürlich war er das. Ich versuchte, beiläufig interessiert zu klingen. „Er will Ihre Ranch kaufen?"

„Ja. Und ich habe Jared immer und immer bekniet, das Angebot anzunehmen. Aber entweder war er zu stolz oder zu sentimental, um sich dazu durchringen zu können. Dabei war es nur eine Frage der Zeit, bis er die Ranch in den Ruin treiben würde. Er konnte ja nicht einmal seine Kühe am Leben halten."

Mama und ich tauschten einen Blick. „Was meinen Sie damit?", fragte ich.

„Damit meine ich, dass einige Kühe gestorben sind." Laurie sah mich an, als wäre ich schwer von Begriff. „Es war wirklich seltsam. Erst starb eine Kuh, ein paar Wochen später dann eine weitere und im Monat darauf die dritte. Dabei waren sie zuvor alle gesund und munter gewesen. Jared war überzeugt, dass etwas Übernatürliches die Ursache war. Er besaß sogar die Dreistigkeit zu behaupten, dass es Außerirdische gewesen wären, die seinen Kühen nach dem Leben trachteten!" Laurie seufzte. „Ich glaube, er hätte nicht nur um ein Haar all sein Vermögen, sondern auch seinen Verstand verloren."

Laurie ging bald darauf zu ihrem Tisch zurück und ließ Mama und mich staunend zurück. Emmett war für mich bereits ein Verdächtiger in Jareds Mordfall, aber soeben war auch Laurie auf meiner Liste gelandet. Sie schien nicht so sehr den Verlust ihres Mannes wie den Verlust ihres Geldes zu betrauern.

Wir wandten uns wieder der Bar zu. Mamas Gedanken gingen eindeutig in eine andere Richtung als meine. „Jared dachte, Außerirdische hätten seine Kühe getötet?" Sie schaute mich mit großen Augen an.

„Nun", sagte ich achselzuckend, „er hat diesen UFO-Jäger ja auch auf seiner Ranch Beobachtungspartys veranstalten lassen. Und vielleicht freuten sich die Außerirdischen über ein kostenloses Abendessen."

Mama brach in Gelächter aus, hob ihr Bierglas und stieß mit meinem an. „Oh ja, du wirst dich hier bestens einfügen, Olivia."

Nach zwei Bieren beschlossen wir, es dabei zu belassen und waren uns einig, dass wir uns beide für ein drittes Getränk etwas zu alt fühlten. Zurück am Motel begrüßte uns Nick im Büro. „Wo ist Lucy?", fragte ich.

„Ach, ihre Mutter hat sie abgeholt, kurz nachdem Sie beide in den Saloon gegangen sind. Es hatte keinen Sinn, sie lange wachbleiben zu lassen, nur um mir an der Rezeption Gesellschaft zu leisten." Nick grinste mich an. „Ich habe vergessen, es Ihnen vorhin mitzuteilen, aber Ihr Auto sollte am Freitagnachmittag repariert sein."

Als ich Nick nach den Reparaturkosten fragte, hielt ich angespannt den Atem an. Tatsächlich war die Summe niedriger, als ich erwartet hatte. Ich rechnete fix im Kopf nach und kam zu dem Ergebnis, dass ich mit einer weiteren Arbeitswoche dazu in der Lage sein sollte, die Reparatur- und Motelkosten zu begleichen und aus dieser Stadt zu entschwinden. Nun musste ich Nick bloß noch gestehen, dass ich zum jetzigen Zeitpunkt noch nicht den gesamten Rechnungsbetrag aufbringen konnte. Vor lauter Scham schoss mir das Blut in die Wangen. Ich hielt meinen Blick fest auf den Kalender gerichtet, der hinter Nick an der Wand hing, als ich erklärte: „Mein Job wird wöchentlich bezahlt, doch eigentlich weiß ich gar nicht, wann genau Zahltag ist."

„Schon gut", erwiderte Nick schnell. „Ihr Auto wartet. Wann immer Sie bereit sind."

Mama warf mir einen verschmitzten Blick zu. „Willst du damit etwa behaupten, dass du nur so lange hier bleibst, bis du eine bestimmte Summe zusammen hast? Denn ich glaube, dass du hier verweilen wirst, um alle weiteren Akte des Dramas mitzuverfolgen."

„Oh, nein. Dramen habe ich mehr als genug erlebt. Ich komme eine ganze Weile ohne aus. Vielen Dank!"

Mama berichtete ihrem Sohn von unserer Begegnung mit Laurie Barker. Auch Nick amüsierte die Vorstellung, dass Außerirdische die Kühe der Barker Ranch attackieren. Ich war heilfroh über den plötzlichen Themenwechsel. Die wiederholte Erwähnung der Kühe brachte mich auf einen neuen Gedanken: Könnte womöglich Emmett die Kühe getötet haben, um den Wert der Ranch zu mindern? Wenn er die Ranch so dringlich erwerben wollte, hatte er vielleicht darauf spekuliert, Jared auf diese Weise vom Verkauf zu überzeugen und Angst vor weiteren toten Kühen und einem Wertverlust der Ranch zu schüren.

Auch während des Schlafengehens drehten sich meine Gedanken weiter um Kühe, Außerirdische und hinterlistige Immobilienmakler. Es überraschte mich nicht, dass meine Träume entsprechend seltsam waren.

Es war schon komisch, dass Mama annahm, ich würde aus Sensationslust in Nightmare bleiben. Ironischerweise war am nächsten Tag rein gar nichts los. Mittwochmorgen schlief ich aus, gönnte mir ein spätes Mittagessen im Lusty Lunch Counter und ging am Abend zu Fuß zur Arbeit – alles ohne seltsame Vorkommnisse.

Mein Tag war so gewöhnlich verlaufen, dass ich ein wenig nervös wurde, als ich den Hügel auf der unbefestigten Straße erklomm und das alte Krankenhausgebäude erspähte. War das die Ruhe vor dem Sturm? Das Haus schien mir jetzt weniger imposant, was aber nicht meine Sorge über jene Dinge milderte, die hinter diesen Mauern vor sich gingen.

Als ich den Speisesaal betrat, sahen die bereits anwesenden Personen entspannt aus. Ich bewegte mich auf einen Tisch in der Nähe des vorderen Bereichs zu, wo Mori sich gerade neben Theo platzierte. „Hallo, ihr zwei", grüßte ich. „Wir haben euch gestern bei der Besprechung vermisst."

Theo schnaubte. „Wir haben es nicht vermisst, dabei zu sein."

„Immerhin ist er heute Abend nicht hier", sagte Mori. Sie legte ihre kühle Hand auf meine. „Wie geht es dir, Olivia? Hast du dich gut eingelebt?"

Ich schenkte ihr ein schiefes Lächeln. „Jetzt, da ich weiß, dass Damien heute Abend nicht hier ist, geht es mir besser. Zumindest nehme ich an, dass du von Damien sprichst." Das erklärte, warum sich die Stimmung heute auch so viel besser anfühlte.

„Da ist er den ganzen, weiten Weg nach Nightmare gekommen, um uns vor uns selbst zu retten. Und schon glänzt er durch Abwesenheit", spottete Theo. „Aber", er hob den Finger, „niemand beschwert sich darüber."

Eine bissige Bemerkung über Damien lag auch mir auf der Zunge. Doch dann rief ich mir Mamas Bitte, Damien etwas zu schonen, ins Gedächtnis. Also fragte ich stattdessen: „Müssen wir uns Sorgen machen? Gilt er wie sein Vater als vermisst?"

„Er ist nicht spurlos verschwunden", sagte Mori. „Nur abwesend. Dem Flurfunk zufolge isst er mit ein paar Mitgliedern der Handelskammer zu Abend und versucht, ihnen Honig ums Maul zu schmieren."

In diesem Moment eröffnete Justine das alltägliche Familientreffen. Ich wurde wieder am Eingang postiert. Bis zum Ende der Woche würde ich einen hervorragenden Job am Einlass leisten. Je länger der Abend dauerte, desto leichter fiel es mir, die Gedanken an Damien und seinen unheilvollen Blick in die Zukunft des Sanctuarys zu verdrängen. Zwar war der Besucheransturm nicht annähernd so heftig wie am Samstag und Montag, jedoch strömten kontinuierlich Menschen ins Haus. Ich hatte Freude daran, alle zu begrüßen und zum ersten Mal konnte ich mich wirklich entspannen und die Arbeit einfach genießen. So verging der Abend wie im Flug.

Am Mittwochabend ging ich optimistisch zu Bett. Wenn ich es schaffte, einen ganz normalen Tag in Nightmare zu verleben, sollte mir das doch auch noch einmal gelingen.

Mit diesem Gedanken schlief ich ein. Es war auch das Erste, was mir beim Aufwachen am Donnerstagmorgen durch den Kopf ging. Das obligatorische Mittagessen überstand ich ohne besondere Vorfälle. Im Anschluss schlenderte ich gemütlich durch die Geschäfte am High Noon Boulevard. Ich gönnte mir noch ein Nickerchen und ging später zu Fuß zur Arbeit. Ich war auf dem besten Weg, den zweiten völlig normalen Tag zu erleben – bis ich den Eingang des Sanctuarys erreichte. In der offenen Tür sah ich Justine stehen. Irgendetwas in ihrem Gesichtsausdruck erfüllte mich mit Unbehagen. Ich ging auf sie zu und fragte schlicht: „Was?"

„Damien erwartet Sie in seinem Büro."

Puh. „Und das wäre wo?"

„In meinem Büro. Er hat mich hinauskomplimentiert. Natürlich ist es eigentlich Baxters Büro." Justines presste die Lippen aufeinander und ich fragte mich, was sie wohl gerade zurückhielt. Ich vermutete, es war ein Schwall übler Bezeichnungen für Damien.

„Wünschen Sie mir Glück", sagte ich.

„Vielleicht können die Hexen einen Zauber bewirken, der ihn erträglicher macht", sagte Justine nachdenklich. „Ich werde mal mit ihnen sprechen. Viel Glück!"

Der Gang zum Büro fühlte sich dreimal so lang an wie beim ersten Mal, als ich ihn entlanggeschritten war. Ich konnte mir nicht vorstellen, warum Damien mich sehen wollte. Meine Beklemmung wuchs mit jedem Schritt, dem ich der Bürotür näherkam.

Die Tür war geschlossen, also klopfte ich. Der dumpfe Schlag meiner Faust gegen die riesige Eichentür klang schwach und erbärmlich. Dabei hatte ich mir vorgenommen, stark und selbstbewusst zu wirken.

Die Tür war so dick, dass ich Damiens Aufforderung hereinzukommen nur gedämpft hörte. Ich nahm mich zusammen und öffnete die Tür. Damien saß hinter dem Schreibtisch und konzentrierte sich auf einen Stapel Papiere, der vor ihm lag. Er hatte die Jacke seines dreiteiligen, grauen Nadelstreifenanzugs ausgezogen und die Ärmel seines azurblauen Hemdes bis zu den Ellbogen hochgekrempelt.

Ich setzte mich und wartete. Erst nachdem Damien ein paar Notizen gekritzelt hatte, legte er endlich seinen Stift weg und wandte sich mir zu. Er starrte mich genauso an wie an jenem Abend, an dem wir uns kennenlernten. Versuchte er, irgendeine Information zu empfangen, indem er einfach nur stierte? Ich rutschte in meinem Sessel hin und her und wandte meinen Kopf seitlich in Richtung des Bücherregals an der Wand.

„Erzählen Sie mir, wie Sie an diesen Job gekommen sind", setzte Damien ein.

Hatte Damien mich etwa hergebeten, um eine Art

nachträgliches Vorstellungsgespräch zu führen? Ich berichtete, dass ich den Aushang am Schwarzen Brett der Handelskammer entdeckt hatte und fügte hinzu, dass Justine mich noch am selben Tag zu einem Kennenlernen eingeladen hatte.

Damien nahm seinen Stift wieder in die Hand und begann ihn zwischen seinen Fingern zu drehen. „Wie lange sind Sie schon in Nightmare?"

„Seit Freitag."

„Warum sind Sie hierhergekommen?"

Okay, das klang nun eher nach einem Verhör als nach einem Vorstellungsgespräch. „Mein Auto ist kurz vor der Stadtgrenze liegengeblieben. Ich sitze hier fest, bis es repariert ist."

„Und was dann?"

„Dann breche ich auf nach San Diego." Oje, war mir wirklich die Wahrheit herausgerutscht? Zu wissen, dass ich mich nicht langfristig an diesen Job binden wollte, würde Damien garantiert nicht milder im Umgang mit mir stimmen.

„Sie leben in San Diego?"

Warum sollte es Damien interessieren, wo ich lebte? Ich begriff nicht, worauf er hinauswollte. „Nein. Ich habe in Nashville gelebt, aber mein rücksichtsloser Ehemann – Ex-Ehemann – hat unser ganzes gemeinsames Geld verprasst. Also musste ich nahezu mein gesamtes Hab und Gut verkaufen. Dann beschloss ich, mich auf den Weg nach San Diego zu begeben, um dort bei meinem Bruder und meiner Schwägerin unterzukommen, bis ich finanziell wieder auf die Beine komme. Aber unterwegs hatte ich nun mal diese Autopanne. Und um die Reparatur zahlen zu können, brauchte ich einen

Job. Ich ging also zur Jobbörse und fand die Anzeige für das Spukhaus. So bin ich hier gelandet und deshalb führen wir nun auch dieses Gespräch."

Nur schwer konnte ich mich beherrschen, mich nicht beleidigt zurückzulehnen, die Arme zu verschränken und zu zischen: „Da haben Sie's!"

Damien stützte seine Ellbogen auf dem Schreibtisch ab und sah mich wieder forschend an. „Bekommen Sie im Leben immer, was Sie wollen?", fragte er.

Jetzt war ich es, die ihn mit zusammengekniffenen Augen fixierte. „Haben Sie mir gerade nicht zugehört? Ich bin eine geschiedene Person mittleren Alters ohne Geld und eigene Wohnung. Glauben *Sie*, ich erreichte im Leben immer, was ich will?"

„Durchaus", antwortete Damien leise, mehr zu sich selbst als in meine Richtung. Wir schauten uns noch ein paar Augenblicke lang an, dann lehnte er sich zurück. „Sie können gehen."

Damiens Stimme folgte mir zur Tür hinaus. „Oh, und Olivia? Jetzt, da Sie den Job an Land gezogen haben, den Sie sich gewünscht haben, sollten Sie sich auch wünschen, dass er von Dauer sein wird. Finden wir nicht heraus, wer Jared ermordet hat, bezweifle ich, dass das Spukhaus weiterhin geöffnet bleiben kann."

KAPITEL 14

ICH SPÜRTE, DASS EIN neugieriger Teil in mir unbedingt wissen wollte, was Damien damit meinte. Aber meine Vernunft befahl mir, weiterzugehen. Ich bezweifelte, dass er mir überhaupt eine Antwort geben würde. Während ich zu den Schließfächern und anschließend in den Speisesaal ging, schwirrten mir etwa fünfhundert Fragen im Kopf herum. Vor allem beschäftigte mich, inwiefern der Mord an Jared zur Schließung des Sanctuarys führen konnte. Lag es an dem Verdacht, dass einer der Angestellten das Verbrechen begangen haben könnte? Wollte Damien etwa auf diese Weise verhindern, dass ein weiterer Mord geschieht?

Ich sorgte mich nicht nur um die Zukunft des Hauses und um meinen Job. Mich wurmte auch, nicht zu verstehen, worum es Damien bei unserem Gespräch gegangen war. Es war gewiss kein formelleres Gespräch als jenes, das ich mit Justine geführt hatte. Er hatte sich nicht für meine Qualifikationen oder Berufserfahrung interessiert. Vielmehr vermutete ich, dass er einfach nur in Erfahrung bringen wollte, wer ich war und was mich hierher verschlagen hatte.

An den gedämpften Stimmen im Speisesaal erkannte ich, dass sich auch alle anderen durch Damiens Anwesenheit gehemmt fühlten. Ich ließ mich auf die Bank fallen, die schnell zu meinem Stammplatz geworden war. Theo drehte sich zu mir um, wobei mir sein Zombie-Make-up heute besonders realistisch vorkam.

„Du wirst heute Abend sehr beschäftigt sein", informierte er mich. „Donnerstags besuchen uns üblicherweise eine Menge Touristen, die ein langes Wochenende in Nightmare verbringen."

Ich lächelte. „Ich bin bereit! Meine Fähigkeit, Tickets zu kontrollieren, ist erstklassig!"

Theo zwinkerte mir zu. „Irgendwann müssen wir dich mal in den Spuk involvieren. Du verpasst das ganze Geschrei, wenn du an der Vordertür festhängst."

„Danke, aber ich bin sehr zufrieden damit, die Gäste in ihrem vorfreudigen Zustand zu begrüßen."

Während des Familientreffens sah ich mich im Raum um und bemerkte, wie Zach allein an einem Tisch im hinteren Bereich saß. Er rieb sich den Nacken und ließ seinen Blick durch den Raum schweifen. Ich ertappte mich dabei, wie ich ihn anstarrte. Hastig wandte ich mich wieder Justine zu, doch sie kam gerade zum Ende. Mori drückte meinen Arm und wünschte mir einen guten Abend. Jeder verschwand auf seinen Posten.

Theo sollte recht behalten: Donnerstags war wesentlich mehr los als am Mittwoch. Malcolm besetzte heute den Posten an der Kasse. Hin und wieder machte er mich mit einem nach oben gestreckten Daumen und einem fragenden Gesichtsausdruck auf sich aufmerksam. Ich schätzte sehr, dass er sich nach mir erkundigte. Zach nahm nie Notiz von mir, wenn er an der Kasse arbeitete. Jedes Mal grinste ich und zeigte Malcolm als Antwort meinen eigenen Daumen hoch.

Die Zeit verging so rasant, dass ich überrascht war, als eine Stimme hinter mir verkündete: „Es ist Zeit für deine Pause."

Hinter mir stand Zach. Er blickte auf seine Hände hinab, die er nervös verschränkte. Ich bedankte mich und begab mich in den Speisesaal. Ich konnte nicht umhin, noch einmal innezuhalten und ihm nachzusehen. Zach zerriss die Eintrittskarten und trat dabei mit gebeugten Schultern von einem Fuß auf den anderen. Er wirkte auf seltsame Weise abweisend auf mich.

Mori hatte zeitgleich mit mir Pause. Mit einer Tüte Chips und einer Packung Kekse nahm ich ihr gegenüber Platz und flüsterte: „Was ist heute Abend mit Zach los? Er scheint aufgebracht zu sein."

„Natürlich ist er aufgebracht", antwortete Mori, ohne dabei ihre Stimme zu senken. „Er steht nicht nur auf *meiner* Liste der Mordverdächtigen. So ziemlich jeder hier glaubt, dass er Jared getötet hat."

„Hat die Polizei ihn schon verhört?"

„Noch nicht."

„Wenn Zach an jenem Tag im Wachdienst gewesen wäre, hätte er doch denjenigen gesehen, der Jared auf unserer Türschwelle abgelegt hat", überlegte ich. „Oder aber er hatte Wachdienst und hat Jared während dieser Zeit selbst umgebracht. Vielleicht war es Selbstverteidigung?" Außerdem fragte ich mich, wie Zach, wenn er Jared wirklich getötet hatte, es geschafft hatte, es wie einen Tierangriff aussehen zu lassen.

„Zach beteuert immer wieder seine Unschuld, wenn ihn einer von uns zur Rede stellt. Gleichzeitig äußert er sich aber nicht dazu, warum er nicht zugegen war, als der Mord geschah."

„Warum in aller Welt sollte Zach den Tod von Jared gewollt haben?", fragte ich.

„Auch das gehört zu den Dingen, die wir noch nicht wissen."

Obwohl Zach in meinen Augen bereits verdächtig war, machte das Wissen, dass so ziemlich jeder andere im Sanctuary genauso dachte, seine Schuld noch wahrscheinlicher. Es war seltsam, zu meinem Posten zurückzugehen und davon auszugehen, dass meine Pausenablösung erst vor vier Tagen jemanden ermordet haben könnte.

Wieder an der Eingangstür angekommen, hörte ich, wie Zach mit seinem Handy telefonierte. Er hatte es zwischen seiner rechten Schulter und seiner Wange eingeklemmt, während er mit beiden Händen weiter Tickets abreißen konnte.

„Nein, heute Abend geht es nicht", sprach er mit leiser Stimme. Ein paar Momente später gab er ein verärgertes Geräusch von sich und sagte: „Gut, aber nicht hier. Hinter dem Saloon. Um ein Uhr."

Zach beendete das Telefonat und steckte das Handy in die Gesäßtasche seiner Jeans. Ehe ich mich bei ihm aus der Pause zurückmeldete, hielt ich mich noch einen Augenblick zurück, damit nicht auffiel, dass ich hier schon eine Weile stand und gelauscht hatte.

Der erste Teil meines Abends war wie im Nu vergangen. Aber jetzt, da ich wieder an der Tür stand, krochen die Minuten nur so dahin. Ich versank in Gedankenspiralen. Trotz aller Unklarheit war ich mir in einem Punkt sicher: Ich würde um ein Uhr hinter dem Saloon sein. War es klug, Zach zu folgen? Nein, natürlich nicht. Aber ich brauchte diesen Job. Und wenn ich herausfinden konnte, was er vorhatte, könnte das zum Beweis führen, dass er an Jareds Tod Schuld trägt. Wenn der Mord an Jared aufgeklärt werden konnte, bestand eine größere Chance, dass das Nightmare Sanctuary geöffnet blieb und ich nicht arbeitslos wurde.

Außerdem, das musste ich mir eingestehen, wünschte ich mir auch für alle anderen im Sanctuary, dass ich den Fall aufklären würde.

Als wir das Spukhaus an diesem Abend für Gäste schlossen, holte ich meine Handtasche aus dem Spind und verließ das Gelände wie üblich. Bevor ich jedoch die Hauptstraße Richtung Motel erreichte, bog ich rechts in eine dunkle Seitenstraße ein, von der ich annahm, dass sie mich zum Saloon führen würde. Hier standen keine Straßenlaternen, also würde niemand sehen, wie ich mich zu Zachs Treffpunkt schlich. Auf keinen Fall wollte ich entdeckt werden, schon gar nicht von Zach. Würde er mich erwischen, wäre es schwierig, ihm weiszumachen, ich sei bloß für einen entspannten Mitternachtsspaziergang unterwegs.

Es war noch nicht ein Uhr, als ich den Saloon erreichte. So nutzte ich die Zeit und suchte mir in der Gasse auf der Rückseite des Saloons hinter einem Müllcontainer ein Versteck. Ich richtete mich aufs Warten ein. Mein Versteck war nicht besonders einladend, aber es bot mir einen guten Aussichtsplatz. Während ich wartete, begann ich an meinem gesunden Menschenverstand zu zweifeln. Was ich da tat, war dumm und gefährlich. Außerdem stank es.

Gerade hatte ich beschlossen, wieder zu gehen, als ich leise Schritte hörte. Ich spähte über den Rand des Müllcontainers und sah jemanden, der einen langen

Mantel mit hochgezogener Kapuze trug. Selbst um diese Uhrzeit war es viel zu warm für einen Mantel. Daher leuchtete mir ein, dass es sich dabei um eine Maskierung handeln musste. Das gelang der Person auch ganz gut, denn als sie mit dem Rücken an die Wand des Saloons lehnte, verschwand sie, so eingehüllt im dunklen Mantel, praktisch im Schatten.

Nur wenige Minuten später tauchte auch Zach auf und schaute sich verstohlen um. Die Person im Mantel kam ihm entgegen. Zach hielt inne, die Hände zu Fäusten geballt. Zuerst fürchtete ich, Zach und die fremde Person würden eine Prügelei starten. Doch dann vernahm ich leise Stimmen. Ich konnte nicht verstehen, was sie sagten, aber beide begannen, wild zu gestikulieren. Zach schüttelte den Kopf und fuchtelte mit seinen Händen. Ich war mir sicher, dass ich hier Zeugin eines handfesten Streits wurde.

Zach machte Anstalten zu gehen, doch die Person im Mantel verringerte ruckartig den Abstand zu Zach und packte seinen Arm. Zach riss sich aus dem Griff der Person los und fuhr herum. Er drückte sein Gesicht so dicht an das seines Gegenübers, dass seine Nase in der Kapuze verschwand.

Diesmal hörte ich keine Stimmen, sondern ein Knurren.

Die Person im Mantel sprang zurück, als Zachs Wirbelsäule sich plötzlich krümmte und sein Gesicht noch weiter nach vorne drückte. Sein Rücken schien sich auszudehnen, wurde höher und runder. Das T-Shirt, das Zach trug, spannte sich, und die Arme, die aus den Ärmeln hervortraten, wurden prall und rostbraun.

Nein, seine Arme nahmen keine andere Farbe an. Vielmehr wuchs ihnen ein rötlich-braunes Fell. Auch Zachs Kopf veränderte sich. Sein Kiefer verlängerte sich zu einer Schnauze. Er ließ sich auf alle viere fallen und strampelte mit den Füßen, wobei seine Schuhe davonflogen. Wo seine Füße hätten sein sollen, sah ich nun riesige Pfoten. Zachs Jeanshose zerriss und ein Schweif, der sich auf seiner Rückseite ausstreckte, kam zum Vorschein.

Ich hielt mir mit beiden Händen den Mund zu, um nicht laut aufzuschreien. Nie hatte ich an übernatürliche Kreaturen geglaubt – bis zu diesem Moment. Ohne jeden Zweifel verstand ich, dass Zach sich vor meinen Augen gerade in einen Werwolf verwandelt hatte.

Die Person im Mantel drehte sich um und lief davon. Zach hob den Kopf und heulte auf, wobei man hier in der dunklen Gasse seine Reißzähne eher erahnen als sehen konnte. Dann nahm er die Verfolgung auf.

Kapitel 15

Zachs Knurren und das Geräusch von eiligen Schritten verstummten. Ich stand nun alleine in der stillen Gasse. Ich bin mir nicht sicher, wie lange ich genau in dieser Position verharrte. Der Schock saß zu tief, um mich zu rühren. Wären da nicht die zerfetzten Jeans und die weggeworfenen Schuhe, die mitten in der Gasse lagen, hätte ich mir eingeredet, mir das Ganze nur eingebildet zu haben.

Ich hatte im Laufe meines Lebens genug Werwolf-Filme gesehen, um zu wissen, dass genau so die Transformation von Mensch zu Werwolf vonstattenging. *Aber Werwölfe sind nicht echt*, redete ich mir entschlossen ein.

Leider widersprach mein Gehirn. „Hier gibt es sie doch", flüsterte ich.

Meine Hände ließen endlich von meinem Mund ab und ich blickte in den Himmel. Von meinem Aussichtspunkt aus war der Mond nicht zu sehen. Auf meinem Weg hierher jedoch hatte ich ihn als Sichel wahrgenommen – groß und zweifelsohne sichtbar, aber eine Vollmondnacht war es eben nicht. Das bedeutete, dass Zach gegen eine Werwolf-Regel verstoßen hatte. Denn – so viel wusste ich aus zahlreichen Horrorfilmen der letzten

Jahre – Werwölfe verwandeln sich nur bei Vollmond.

Natürlich war es möglich, dass Hollywood sich geirrt hatte.

Es bestand auch die Möglichkeit, dass ich mir Dinge einbildete. War ich übergeschnappt? War der ganze Stress und das Drama meines Lebens zu viel für meinen Verstand geworden? Vielleicht bin ich über den Rand des Wahnsinns hinausgeschossen und halluzinierte, dass mein ungehobelter, potenziell mörderischer Arbeitskollege ein Werwolf war?

Offengestanden war ich mir nicht sicher, welche Möglichkeit ich bevorzugte: Dass Zach wirklich ein Werwolf war oder dass ich mir das nur einbildete. Wie auch immer, ich hatte Angst. Mein Kampf-, Flucht- oder Erstarrungsinstinkt wechselte vom Erstarrungs- in den Fluchtmodus. Ich begann zu rennen.

Ich legte genau zwei Schritte zurück, bevor ich gegen etwas Festes, aber leicht Biegsames stieß. Zwei starke Arme umklammerten mich. Ich schrie auf und versuchte augenblicklich, mich aus dem Griff meines Angreifers zu befreien. Ich ließ auch nicht locker, als ich registrierte, dass ich überhaupt nicht angegriffen wurde.

Ich erkannte, dass die Arme nicht von einem rot-braunem Fell bedeckt, sondern eher grau gemasert waren.

„Alles ist gut, Olivia. Alles gut." Ich sah auf und erblickte Gunnar, immer noch in seinem Gargoyle-Kostüm.

Gunnars Arme lockerten sich und ich wich langsam zurück. „Oh nein", sagte ich und wedelte mit den Händen, als mich die Erkenntnis überkam. „Nein, nein, nein. Das ist kein Kostüm, oder? Du ... Du bist ..."

„Nein, es ist kein Kostüm", sagte Gunnar leise.

„Du bist tatsächlich ein Gargoyle?" Meine Stimme erhob sich und ich hatte aufs Neue das Gefühl, einen weiteren Schrei loslassen zu müssen. „Zach ist ein Werwolf und du bist ein Gargoyle? Was ist das hier für ein Ort?"

„Pst!", zischte Gunnar und beugte sich dicht zu mir herunter. „Willst du, dass er dich hört?"

„Wer?"

„Zach, natürlich!"

„Stimmt." Ich holte ein paar Mal tief Luft. Ich verarbeitete immer noch, dass es scheinbar wirklich Werwölfe gab und plötzlich stand auch noch ein realer, waschechter Gargoyle vor mir. Bislang waren Gargoyles für mich nichts weiter als Statuen auf alten Kirchengebäuden in Europa. Wenigstens, so sprach ich mir selbst gut zu, schien Gunnar im Gegensatz zu Zach sehr freundlich gesinnt zu sein.

In meinem Kopf machte etwas *klick*. „Du bist auch Zach auf der Spur, nicht wahr?"

„Ja. Ich möchte herausfinden, ob er Jared getötet hat. Anscheinend willst du das auch. Komm mit. Lass uns an einen sicheren Ort gehen, damit wir uns unterhalten können. In der Nähe gibt es ein gutes Nachtlokal."

Instinktiv wandte ich mich in Richtung des Lusty Lunch Counters, da legte mir Gunnar sanft die Hand auf die Schulter. „Hier entlang", sagte er und wies mit der anderen Hand zurück in Richtung Sanctuary.

Er führte mich ein kurzes Stück die Gasse hinunter, wandte sich dann um und ging auf eine kleine rote Tür auf der Rückseite eines Gebäudes zu, das auf dem High Noon Boulevard gelegen war. Er klopfte leise und kurz darauf öffnete sich ein kleines Sichtfenster in der Tür. Gunnar flüsterte etwas, deutete auf mich und sprach dann erneut. Das Fenster schob sich zu. Eine Sekunde später öffnete sich die Tür. Gunnar winkte mich hinein und legte mir eine Hand auf die Schulter, während er mir folgte. Ich fühlte mich, als würde ich mit der Kneipe eine übernatürliche Dimension betreten.

Die Tür wurde von einer kleinen Frau mit spitzem Gesicht aufgehalten, die mich sehr an Clara erinnerte. Doch während Claras Augen violett waren, waren die Augen dieser Frau rosafarben. „Du bist für sie verantwortlich", mahnte sie Gunnar.

„Sie ist vertrauenswürdig", antwortete Gunnar gelassen. Zu mir sagte er: „Geh nach rechts, die Treppe runter."

Ich folgte der Aufforderung und ging eine metallische Wendeltreppe hinunter, die in den Keller führte. Dort angekommen fand ich eine Bar vor. Jedoch war sie ganz anders als alle anderen Bars, die ich bislang besucht hatte. Die gesamte Beleuchtung bestand aus flackernden Kerzen, die auf Tischen und in Wandnischen verteilt waren. Lange, dekorative Stoffbahnen in Juwelentönen hingen von der Decke herab und unter meinen Füßen bedeckten farblich abgestimmte Teppiche einen Großteil der alten Holzdielen. Die Tische waren in Einbuchtungen, separiert durch Vorhänge, angeordnet und von niedrigen Hockern umgeben.

Ich warf Gunnar einen Blick zu. „Ich fühle mich nicht passend gekleidet", sagte ich.

„Es ist nicht wichtig, was du trägst", erwiderte er. „Es kommt darauf an, was du bist."

Als ich ihn fragend ansah, fuhr er fort: „Dieser

Ort wird von einer Feenfamilie geführt. Man ist hier anderen übernatürlichen Wesen gegenüber freundlich eingestellt."

„Deshalb hat die Dame an der Tür auch gesagt, dass du für mich verantwortlich bist. Weil sie dir gestattet, einen Normalo wie mich hierherzubringen."

Gunnar zuckte mit den Schultern. „Du siehst jedenfalls wie ein normaler Mensch aus."

„Ich bin ein normaler Mensch", entgegnete ich leise. Gunnar ging an mir vorbei und wies mir den Weg zu einem Tisch in der Mitte des Raumes. Er ließ sich auf einem Hocker mit lilafarbener Polsterung nieder. In dieser Position lag sein Kinn praktisch auf seinen Knien. Er stützte seine Unterarme darauf ab.

Ein Mann, der aussah, als wäre er mit der Dame an der Eingangstür verwandt, kam an unseren Tisch. Gunnar erwähnte, sie seien Feen. Ich versuchte, nicht auf die spitzen Ohren des Mannes zu schauen, während er sprach. „Gunnar, schön, dich zu sehen. Ah, das ist die Neue in der Stadt. Olivia, glaube ich? Willkommen im Under the Undertaker's."

„Wir befinden uns hier unter dem Café", erklärte mir Gunnar. „Das ist das Gebäude, in dem früher das Bestattungsinstitut betrieben wurde."

„Es ist eine schöne Bar", sagte ich aufrichtig.

Der Mann nahm unsere Getränkebestellungen auf. Nach dieser Nacht übersprang ich das Bier und entschied mich direkt für einen Gin Tonic. Sobald der Mann unseren Tisch verlassen hatte, machte Gunnar mit seiner Hand eine lockende Geste. „Schieß los. Ich weiß, dass du Fragen hast."

„Wenn Zach ein Werwolf ist und du ein Wasserspeier,

heißt das dann, dass auch sonst niemand im Nightmare Sanctuary einfach nur eine Rolle spielt? Die Vampire sind echte Vampire, die Hexen sind echte Hexen und die Meerjungfrau ist eine echte Meerjungfrau?"

„Eine Sirene, strenggenommen. Sie und die Todesfee sind ein Paar. Du weißt schon, die Frau in der Friedhofsszene mit den langen, dunklen Haaren. Es ist furchtbar, wenn die beiden sich streiten. Die Sirene singt und die Todesfee heult und alle sind unglücklich."

„Was ist Justine?" Sie schien ein ordinärer Mensch zu sein. So wie ich.

„Justine besitzt die Kraft der Telekinese. Sie kann Gegenstände mit der Macht ihrer Gedanken bewegen. Selbst diejenigen, die normal aussehen, können außergewöhnlich sein."

„Hat sie deshalb den Job übernommen, als Baxter verschwand? Weil sie wie ein gewöhnlicher Mensch aussieht?"

„Das ist einer der Gründe. Sie kann mit Leuten aus der Gemeinde interagieren, ohne dass sich jemand unwohl fühlt oder Gerüchte aufkommen. Vor allem aber haben wir Justine ausgewählt, weil sie eine gute Anführerin ist."

Ich wies auf Gunnar. „Ich schätze, der Saloon ist keine Alternative, um auszugehen."

„Nicht wirklich. Ich bin glücklich, hierherkommen zu können, wo mir niemand seltsam nachschaut."

In diesem Moment kehrte der Barmann mit unseren Getränken zurück. Ich bedankte mich und nahm einen großen Schluck Gin Tonic. Ich stellte das kalte Glas ab und legte beide Hände darum. „Das ist ganz schön viel zu verarbeiten", erkannte ich an.

„Wir haben bereits gewettet, wann du wohl hinter die

Wahrheit kommen würdest." Gunnar lächelte mich an und ich bemerkte erstmals, wie lang und scharf seine Zähne waren. „Mein Pech. Ich hatte mein Geld auf die zweite Woche gesetzt."

„Ich habe noch eine Frage", setzte ich an und hob einen Finger. „Wie kann es sein, dass sich Zach heute Abend in einen Werwolf verwandelt hat? Es ist doch gar nicht Vollmond."

„Zach ist an drei Tagen jeden Monat, also während des Vollmonds, ein Werwolf. Darüber hinaus können aber auch Situationen, die mit Stress, Angst oder intensiven Emotionen verbunden sind, dazu führen, dass er sich vorübergehend verwandelt. Wahrscheinlich ist er schon wieder in seiner menschlichen Form."

„Ohne seine Hose!" Ich lachte über die bildliche Vorstellung.

„Eine der Kehrseiten seines Zustandes", stimmte Gunnar zu. Er deutete mit einem Grinsen auf sich selbst. Offensichtlich hatte Gunnar damit keinerlei Probleme, denn er trug überhaupt keine Kleidung. „Ein weiterer Nachteil ist, dass Zach an nur drei Abenden im Monat als Darsteller im Spukhaus arbeitet. Er könnte auch für weitere Schichten eingesetzt werden, aber er lehnt es ab, sich zu verkleiden und eine Rolle zu spielen. Wenn er in seiner menschlichen Gestalt verweilt, verrichtet er den Sicherheitsdienst, verkauft Eintrittskarten und erledigt weitere alltägliche Aufgaben. Das ist einer der Gründe, warum er immer so mies gelaunt ist."

„Das ist trotzdem keine Entschuldigung dafür, so grob zu sein", sagte ich, während ich mein Glas an die Lippen hob. Diesmal nahm ich einen nur mäßigen Schluck, dann fügte ich hinzu: „Mir tut die Person leid, der Zach heute Nacht hinterhergejagt ist. Ich frage mich, ob morgen früh eine weitere zerschundene Leiche gefunden wird. Oh! Ist ja klar, warum alle Zach verdächtigen! Jared hatte diese furchtbaren Kratzspuren, die von einem Werwolf stammen könnten." Moris Konfrontation mit Zach ergab plötzlich viel mehr Sinn.

„Genau."

„Ich verstehe bloß immer noch nicht, was Zach gegen einen ortsansässigen Landwirt gehabt haben könnte. Insbesondere jetzt, da ich das große Geheimnis des Sanctuarys kenne, scheint es mir abwegig, dass sich ihre Wege regelmäßig gekreuzt haben."

„Offensichtlich fehlen uns noch reichlich Details. Ich wünschte inständig, ich wüsste, wen Zach dort in der Gasse getroffen hat."

Ich erzählte Gunnar von dem Telefonat, das ich am Abend mitgehört hatte. Wir wussten zwar nicht, mit wem sich Zach getroffen hatte, aber es wurde deutlich, dass es sich um ein geplantes Treffen handelte, dem Zach nur widerwillig zugestimmt hatte. „Vielleicht war es ein Komplize bei der Ermordung von Jared", mutmaßte ich. „Oder jemand, der die Wahrheit kennt und Zach erpresst."

„Oder es hatte überhaupt nichts mit dem Mord an Jared zu tun", meinte Gunnar.

Ich seufzte. „Vielleicht sollten wir einfach mit Zach reden. So könnten wir vieles in nur einem Gespräch aufklären."

„Wir haben es versucht, aber er rückt einfach nicht mit der Sprache heraus."

„Hat denn irgendjemand versucht, in Ruhe mit ihm zu reden oder habt ihr ihn alle in die Ecke gedrängt und ihm gedroht?", fragte ich und dachte dabei an Moris Anschuldigungen.

„Nun ..." Gunnar nahm einen Schluck von seinem Bier und blickte angemessen schuldbewusst drein.

Jetzt weiß ich, wie ein Gargoyle aussieht, wenn er peinlich berührt ist.

Ich betrachtete die Eiswürfel, die in meinem Glas schwammen. „Jareds Witwe erwähnte, dass einige ihrer Kühe auf seltsame Weise gestorben waren. Offenbar glaubte Jared, es könnte ein Angriff durch Außerirdische gewesen sein. Ich frage mich, ob es sich dabei vielmehr um einen Werwolfangriff gehandelt haben könnte."

Gunnar schüttelte den Kopf. „Ich weiß nichts über tote Kühe, aber es klingt ganz danach, als sollten wir dazu mehr in Erfahrung bringen."

„Wenn Zach keine Details preisgeben will, dann vielleicht Jareds Witwe. Ich lasse mir einen Weg einfallen, eine freundliche Unterhaltung mit ihr zu führen."

KAPITEL 16

FREITAGMORGEN ERWACHTE ICH MIT dem bedeutungsvollen Gefühl, eine Mission erfüllen zu müssen. Es war an der Zeit, ein paar Antworten zu sammeln. Antworten, die dabei halfen, Jareds Mörder zu überführen, Nightmare Sanctuary in Betrieb zu halten, meinen Job zu retten und meine Schulden bei Mama und Nick zu begleichen. Für mich war die Aufklärung dieses Mordes mein Ticket nach San Diego.

Unglücklicherweise konnte ich nicht einfach in mein Auto steigen und zur Barker Ranch fahren, um mit Jareds Witwe Laurie zu plaudern. Laut Nick würde die Reparatur erst später am Nachmittag abgeschlossen sein. Und selbst wenn mein Auto einsatzbereit wäre, wäre da immer noch das kleine Problem, dass ich Nicks Rechnung nicht begleichen könnte.

Während ich meine morgendliche Tasse verbrannten Kaffees an der Hotelrezeption trank, erzählte ich Mama von meinem Transportdilemma. Zwar wollte ich nicht offenlegen, dass einer meiner Kollegen der Hauptverdächtige im Mordfall Jared war, aber ich berichtete ihr von meinem Bestreben, die Wahrheit herausfinden zu wollen, damit der Ruf des Sanctuarys keinen weiteren Schaden nahm.

Ich staunte nicht schlecht, als sie antwortete: „Nick hat heute Morgen einen Leihwagen für dich vorbeigebracht." Als ich fragend eine Augenbraue hochzog, fuhr sie fort: „Ich sollte dir das eigentlich nicht erzählen, aber als du erwähntest, dass du erst auf dein Gehalt warten müsstest, ehe du die Reparatur zahlen kannst, beschloss Nick, noch ein paar andere kleine Arbeiten an deinem Auto vorzunehmen. Ich kenne ihn und weiß, dass er gerne mal die Zeit unterschätzt, die solche Projekte in Anspruch nehmen. Also habe ich ihn darauf hingewiesen, dass du in der Zwischenzeit einen Ersatzwagen gebrauchen könntest."

Ich war zugleich gerührt und erschrocken. Wie sollte ich für noch mehr Reparaturen an meinem Auto aufkommen? Mama deutete meinen Gesichtsausdruck richtig und schob schnell ein: „Bedenke, dass Nick diese kleinen Arbeiten nicht gegen Bezahlung macht. Vielmehr ist das ein Zeichen seiner Dankbarkeit, weil du Lucy ins Spukhaus mitgenommen hast."

Ich spürte einen Kloß im Hals, als ich mich bedankte.

Der Leihwagen war neben der Rezeption geparkt. Ich lachte herzhaft, als Mama mit mir hinausging, um ihn mir zu zeigen. Es war ein alter Cadillac, der wie ein Relikt aus den 1970er Jahren dastand. Es war eines der längsten Autos, die ich je gesehen hatte. Ich wusste nicht, wie ich den Wagen fahren, geschweige denn einparken sollte. Der kamelhaarfarbene Lack hatte ein paar rostige Stellen und das Fenster auf der Beifahrerseite ließ sich nicht ganz hochkurbeln, aber es war ein Auto mit laufendem Motor. Und das war mehr, als ich von meinem Wagen behaupten konnte.

Die Fahrt zur Barker Ranch dauerte nur fünfzehn

Minuten. Als ich von der zweispurigen Straße auf die unbefestigte Zufahrt zum Haus abbog, hatte ich endlich das Gefühl, den riesigen Wagen in der Spur halten zu können.

Die Ranch lag inmitten eines atemberaubenden Stückes Land. Die Auffahrt führte leicht bergauf, vorbei an einem Wildacker zu meiner Rechten und einer Kuhweide zu meiner Linken. Das Wohnhaus selbst war ein zweistöckiger Backsteinbau, der auf dem höchsten Punkt des Hügels stand. Auf meinem Weg dort hoch fuhr ich an einem Auto vorbei, das auf der Wiese zwischen der Einfahrt und dem Feld geparkt war. An dessen Tür lehnte niemand Geringeres als der UFO-Jäger.

Ohne darüber nachzudenken, was ich da tat, trat ich auf die Bremse und stellte den Motor ab. Ich stieg aus dem Auto aus und winkte. „Hallo, Sie! Sie sind der UFO-Jäger, stimmt's? Wie war noch mal Ihr Name?"

„Luke", antwortete der Mann und musterte mich misstrauisch. „Luke Dawes. Ich erinnere mich an dich aus dem Diner."

„Ich bin Olivia. Ich bin hier, äh, um Laurie mein Beileid zu bekunden. Was führt dich hierher?"

„Ich treffe Vorbereitungen für die Beobachtungsparty."

„Die UFO-Beobachtungsparty? Findet die noch statt? Ich dachte, nach dem Mord an Jared und all dem ..."

Luke zuckte mit den Schultern. „Ich habe Laurie angeboten, abzusagen, solange sie mir die Mietgebühr erstatten würde. Aber sie sagte, es sei kein Problem, an der Planung festzuhalten. Wir werden eine Schweigeminute für Jared einlegen, ehe wir beginnen."

Natürlich erlaubte Laurie Luke, weiterzumachen,

wenn sie Geld dafür erhielt. Sie würde vermutlich einem Dutzend UFO-Beobachtungspartys auf ihrem Grundstück zustimmen, wenn sie damit ein paar Rechnungen begleichen könnte.

„Möchtest du eine kleine Tour?", fragte Luke.

Eigentlich wollte ich das nicht, aber aus Höflichkeit erwiderte ich: „Klar."

Luke bedeutete mir, ihm zu folgen und hüpfte über den niedrigen Holzzaun, der in das wilde Feld führte. Für mich war es nicht ganz so einfach, den Zaun zu überwinden, aber mit Lukes Hilfe schaffte ich es. Ein Trampelpfad führte zu einer alten Scheune mit leichter Schieflage. Luke ging geradewegs durch die offenen Scheunentüren und gestikulierte herum. „Jareds Vater hat auf diesem Feld sein eigenes Heu geerntet. Hier wurde es gelagert. Liebst du nicht auch diesen Geruch?"

Um ehrlich zu sein, roch es für mich bloß nach altem Heu, doch ich nickte freundlich, als ich mich umsah. Die Scheune war immer noch voll ausgestattet mit Werkzeugen und landwirtschaftlichen Maschinen. Es war fast so, als wartete man hier nur darauf, dass jede Sekunde ein Landwirt hereinkam und sich an die Arbeit begab.

„Komm mit", forderte Luke mich auf und winkte mich zu sich. Er trat an eine Seitentür der Scheune heran und drehte sich zu mir um, als ich ihm folgte. Ich staunte über den Anblick. Die Scheune war direkt an den Rand der Hügelkuppe gebaut worden. Das Terrain vor der Seitentür fiel steil ab. Der Himmel dahinter wirkte gigantisch und endete erst weit in der Ferne, wo er in eine Bergkette überging.

„Wow", entfuhr es mir. Ich konnte mich zwar nicht für

den Geruch von Heu begeistern, aber diese Aussicht war die Fahrt bereits wert gewesen.

„Und hier werden wir uns für die Beobachtungsparty einrichten", erklärte Luke. „Es ist ein großartiger Aussichtspunkt, um Raumschiffe zu sehen, die von Nordwesten her in die Atmosphäre eintreten. Das ist der übliche Reisekorridor für Besucher."

„Interessant", beteuerte ich. Ich konnte nicht glauben, dass ich mich mit jemandem über die Reiserouten von Außerirdischen unterhielt.

Luke zeigte auf die Ecke des Feldes, die uns am nächsten war. Dort wuchsen kleine grüne Pflanzen in ordentlichen Reihen. „Ich habe Mondblumen gepflanzt. Die Blüten sehen aus wie Sterne. Die werden irgendwann zu schönen Ranken heranwachsen!"

„Du bist ein Landwirt *und* ein UFO-Jäger?", fragte ich.

„Oh, nein, ich bin kein Farmer. Ich dachte nur, es wäre lustig, eine Pflanze mit Weltraumbezug neben dem Aussichtspunkt wachsen zu lassen. Jared sagte, er brauche das Feld nicht, also könne ich es gerne bepflanzen."

Luke war noch schrulliger als ich ursprünglich annahm, aber ich war ehrlich, als ich lobte: „Ich finde die Gestaltung passend. Sehr schön. Nun werde ich mich aber auf den Weg zu Laurie ins Haus begeben. Danke dir für die Führung."

Als ich mich zum Gehen wandte, rief mir Luke hinterher. „Heute Abend ist es soweit! Komm doch vorbei!"

Ich fuhr hoch zum Haus, parkte und ging in Richtung Haustür. Ich war mir nicht einmal sicher, wie ich das bevorstehende Gespräch beginnen sollte. Sollte ich ihr noch einmal mein Beileid aussprechen, bevor ich Laurie nach den letzten Kontakten ihres verstorbenen Mannes fragte?

Ich klopfte und vertraute darauf, dass sich ein guter Gesprächsverlauf schon irgendwie spontan ergeben würde.

Laurie öffnete die Tür. Sie trug ein hübsches, geblümtes Sonnenkleid mit gelben Riemchensandalen. Sie hatte so gar nichts von einer trauernden Witwe. Als sie mich erkannte, lachte sie unbehaglich. „Hat Ihnen unser Gespräch im Saloon so gut gefallen, dass Sie das wiederholen möchten?"

„Irgendwie schon", gab ich zu. Okay, das war ein Ansatz, mit dem ich arbeiten konnte. „Ich dachte, nun, da wir beide nüchtern sind, sollte ich Ihnen noch einmal in aller Form mein Beileid aussprechen."

Laurie trat einen Schritt zurück und öffnete die Tür weiter. „Kommen Sie herein. Möchten Sie einen Kaffee?"

In kürzester Zeit saß ich in Lauries und Jareds wunderschönem Wohnzimmer, dessen Glasschiebetüren auf eine große Veranda führten. Hier genoss ich denselben Ausblick wie vom Seitentor der Scheune. Laurie stellte eine Tasse mit schwarzem Kaffee vor mir ab. „Ich habe leider keine Milch mehr."

„Das macht nichts." Ich beschloss, gleich zur Sache zu kommen. „Mir ist klar, dass wir uns nicht kennen, aber wenn man bedenkt, dass ich ... nun ja, dass ich diejenige bin, die ..."

„Ihn gefunden hat", ergänzte Laurie unverblümt.

„Ja. Ich habe einfach das Gefühl, dass ich eine Art Bezug zu all dem habe. Deswegen bin ich bemüht, zu helfen, wo immer ich kann."

Laurie hatte auch sich selbst eine Tasse Kaffee

eingeschenkt und lehnte sich in dem gepolsterten Liegestuhl, auf dem sie sich niedergelassen hatte, zurück. „Ich bin ganz überwältigt von so viel Hilfsbereitschaft. Meine Eltern, meine Schwester und mein Schwager sind seit Mittwoch hier. Jareds Familie kommt alle fünf Minuten vorbei. Ich habe meine Familie heute losgeschickt, um die Schießerei in der Stadt zu sehen. Ich brauchte dringend etwas Ruhe und Frieden."

„Mit Hilfe meinte ich, herauszufinden, wer Ihren Mann getötet hat."

Laurie setzte sich aufrecht hin, ihr Kaffee schwappte fast über den Rand ihrer Tasse. „Trauen Sie das der Polizei nicht zu?"

Die Polizei weiß nicht, dass Jared von einem Werwolf angefallen worden sein könnte, dachte ich.

„Doch, natürlich", beschwichtigte ich schnell. „Aber das hier ist eine Kleinstadt, oder? Ich bin sicher, die Polizei hat nicht oft mit solchen Mordermittlungen zu tun. Da dachte ich mir, ich könnte mit Leuten in der Stadt das Gespräch suchen und so vielleicht ein paar Dinge erfahren, die ich dann an die Polizei weiterleite."

Noch während ich mich erklärte, fragte ich mich, ob die Leute im Sanctuary irgendwelche Beweise gegen Zach an die Polizei übermitteln würden oder ob sie ihre eigenen Methoden hatten, mit Leuten umzugehen, die schlimme Dinge anrichteten. Ich vermutete Letzteres.

Laurie stellte ihre Tasse auf dem Couchtisch zwischen uns ab und breitete ihre Hände aus. „Jared war ein beliebter Kerl in dieser Stadt. Er war immer noch mit den Leuten befreundet, mit denen er zur Highschool gegangen war. Er wurde von der Gemeinde respektiert. Mir fällt kein einziger Mensch ein, der etwas gegen ihn gehabt hätte."

„Sie kommen nicht aus Nightmare, oder?"

„Nein. Jared und ich haben uns auf dem College kennengelernt. Wir haben gleich nach dem Abschluss geheiratet und sind hergezogen."

„War es seltsam, in eine kleine Stadt wie diese zu ziehen, wo jeder jeden kennt?"

Laurie schnaubte. „Sie haben ja keine Ahnung. Ich brauchte praktisch eine Exceltabelle, nur um den Überblick über all die Verbindungen zu behalten, wer nicht zum selben Grillfest eingeladen werden kann, weil er einen Groll aus seiner Kindheit hegt, oder welche Familien sich immer noch wegen einer generationenalten Fehde streiten. Es ist lächerlich, wie lange die Leute hier an Dingen festhalten. Jetzt, wo Jared weg ist, werde ich das Haus an Emmett verkaufen und so schnell wie möglich verschwinden."

„Sie wollen die Ranch also wirklich verkaufen?", fragte ich.

„Auf jeden Fall. Emmett hat den Plan, auf diesem Land luxuriöse Ferienhäuser zu bauen. Er hat ein gutes Angebot unterbreitet." Laurie deutete auf die Glass-chiebetüren. „Mit einer Aussicht wie dieser wird sich ein Feriendomizil großer Beliebtheit erfreuen."

Ich trank einen Schluck Kaffee, während ich über Lauries Worte nachdachte. Emmetts Pläne hörten sich nach etwas an, das in der Tat lukrativ sein kön-nte. Ich konnte nachvollziehen, wie frustriert er durch Jareds Widerwillen, die Ranch zu verkaufen, gewesen sein musste. Laurie war offensichtlich viel eher bere-it, einen Verkauf abzuschließen. Aber wenn Emmett Jared getötet hatte, um ihn aus dem Weg zu räumen, erklärte das immer noch nicht, warum Jareds Körper mit Krallenspuren übersät war. Hatte Emmett Zach als Auftragskiller angeheuert? Das wiederum würde jedoch bedeuten, dass Emmett wusste, was Zach war. Gunnars gestrige Worte hingegen ließen den Eindruck entstehen, dass die Sanctuary-Familie ihr Geheimnis sehr gut hütete.

„Außerdem", fuhr Laurie beiläufig fort, „bedeutet die Umgestaltung der Ranch in Ferienunterkünfte, dass sich niemand mehr um das Sterben der Kühe sorgen muss."

„Das hatten Sie im Saloon erwähnt. Sie meinten, es sei seltsam, wie sie umgekommen sind. Seltsam inwiefern?" Um die Stimmung aufzulockern, zwinkerte ich Laurie zu und fragte: „Sollte ich mir Sorgen machen, wenn ich regionales Steak esse?"

Laurie lachte halbherzig. „Ich habe mich über Jared lustig gemacht, weil er Außerirdische verdächtigte, sie getötet zu haben. Aber meine eigene Theorie ist genauso albern. Jedes Mal, wenn Jared eine tote Kuh auf der Weide fand, war sie fast blutleer."

Ich hustete, als mir ein Schluck Kaffee im Hals stecken blieb. „Lassen Sie mich raten: Großflächige Kratzspuren?"

„Nein. Es gab ein paar kleinere Kratzer, aber das hat die Kühe nicht umgebracht. Todesursächlich war vermeintlich eine winzige Verletzung, die viel mysteriöser war als tiefe Kratzer. Nur zwei kleine Einstiche am Hals. Fast so als hätte sich ein Vampir auf die Weide geschlichen und den Kühen das Blut ausgesaugt."

KAPITEL 17

LAURIE WARF IHREN KOPF zurück und lachte, während ich sie nur anstarrte. Als ihre Erheiterung nachließ, wischte sie sich eine Träne aus dem Auge. „Es tut gut, so zu lachen. Es war eine furchtbare Woche, aber wenigstens kann mich meine bescheuerte Vampirtheorie noch aufmuntern."

Ich versuchte, in ihr Lachen einzustimmen, aber es klang falsch und nervös. Im Geiste fuchtelte ich mit den Armen und schrie. Laurie hatte keine Ahnung, dass ihre Theorie zutreffend sein könnte. War Mori für die toten Rinder verantwortlich? Schlich sie sich auf die Ranch, um sich ab und zu das Blut einer Kuh als Mahlzeit einzuverleiben?

Ich hatte noch gar nicht darüber nachgedacht, dass sie, sollte Mori ein echter Vampir sein, ja irgendwoher Blut beschaffen musste. Sie war so nett zu mir gewesen. Aber konnte es sein, dass sie in Nightmare und Umgebung Menschen, Kühe und wer weiß wen oder was noch auf dem Gewissen hatte?

„Jedenfalls", sagte Laurie, „ist es seit ein paar Monaten nicht mehr passiert. Ich sagte zu Jared, dass sich die Außerirdischen wohl eine neue Ranch ausgepickt haben. Apropos Außerirdische", Laurie blickte in Richtung des Feldes und senkte ihre Stimme, obwohl wir allein im Haus waren, „ich habe mich auch gefragt, ob Luke die Kühe getötet haben könnte. Wer weiß, was für seltsame Dinge er da draußen treibt? Ich kann immer noch nicht glauben, dass Jared jemals zugestimmt hat, ihm unser Gelände zu vermieten."

„Sie lassen ihn heute Abend trotzdem seine UFO-Beobachtungsparty veranstalten", bemerkte ich.

„Natürlich. Ich muss für die morgige Beerdigung aufkommen!" Wenigstens damit hatte ich richtig gelegen. Laurie brauchte dringend Geld.

Es gab viele Fragen zu den Motiven für die Ermordung von Jared, aber alle Zeichen schienen auf Emmett zu deuten. Unabhängig von den Hintergründen wurde der Name des Immobilienmaklers immer wieder genannt. Selbst wenn doch Zach den Mord begangen hatte, schien Emmett verdächtig, ihn beauftragt zu haben.

Ich beendete mein Gespräch mit Laurie. Als ich wieder in den wuchtigen Cadillac geklettert war, fasste ich den Entschluss, am Abend an der Beobachtungsparty teilzunehmen. Das könnte eine gute Gelegenheit sein, mit anderen Ortsansässigen zu sprechen und herauszufinden, ob Jared tatsächlich Feinde hatte. Außerdem könnte es sein, dass Mori auf einen mitternächtlichen Kuh-Imbiss vorbeikommen würde und ich sie auf frischer Tat ertappen würde.

Auf dem Weg nach unten hielt ich noch einmal bei Lukes Auto und machte mich auf die Suche nach ihm. Er war gerade damit beschäftigt, auf der anderen Seite der Scheune Klappstühle aufzustellen. Akribisch richtete er sie so aus, dass sie einen perfekten Blick auf den nordwestlichen Horizont boten. Ich ließ ihn wissen, dass ich an seiner Veranstaltung interessiert sei. Er hüpfte vor Begeisterung auf den Fußspitzen. „Wunderbar! Du wirst es lieben! Zieh dich warm an, und vergiss dein Mückenspray nicht!"

Ich versprach, mich gut vorzubereiten. Während der gesamten Rückfahrt zum Motel dachte ich über mein neues, seltsames Leben nach. Am Abend würde ich in einem Spukhaus arbeiten und anschließend an einer UFO-Beobachtung teilnehmen. Ich bewegte mich so weit außerhalb meiner Komfortzone und doch fühlte es sich hier in dieser Stadt namens Nightmare verrückterweise völlig normal an.

„Wer weiß?" Ich überlegte laut. „Vielleicht sehe ich ja sogar ein UFO!"

Obwohl ich das Auto zur Verfügung hatte, beschloss ich, für meinen täglichen Cheeseburger mit Pommes Frites zu Fuß zum Lusty Lunch Counter zu gehen. Ella hatte wieder Dienst und so erzählte ich ihr von meinen Plänen für den Abend. Sie lachte nur und wünschte mir viel Glück. „Du wirst immer besser darin, dich mit den merkwürdigsten Leuten dieser Stadt abzugeben", amüsierte sie sich.

„So wird es immerhin nie langweilig", entgegnete ich und wedelte mit einer Pommes.

Anstatt auf dem Rückweg zum Motel den Touristen auszuweichen, ging ich diesmal ganz gezielt den High Noon Boulevard entlang, wo mir die überdachte Promenade Schatten vor der Sonne bot. Jetzt, wo ich meine Verblüffung über die touristische, kitschige Straße überwunden hatte, ließ ich mich einfach treiben und genoss es. Ich entwickelte zwar nicht das Bedürfnis, mir einen überteuerten Cowboyhut zu kaufen, aber es war unterhaltsam, die kostümierten Schauspieler zu beobachten, die dort herumliefen.

Auf den Spaziergang folgte ein fauler Nachmittag mit einem kurzen Nickerchen. Erst am Abend, als ich zur Arbeit aufbrach, wurde mir immer mulmiger zumute. Mein Verdacht gegen Mori hatte zur Folge, dass ich entweder versuchen musste, ihr gegenüber gelassen zu bleiben, oder sie geradeheraus fragen musste, ob sie eine blutsaugende Vampirin war, die es auf Kühe abgesehen hat. Was für ein unangenehmes Thema.

Am Sanctuary angekommen, parkte ich in einer entlegenen Ecke des Parkplatzes, wo bereits ein paar andere Autos standen. Ich ging davon aus, dass dies der Mitarbeiterparkplatz war. Als ich die Eingangstür erreichte, hielt ich an und atmete tief durch. Ich rief mir ins Gedächtnis, dass Mori meine Freundin war und ich darauf vertrauen konnte, dass sie mir nicht an den Kragen gehen würde, wenn ich sie wegen der Kühe zur Rede stellte.

„Olivia", sagte eine Männerstimme.

Mein Blick ging nach rechts, wo Zach am Ticketschalter stand. Ich spürte, wie mir ein Schauer über den Rücken lief. Das letzte Mal, als ich ihn gesehen hatte, trug er Fell und verfolgt einen Menschen. „Zach", sagte ich.

Zach hielt inne. Als ich nichts weiter von mir gab, sagte er: „Komm her."

Hatte er mich gesehen? fragte ich mich. *Weiß er, dass ich es weiß?*

Mit starrer Körperhaltung kam ich vor dem Ticketschalter zum Stehen. „Was?", fragte ich.

Zach streckte mir einen Arm entgegen und ich zuckte

zurück. „Was ist mit dir los?", knurrte er. „Du bist heute so angespannt."

Ich schaute auf seinen Arm und sah, dass Zach einen weißen Umschlag in der Hand hielt, auf dem mein Name stand. Ich starrte ihn an, bis Zach den Arm hob und ihn vor meinem Gesicht hin und her bewegte. „Das ist dein Lohn. Nimm schon."

„Oh." Ich zog ihm den Umschlag aus der Hand. „Danke."

Okay, ich hatte also umsonst Panik bekommen. Auf meinem Weg zu den Spinden fühlte ich mich albern und zwang mich, mich zu beherrschen. Als ich den Speisesaal für das allabendliche Familientreffen betrat, zitterte ich regelrecht vor Aufregung. Meine Angst, dass Zach wusste, dass ich Zeugin seiner Verwandlung war, machte mich wahnsinnig.

Mori winkte mir von ihrem Platz an unserem üblichen Tisch zu. Meine Schultern verkrampften sich augenblicklich. Als ich ihr gegenüber Platz nahm, stand mein ganzer Körper unter Spannung.

„Du siehst ein bisschen nervös aus", begrüßte mich Mori.

„Ach so, ja?" Ich versuchte, möglichst beiläufig zu klingen, aber natürlich hörte es sich steif und unbehaglich an.

„Das ist schon in Ordnung", sagte Mori, beugte sich vor und legte ihre Hand auf meine. Das hatte sie schon einmal getan und ich bemerkte, wie kühl ihre Berührung war. Jetzt wusste ich, woran es lag. Sie war untot.

Untot. Ich schluckte schwer. Es war, als hätte ich bis zu diesem Zeitpunkt unter Schock gestanden. Der Schockzustand ließ nun endlich nach und wurde allmählich von dem Bewusstsein verdrängt, dass ich von Kreaturen umringt war, von denen ich nicht einmal geglaubt hatte, dass sie existieren könnten. Sie waren übernatürlich und sie waren gefährlich.

„Es ist in Ordnung", sagte Mori wieder, ihre Stimme wurde fester. „Schau mich an, Olivia. Ich weiß, dass du es weißt."

Mein Herz pochte wie wild, während mir Bilder von Kühen durch den Kopf gingen. „Woher weißt du das? Ich habe es doch noch gar nicht angesprochen!" *Kann sie etwa meine Gedanken lesen?*

Moris Augenbrauen zogen sich zusammen. „Gunnar hat mir erzählt, was ihr beide gestern Abend erlebt habt. Er sagte, als du verstanden hast, was Zach ist, hast du realisiert, dass wir alle sind, was wir jeden Abend in den Szenen vorgeben zu sein. Du bist schlau, also war ich nicht überrascht, dass du so schnell dahintergekommen bist."

„Stimmt!", bestätigte ich, während mich ein Gefühl der Erleichterung durchfuhr. Konnten Vampire überhaupt Gedanken lesen? Ich war mir nicht sicher.

„Du sagtest gerade, du hättest es doch noch gar nicht angesprochen. Du hast was nicht angesprochen?", hakte Mori nach.

Ich seufzte. Es war an der Zeit, es einfach auszusprechen, aber ich war immer noch zu feige, um es auf den Punkt zu bringen. „Mori, ich habe mich gefragt ..." *Oh Mann, ist das unangenehm.* „Das heißt, wenn du eine Vampirin bist, dann trinkst du Blut, richtig?"

„Ja, natürlich."

„Und woher bekommst du das?"

Mori lehnte sich zurück und nahm endlich ihre Hand

von meiner. Ihr Lächeln war neckisch. „Hast du Angst, dass ich dich in meiner Pause heute Abend für einen kleinen Snack heimsuche?"

Ich hatte diese Möglichkeit in Betracht gezogen, wollte es aber nicht zugeben. „Sollte ich besorgt sein?"

Mori lachte und ihr Tonfall wurde wieder sanfter und beruhigend. „Ich ernähre mich von Touristen. Ich hypnotisiere sie, damit sie sich an nichts erinnern. Ich trinke genug, um meinen Durst zu stillen, aber nie genug, um sie zu töten. Dann lasse ich sie wieder gehen. Weißt du, jeder Mensch schmeckt ein bisschen anders. Wenn ich also jedes Mal von einem anderen Touristen koste, habe ich eine große Vielfalt an Geschmacksnoten. Und die Leute gehen lediglich mit einem sonderbaren, kleinen Fleck am Hals nach Hause und glauben, dass sie nach einer langen Nacht im Saloon in etwas hineingestolpert sein müssen. Niemand ahnt was Böses."

Ich war mir nicht sicher, ob ich es besser oder schlechter fand, dass Mori das Blut von Touristen trank, als die Vorstellung, dass sie Rinder jagte. Immerhin tötete sie niemanden. „Also", fragte ich zögernd, „du trinkst kein Kuhblut?"

Moris Mund verengte sich zu einer dünnen Linie und sie setzte sich aufrecht. „Wie kommst du denn darauf?"

„Ich habe mich heute mit Jareds Witwe unterhalten", gab ich unumwunden zu. „Sie sprach davon, dass ein paar ihrer Kühe tot aufgefunden worden sind. Blutleer, mit kleinen Einstichwunden im Hals."

Eine meiner Hände lag auf der Sitzbank. Ich spürte ein leichtes Kitzeln an meinen Fingern. Ich schüttelte meine Hand, um das, was ich für einen Käfer hielt, zu verscheuchen.

„Fragst du mich, ob ich diese Kühe getötet habe?",
wollte Mori wissen.

„Gibt es noch andere Vampire in der Stadt, die so etwas getan haben könnten?" Wieder spürte ich etwas an
meinen Fingern, aber dieses Mal war es schärfer. „Au!",
rief ich und blickte nach unten. Moris kleines Haustier
kauerte unter dem Tisch und knabberte an meinen Fin-
gerspitzen. Als ich es ansah, schien es mich anzulächeln,
wobei ich zwei kleine Reißzähne auf seiner grauen Haut
hervorblitzen sah.

Ich sah zu Mori auf. „Das ist kein Hund."

Mori seufzte. „Nein, natürlich nicht. Das ist ein Chupacabra und *er* trinkt Kuhblut."

KAPITEL 18

„NACHDEM BAXTER VERSCHWUNDEN WAR", erzählte Mori, „entwickelte Felipe einige Verhaltensprobleme. Chupacabras sind sehr empfindsame Wesen, weißt du? Und er hat Baxters Abwesenheit genauso stark gespürt wie wir alle."

Ich schaute mir die Kreatur an, während sie noch immer an meiner Hand nagte. „Du hast einen Chupacabra namens Felipe zum Haustier?", fasste ich ungläubig zusammen. Ich zog meine Finger weg und wischte sie an meiner Jeans ab. *Chupacabra-Spucke. Igitt.*

„Er ist nach einem früheren Liebhaber benannt", verriet Mori. „Jedenfalls ist Felipe nach dem Verschwinden von Baxter ein paar Mal ausgebüxt. Alle drei Male haben wir ihn auf der Barker Ranch gefunden. Das tat mir für Jared schrecklich leid. Er hat es nicht verdient, diese Kühe zu verlieren, aber ich konnte ihm ja schlecht verraten, was wirklich mit ihnen geschehen war."

„Gunnar hat es zwar nicht so direkt gesagt, aber ich habe den Eindruck, dass die übernatürlichen Bewohner von Nightmare nicht offen mit ihrem, äh, Status umgehen."

„Gewiss nicht. Es gibt drei verschiedene Gemeinschaften in Nightmare. Es gibt die gewöhnlichen Einwohner, dann uns, die übernatürlichen Wesen und zu guter Letzt die Touristen, die kommen und gehen. Alle drei Gruppen leben in sich überschneidenden, aber getrennten Welten. Nur eine Handvoll Menschen weiß von uns. Und wir sorgen dafür, dass sie das Geheimnis bewahren."

Mori hielt inne und ich sah wieder zu Felipe hinunter. Er krabbelte jetzt mit seinen Vorderpfoten an meinen Schuhen herum. Es war kaum zu glauben, dass dieser kleine Kerl für so viel Zerstörung auf der Barker Ranch verantwortlich war.

„Eigentlich bevorzugt er Ziegenblut", sagte Mori beiläufig, als sie bemerkte, dass meine Aufmerksamkeit wieder Felipe galt. „Davon gibt es in dieser Stadt nicht viele, also ist er zu Rindern übergegangen."

„Was trinkt er denn, wenn er nicht auf freiem Fuß ist?"

„Mach dir keine Sorgen. Ich habe eine Vereinbarung mit dem Metzger. Normalerweise stammen seine Mahlzeiten aus artgerechter Haltung."

„Jareds Witwe sprach davon, dass es aussähe wie ein Vampirangriff. Sie lag also nicht so weit daneben."

„Jared selbst erzählte in Nightmare jedem, der es hören wollte, was passiert war. Viele Leute hielten seine Geschichte für lächerlich, aber es gibt einige kluge Köpfe in dieser Stadt, die aufmerksam geworden sind. Leute, von denen wir nicht wollen, dass sie die Wahrheit erfahren."

Justine machte sich auf den Weg zum Podium, Mori und ich verstummten. Keines von Justines Worten drang an diesem Tag zu mir durch. Ich war zu sehr damit beschäftigt, jede neue Information in Gedanken wieder und wieder durchzugehen. Einerseits war ich erle-

ichtert, dass Mori nicht für das ausgesaugte Weide-
vieh verantwortlich war, andererseits verursachte das
Wissen über den schuldigen Haustier-Chupacabra neue
Nervosität.

Haustier-Chupacabra. Die Idee war so absurd, dass
ich beinahe laut gelacht hätte. Ich hätte an einen Witz
geglaubt, wenn Felipe nicht direkt zu meinen Füßen
gelegen hätte. Immerhin hatte er sich endlich beruhigt
und unter dem Tisch zusammengerollt.

Sehr zum Leidwesen von Mori hegte ich noch immer
einen Verdacht gegen sie. Wenn Jared allen im Ort von
seinen Kühen erzählt hatte, könnte es in Mori vielleicht die Befürchtung geweckt haben, dass jemand clever
kombiniert und sie und Felipe dadurch ins Fadenkreuz
geraten. Ich hielt es immer noch für möglich, dass sie
Jared getötet hatte, um ihn zum Schweigen zu bringen.
Vielleicht hatte sie sogar die Kratzspuren irgendwie in-
szeniert, um stattdessen Zach den Mord anzuhängen.

Ich hasste es, so düster über jemanden zu denken, der
so nett zu mir war, aber ich wollte niemandem einen
Freifahrtschein geben. Bis der Mörder gefasst und mein
Job sicher war, würde ich jede mögliche Spur in Betracht
ziehen.

Meine Aufmerksamkeit glitt abrupt zurück ins Dies-
seits, denn ich hörte Justine meinen Namen sagen.

„Olivia, Sie werden heute in der Lagunenszene bei den
Piraten eingesetzt", bestimmte sie. „Finden Sie sich
im Kostümraum ein, dort wird man Sie entsprechend
ausstatten."

Ich wusste nicht einmal, dass es einen Kostümraum
gab, geschweige denn, wo dieser war. Sobald Justine das
Treffen offiziell beendet hatte, erkundigte ich mich bei

Mori nach dem Weg. Sie wies mich auf einen Raum hin, der ein paar Türen vom Speisesaal entfernt lag und schob noch nach: „Viel Spaß und sei ja schön gruselig!"

Der Kostümraum war ein riesiger Raum voller mobiler Kleiderständer. Jeder einzelne war vollgepackt mit Kostümen. In den Regalen an einer Wand waren verschiedene Monsterköpfe aus Gummi aufgereiht. Ganz hinten im Raum stand ein langer Tisch mit Schminkspiegeln und Lampen, wo sich eine Frau gerade eine infektiös aussehende Wunde auf die Wange malte.

Ein kleiner Mann mit zurückgegelten schwarzen Haaren und einem Schnurrbart kam auf mich zu. „Olivia", sagte er ohne jede Spur von Zweifel. „Ich habe dein Kostüm hier drüben. Folge mir bitte."

Der Mann führte mich zu einem Kleiderständer auf der einen Seite des Raumes, wählte einen Kleiderbügel aus und präsentierte das Kostüm darauf mit einem Schwung. „Hinter dir befinden sich Umkleidekabinen. Wenn du fertig umgezogen bist, habe ich die Stiefel für dich bereit."

Wenige Minuten später kam ich aus der kleinen Umkleidekabine und trug einen langen roten Samtrock mit passendem Mantel und ein schwarzes Hemd mit Spitzen an den Ärmelbündchen. Über den Mantel hatte ich einen braunen Leder-Taillengürtel geschnallt, an dessen Riemen eine Fülle von Accessoires hing, darunter ein Kompass, eine Pistole und ein Miniaturfernrohr. Ein schwarzer Dreispitzhut saß lässig auf meinem Kopf. Zugegebenermaßen machte es mir Spaß, mich auf diese Weise zu verkleiden.

Der Mann mit dem Schnurrbart wartete wie versprochen auf mich und reichte mir ein Paar hohe, braune Lederstiefel, die sich oben umklappen ließen. Nachdem ich meine Unterschenkel hineinmanövriert hatte, wies er mir den Weg zu den Schminktischen. „Steck dein Haar hoch, damit es unter den Hut passt. Trage noch zusätzliches Augen-Make-up auf, um ein wenig wild auszusehen und denk auch an roten Lippenstift. Du wirst ein fabelhafter Pirat sein!"

Ich tat, wie mir geheißen. Auf meinem Weg in den Raum mit der Lagunenszene, wie Justine sie nannte, war ich schon ganz aufgeregt, weil ich an diesem Abend Teil der Show sein durfte. Ich betrat den Raum und nur wenige Augenblicke später hatte es Theo erneut geschafft, sich an mich heranzuschleichen. „Eigentlich bin ich kein Zombie, weißt du", sagte er im Plauderton.

Offenbar waren alle im Team darüber informiert worden, dass ich das Geheimnis des Sanctuarys inzwischen kannte. Irgendwie überraschte mich das nicht. Ich lachte und erwiderte: „Das dachte ich mir, denn ich habe dich schon ohne diese Zombieschminke gesehen. Doch wenn alle hier das sind, was sie im Spukhaus auch darstellen, wie kommt es, dass du diese Rolle nur spielst?"

„Ich war tatsächlich ein Pirat!" Theo grinste mich an. „Ich bin auch ein Vampir, aber wie du schon sehen kannst, habe ich meine Reißzähne verloren. Es kommt also nicht in Frage, einen Vampir zu spielen. Ich habe mich für diese Zombiegestalt entschieden, da sie viel gruseliger wirkt als ein normaler Pirat."

„Wie hast du denn deine Reißzähne verloren?" Ich kniff meine Augen zusammen und betrachtete Theo prüfend im Scheinwerferlicht. Seine Zähne waren weiß und glänzend, also schloss ich aus, dass etwas Banales wie Karies der Grund dafür war.

Theos Grinsen verschwand. „Oh, das ist eine lange Geschichte. Wie auch immer, lass mich dir den Ablauf erklären." Theo führte mich durch die Szene und erklärte mir genau, wo jeder seinen Platz hatte. Er positionierte mich nahe am Ausgang des Raumes. „Deine Aufgabe", sagte er feierlich, „ist es, dafür zu sorgen, dass die Gäste nicht zu lange verweilen. Mit anderen Worten, jag sie hinaus. Bleibe dicht hinter ihnen, dann werden sie nervös und laufen schneller. Oder, sollte das nicht funktionieren, drohe ihnen damit, dass du sie über die Planke gehen lässt, wenn sie nicht spuren."

„Ich bin also eine schaurige Türsteher-Piratin?" Keine Zweifel, dass ich das beherrschte.

Kaum hatte ich das ausgesprochen, blinkten die Lichter über mir dreimal kurz auf und erloschen dann in Gänze. Nun schien nur noch das atmosphärische Licht, das den Raum so gut in Szene setzte. „Das ist das Zeichen dafür, dass die ersten Besuchenden das Spukhaus betreten", erklärte mir Theo. Er zwinkerte mir zu. „Viel Spaß. Und lass mich wissen, wenn du etwas brauchst!"

Wenige Minuten später betrat eine Gruppe von fünf Personen dicht zusammengedrängt und kichernd die Lagune. Ich war so fasziniert vom Schauspiel meiner Kollegen, dass ich um ein Haar vergaß, selbst in Aktion zu treten, als die Leute an mir vorbeikamen. Schnell folgte ich ihnen auf dem Fuß. Eine junge Frau, das Schlusslicht der Gruppe, sah über ihre Schulter, kreischte bei meinem Anblick und trieb ihre Truppe hastig in den nächsten Raum.

Zuerst kam ich mir albern dabei vor, Besuchern anzudrohen, sie über die Planke gehen zu lassen. Doch nach und nach gewöhnte ich mich an meine Rolle und entwickelte eine richtige Freude daran. Meine größte Herausforderung an diesem Abend war es, nicht ständig die Sirene anzustarren. Sie verbrachte die meiste Zeit in ihrem gläsernen Becken unter Wasser, was mich außerordentlich faszinierte. Ich hörte Gäste sich untereinander darüber austauschen, wie realistisch die Meerjungfrau sei. Alles, was ich denken konnte, war: „Ihr Lieben, wenn ihr nur wüsstet."

Offen gestanden war es ein gutes Gefühl, in das Geheimnis des Sanctuarys eingeweiht zu sein, ganz so, als sei mir die Ehre zuteilgeworden, einem elitären Club anzugehören. Ich kannte die Wahrheit, aber Hunderte von Menschen, die den ganzen Abend über an mir vorbeigingen, nicht. Ich fühlte mich besonders.

Ich versuchte mich daran zu erinnern, wann ich mich in all den Jahren in Nashville schon einmal so gefühlt hatte, aber ich konnte mich nicht entsinnen.

Ich hatte gerade ein Paar mittleren Alters verjagt, als eine Hand nach meinem Arm griff. Ich schrie auf, drehte mich um und sah Claras Gesicht, das durch eine Tür lugte, deren Existenz mir bis gerade nicht bewusst war. Wie die Wände war auch die Tür samt Griff schwarz gestrichen. Eine perfekte Tarnung! „Pausenzeit!", flüsterte Clara mir zu. „Komm schon!" Clara winkte mich durch die Tür, schloss sie schnell hinter uns und führte mich durch ein Labyrinth aus engen Tunneln. Ich vermutete, dass sich dieser Gang an den verschiedenen Schauplätzen des Spukhauses entlangschlängelte. An jeder Tür stand der Name der Szene, zu der sie führte. Während wir liefen, hörte ich die Schreie und das Kreischen der Gäste.

Es war gut, dass Clara mich führte, denn allein hätte ich den Weg zum Ostflügel nie gefunden. Wenn es keine Übersichtskarte für diese Tunnel gab, würde es eine Weile dauern, bis ich mich dort zurechtfand. Schließlich saß ich dann aber doch im Speisesaal. Bestimmt sah es komisch aus, wie ich in meiner Piratenaufmachung Kartoffelchips und Kekse verschlang.

Jemand knallte ein schweres, in Leder gebundenes Buch neben mir auf den Tisch. Ich blickte auf und sah Madge, die blonde Hexe. Sie warf sich ihre Locken über die Schulter und fragte: „Darf ich mich zu dir setzen? Ich würde dir gerne etwas zeigen."

„Natürlich", sagte ich neugierig. Es war das erste Mal, dass ich eine der Hexen ohne die anderen beiden gesehen hatte. Es überraschte mich, denn zuvor war ich noch keiner der drei Hexen je solo begegnet. Ich hatte wohl angenommen, es gab sie nur im Bündel.

Madge schwang sich galant neben mich und legte eine Hand auf den Einband des Buches. „Dies ist ein Fotoalbum, das das Nightmare Sanctuary im Verlauf der letzten rund vierzig Jahren zeigt. Jetzt, da du über uns Bescheid weißt, dachte ich, würde es dich vielleicht interessieren, wie sich dieser Ort im Laufe der Jahre verändert hat." Sie schlug das Album auf der ersten Seite auf und ich sah ein verblichenes Foto eines lächelnden Mannes, der vor dem Gebäude stand. Er war mittleren Alters und trug einen lilafarbenen Zylinder.

„Das ist Baxter", erklärte Madge. Sie blätterte langsam und zeigte mir, wie sich die verschiedenen Spukszenen des Hauses im Laufe der Jahre verändert hatten. Auch wies sie mich auf einige der Personen hin, die immer noch im Spukhaus arbeiteten. „Da ist Theo! Er spielt jetzt schon seit mindestens dreißig Jahren die Rolle des Piraten!"

Madge blätterte erneut um und mein Blick fiel auf ein Foto, auf dem eine Gruppe fünf junger Männer, wahrscheinlich gerade mal im Teenageralter, stolz hinter einer Reihe von Grabsteinen stand. „Diese Jungs haben das meiste von dem erbaut, was du in der Friedhofsszene findest", sagte Madge stolz. „Die Grabsteine sind aus Schaumstoff geschnitzt. Sie haben ganze Arbeit geleistet, dass alles so echt aussieht."

Meine Hand schnellte hervor, ehe Madge weiterblättern konnte. „Warte!", sagte ich und meine Finger schlossen sich leicht um ihr Handgelenk. Ich beugte mich näher über das Foto und zeigte auf einen der Teenager. „Das ist Damien." Er war viel jünger. Er war damals etwas schlaksig gewesen, aber es war nicht zu übersehen, dass er Baxters Sohn war.

„Ja. Und da ist Zach." Madge deutete auf einen der Männer, der etwas abseits von den anderen stand. Er lächelte nicht, blickte aber ebenso stolz auf sein Werk.

„Wer sind die anderen? Arbeiten die auch noch hier?"

Madge deutete auf einen von ihnen. „Er ist in Richtung Osten gezogen." Ihr Finger schwebte über dem Abbild eines weiteren Mannes, als wolle sie ihn nicht berühren. „Dieser hier ist leider ein übler Kerl geworden. Er ist nicht mehr hier."

„Und der Junge neben Damien?"

„Oh. Das ist Jared Barker. Er und Damien waren damals beste Freunde."

KAPITEL 19

ICH STÜTZTE MICH MIT meinen Ellbogen auf dem Tisch ab, legte mein Kinn in die Hände und musterte eingehend das Foto. Mir schwirrte der Kopf. Ohne den Hinweis hätte ich den jungen Jared Barker nicht erkannt.

Erst als ich ausatmete, merkte ich, dass ich scheinbar die Luft angehalten hatte. „Sind sie noch immer Freunde? Also waren sie das vor Jareds Ermordung?"

„Nein. Das ist schon lange her." Madges Stimme klang traurig. „Etwas muss zwischen ihnen vorgefallen sein, nicht lange, nachdem dieses Foto entstanden ist. Plötzlich waren sie verfeindet. Jared kam nicht mehr hierher und Damien, nun ja, du hast ihn kennengelernt und erlebt, wie er sich benimmt. Vor dem Zerwürfnis mit Jared war er anders."

In meinem Kopf schrillten die Alarmglocken. War es ein Zufall, dass Damien nur zwei Tage nach Jareds Ermordung in Nightmare auftauchte, um das Sanctuary zu „retten"? Oder war er bereits früher angereist, um seinen einstigen Freund zu beseitigen? Sollte Damien händeringend nach einem Vorwand für die Schließung des Spukhauses suchen, wäre ein Mord vor unserer Haustür doch der ideale Grund.

„Was hat die beiden denn entzweit?", fragte ich.

Madge schüttelte langsam den Kopf. „Ich weiß es nicht. Ich bin mir nicht sicher, ob es hier überhaupt irgendjemand weiß. Damien hat nie darüber gesprochen. Er wollte nur noch fort, sein altes Leben und die Stadt hinter sich lassen." Madge klappte das Buch energisch zu, als wollte sie die belastende Geschichte zwischen Damien und Jared verdrängen. Damit war die Zeitreise für beendet erklärt und Madge stand auf. „Vielleicht helfen dir diese Eindrücke", bemerkte sie und sah mich eindringlich an.

„Hat denn jemand die Polizei auf ihre Verbindung aufmerksam gemacht?"

„Möglich, aber ist das wichtig? Man wird wahrscheinlich zu dem Schluss kommen, dass Jared von einem wilden Tier getötet wurde."

Ich blickte Madge im Weggehen nach, dann sah ich auf die Uhr über der Tür. Meine Pause war fast vorbei und ich hatte meine Kekse noch nicht aufgegessen. Schnell verschlang ich sie, während ich mich schon zurück auf den Weg zum Geheimgang hinter den Spukräumen machte.

Ich verirrte mich nur zweimal, bevor ich endlich die Tür aufstieß, die mich zu meinem Arbeitsplatz in der Lagune führte.

In den Momenten zwischen den Besucherströmen dachte ich intensiv über die Theorie der Tierattacke nach. Alle Verdächtigen in Jareds Mordfall – Emmett, Mori, Damien, sogar Laurie – schienen unwahrscheinlich. Auch stammten die Kratzspuren von etwas Größerem als Felipe. Wenn nicht einer von ihnen insgeheim ein Werwolf war, dann deuteten alle Indizien weiterhin auf Zach.

Das rückte auch wieder die Theorie in den Vordergrund, dass Zach durchaus von jemandem angeheuert worden sein könnte. Er war auf dem Foto mit Damien und Jared zu sehen, was bedeutete, dass sie sich alle schon lange kannten. Hatte Damien Zach als Auftragskiller angeheuert, um das Sanctuary seinem Ruin näherzubringen?

Eindeutig benötigte ich weitere Informationen von Zach. Gunnar hatte sich zwar dagegen ausgesprochen, weil er es für zu gefährlich hielt. Ich wurde jedoch allmählich zu ungeduldig, um seinem Rat zu folgen.

Als das Spukhaus an diesem Abend schloss, blinkten die Lichter dreimal auf, dann wurden sie ganz eingeschaltet. „Und das war's für heute!", ließ Theo mich wissen. „Gute Arbeit, Olivia. Du passt wirklich gut hierher."

Und wieder gab mir jemand das Gefühl, dass ich dazugehörte. Es tat gut und stillte ein Bedürfnis, von dem ich nicht einmal ahnte, dass es unerfüllt war.

Im Kostümraum war zum Feierabend viel los. In der Warteschlange plauderte ich mit Theo, bis wir an der Reihe waren, uns unserer Kostüme zu entledigen. Ich steckte wieder in meiner Alltagskleidung, da fiel mir mein Gesicht ein, das noch immer voller Theaterschminke war. *Wenigstens*, sagte ich mir, *ist es draußen dunkel.*

Ich verabschiedete mich und eilte zurück zum Motel. Schließlich stand da noch eine UFO-Beobachtungsparty auf meinem Plan. Fix wusch ich mir das Gesicht, trug Feuchtigkeitscreme auf und beließ es dabei. Es ergab keinen Sinn, ein normales – und viel weniger dramatisches – Make-up aufzutragen, nur um mich auf einen dunklen Acker zu setzen.

Ein Scheinwerfer des Cadillacs war defekt, also war es eine abenteuerliche Fahrt zur Barker Ranch. Die kurvigen Straßen über die Hügel waren tagsüber unproblematisch, aber die Wege mitten in der Nacht entlangzufahren, machte mich etwas nervös. Als ich die unbefestigte Einfahrt der Ranch erreichte, merkte ich, dass meine Finger praktisch am Lenkrad hafteten.

Eine Reihe von Autos stand bereits am Wegesrand geparkt. Ich bugsierte den Wagen an das hintere Ende der Reihe und stellte den Motor ab. Für alle Fälle hatte ich einen Pullover mitgenommen und als ich ausstieg, dankte ich Luke im Stillen für diesen Rat früher am Tag. So weit draußen vor der Stadt war es recht kühl.

Ich schaffte es auf die andere Seite der Scheune, ohne oft zu stolpern oder zu fluchen. Dennoch schwor ich mir, sollte ich so etwas in Zukunft noch einmal unternehmen, eine Taschenlampe mitzubringen. Als ich um die Ecke der Scheune bog, stieß ich auf eine Gruppe von etwa zwanzig Leuten, die auf Liegestühlen saßen und sich leise unterhielten, während sie in den Himmel blickten. Jemand hatte sogar ein Teleskop aufgestellt.

Als ich näherkam, stand einer von ihnen auf und kam mir entgegen. Ich erkannte Lukes Stimme, noch ehe ich sein Gesicht richtig sehen konnte. „Olivia, willkommen! Hier, nimm Platz. Da ist auch eine Decke für dich." Kurzerhand setzte ich mich neben Luke und legte eine Wolldecke über meine Beine.

Luke schwenkte ein Fernglas. „Sag Bescheid, wenn du es dir ausborgen willst."

„Danke. Für den Moment freue ich mich, hier zu sitzen und diesen herrlichen Nachthimmel zu genießen.

Ich war schon seit Jahren nicht mehr an einem so dunklen Ort. Ich hatte ganz vergessen, wie viele Sterne es zu sehen gibt."

Es lag echte Wertschätzung in Lukes Stimme, als er antwortete: „Ja, es ist spektakulär hier draußen. Es lässt sich gut nachvollziehen, weshalb Jared diesen Ort nicht aufgeben wollte, nicht wahr?"

Ich betrachtete Luke. „Ich habe mitbekommen, wie sich Jared und Emmett letzten Samstag im Lusty Lunch Counter gestritten haben. Jared war fest entschlossen, das Angebot auszuschlagen. Aber ich bezweifle, dass er wegen der großartigen Aussicht so gehandelt hat."

Luke gab ein Geräusch von sich, das ein Lachen oder ein Seufzen hätte sein können. „Ja, er hing furchtbar an der Vorstellung, Viehzüchter zu sein. Ganz so wie sein Vater."

Jemand zu Lukes Linken begann mit ihm zu reden, also lehnte ich mich zurück und richtete meinen Blick gen Nachthimmel. Die Zeit verging und mein Gehirn begann, ein wenig zu entschleunigen. Ich hatte natürlich nicht erwartet, ein UFO zu sehen, aber ich meinte es schon ernst: Es war wunderschön. Das Funkeln der Sterne am Firmament zu beobachten, war die perfekte Art, sich zu entspannen.

Ich war mir nicht sicher, wie viel Zeit verging, bis ich Schritte hörte. Ich schenkte ihnen keine besondere Beachtung, bis Luke neben mir aufsprang und freudig rief: „Zach! Du hast es geschafft! Ich hole dir einen Stuhl!"

Schau nicht hin, schau nicht hin, schau nicht hin, befahl ich mir.

Doch es war zu spät. Mein Kopf drehte sich bereits in

Zachs Richtung.

Und dann, um es auf die Spitze zu treiben, platzierte Luke einen Liegestuhl ausgerechnet direkt neben mir. Ich murmelte ein schwaches „Hey", als Zach sich setzte. Die Mühe hätte ich mir allerdings sparen können. Zach nahm keinerlei Notiz von mir.

Umso überraschter war ich, als er ein paar Minuten später sagte: „Ich hatte erwartet, hier heute der Einzige aus dem Sanctuary zu sein."

„Ich habe Luke letzte Woche in der Stadt kennengelernt. Da hat er mich eingeladen", antwortete ich.

„Glaubst du an UFOs?"

„Nein, aber ich bin dafür aufgeschlossen. Und du?"

„Es könnte sie geben. Wer weiß das schon? Auf unserem eigenen Planeten gibt es weitaus sonderbarere Dinge, an die kaum ein Mensch glaubt." Selbst im Dunkeln konnte ich erkennen, dass Zach mir einen schelmischen Blick zuwarf.

„Da ist was dran", erkannte ich an. Dass Zach mit mir Smalltalk führte, war vielleicht noch schockierender als ein tatsächliches UFO. Ich konnte mir nicht erklären, was diesen Sinneswandel ausgelöst hatte.

Wir plauderten noch ein wenig miteinander und ich hätte mich fast selbst gekniffen, um sicherzugehen, dass ich das Ganze nicht träumte. Es war bereits zwei Uhr morgens, als sich jemand vor die Gruppe stellte. Laurie! Ich hörte sie sagen: „Hallo, UFO-Jäger! Ich habe euch heißen Kakao mitgebracht, den reiche ich gleich rum."

Offenbar wollte Laurie Luke und seine Gruppe unbedingt bei Laune halten. Dabei wusste ich, dass sie am nächsten Morgen früh aufstehen musste, um sich auf die Beerdigung ihres Mannes vorzubereiten.

Als Laurie zu mir herüberkam, begrüßte sie mich herzlich und reichte mir einen Styroporbecher. Dann fiel ihr Blick auf Zach und ihre Miene verfinsterte sich prompt. „Zach, schön, dich hier zu sehen", sagte sie. Zwar kehrte ihr Lächeln zurück, doch dieses Mal war es aufgesetzt, ebenso wie der hohe, überfreundliche Tonfall ihrer Stimme. Zach nickte nur und lehnte die angebotene Tasse Kakao ab.

Zach sprach kein weiteres Wort, als Laurie ihre Runde fortsetzte. Seine anfängliche Freundlichkeit war verflogen. Als Laurie zurück Richtung ihres Wohnhauses ging, stand Zach auf und folgte ihr, ohne dabei das Aufsehen der Anwesenden zu erregen.

In der Dunkelheit konnte ich nur erahnen, wie Zach zu Laurie aufschloss. Der Mond war bereits untergegangen, sodass nur noch das Sternenlicht ihre Umrisse erhellte. Ihre Köpfe waren so dicht beieinander, dass ich davon ausging, dass sie miteinander flüsterten. Sie gestikulierten, wobei ihre Gebärden immer größer und heftiger wurden, je länger das Gespräch dauerte.

Mich überkam ein überwältigendes Déjà-vu-Erlebnis. Alles an dieser Szene erinnerte mich an das, was ich in der Gasse hinter dem Saloon beobachtet hatte.

Schließlich war das Gespräch beendet. Laurie setzte ihren Weg ins Haus fort und Zach kehrte zu seinem Platz zurück. Er saß stocksteif neben mir und starrte geradeaus. Gedämpft, fast so leise, dass ich es nicht hören konnte, sagte er: „Ich weiß, was du denkst."

„Nein, tust du nicht", erwiderte ich leicht abwehrend.

„Du denkst, ich habe Jared getötet."

Herrje, Zach wusste tatsächlich, was ich dachte.

Als ich stumm blieb, fuhr er fort: „Genau wie alle

anderen auch. Und ich wette, du vermutest, dass ich Laurie als Nächstes umbringe. Ich habe Jared beseitigt und nun entledige ich mich auch noch seiner Witwe."

„Daran habe ich eigentlich nicht gedacht. Allerdings schienen du und Laurie ja gerade eine hitzige Diskussion geführt zu haben. Fast so wie am Donnerstagabend."

Zach schaute mich eindringlich an. „Wovon sprichst du?"

Ups. Das war mir einfach herausgerutscht. Ich räusperte mich, um etwas Zeit zu gewinnen. „Letzte Nacht ... Gunnar und ich waren ... na ja, weißt du, Under the Undertaker's ist unweit der Gasse ..."

Zach konnte sich ein Lachen nicht verkneifen. „So bist du also hinter das Geheimnis des Sanctuarys gekommen, oder? Du hast gesehen, wie ich mich verwandelt habe."

„Ja." Es war sinnlos, zu leugnen.

„Kein Wunder, dass du heute Abend so angespannt gewirkt hast. Ich dachte, du müsstest bloß die Wahrheit unserer Existenz verdauen, aber du warst auch wegen mir besorgt, stimmt's?"

Ich nickte.

„Olivia, ich möchte Laurie nicht schaden. Ich versuche, ihr zu helfen."

KAPITEL 20

„GESTERN ABEND IN DER Gasse sah es nicht so aus, als wolltest du ihr helfen", merkte ich an.

„Ich weiß. Ich wurde wütend. Ob du es glaubst oder nicht, ich bin Lauries Buchhalter."

Ich brach in schallendes Gelächter aus. Als Zach mich nur stoisch ansah, beruhigte ich mich wieder und fragte: „Warte, wirklich?"

„Ich weiß nicht, was daran so komisch ist", sagte Zach in einem beleidigten Ton.

„Du, ein Werwolf, arbeitest einerseits als Buchhalter, andererseits in einem Spukhaus. Das ist schon irgendwie lustig."

Zach knurrte leise. „Ich schätze, das kann man so sehen. Ich bin hier aufgewachsen, dann aber für mein Studium nach Phoenix gegangen und habe dort meinen Abschluss in Rechnungswesen gemacht."

„Was hat dich dazu bewegt, zurückzukehren?"

„Das Sanctuary. Nach meinem Studienabschluss fand ich zwar einen Job in Phoenix, aber als ich mich jeden Monat drei Tage krankmeldete, kam das meinem Arbeitgeber bald eigenartig vor. Außerdem ist Phoenix eine große Metropole, in der ich mich bei Vollmond nicht ohne Weiteres frei bewegen konnte. Ich merkte, dass ich mich draußen in der realen Welt verwundbar fühlte. Mir hilft die Sicherheit des Sanctuarys und ich brauche einen Ort, an dem ich ich selbst sein kann."

„Du musst nicht jeden Monat in diesen drei Vollmondnächten verbergen, was du bist", stimmte ich zu und nickte. „Du kannst dich sogar offen präsentieren, ohne dass es jemand merkt."

„Genau. Neben der Arbeit an der Kasse und dem Wachdienst erledige ich auch die Buchhaltung für das Sanctuary. Eines Tages kam Laurie auf mich zu und bat mich, auch die Finanzen der Barker Ranch zu übernehmen. Jared war nicht gerade ein Geschäftsmann."

Zachs Formulierung machte mich stutzig. „Lass mich raten: Jared wusste nicht, dass du dich um sein finanzielles Chaos kümmerst?"

„Laurie wollte mein Mitwirken geheim halten, weil sie wusste, dass es Jared verärgern würde. Als Jareds Leiche vorm Sanctuary abgelegt wurde, hatte ich mich gerade mit ihr getroffen. Natürlich habe ich mich daraufhin geweigert, irgendjemandem zu erklären, warum ich an diesem Tag nicht im Dienst war. Mitzuteilen, dass ich mit der Frau des Mordopfers zusammen war, würde mich nur noch verdächtiger aussehen lassen."

„Aber du hättest ein Alibi", warf ich ein.

„Kannst du mir den genauen Tatzeitpunkt nennen?"

„Natürlich nicht."

„Eben. Mein Treffen mit Laurie dauerte nur eine Stunde. Ich könnte also bei ihr gewesen sein und Jared im Anschluss getötet haben, oder umgekehrt. Auf dem Rückweg sah ich die Polizeiautos auf das Sanctuary zufahren und geriet in Panik. Im Schutz der Bäume schlich ich mich näher heran, um zu sehen, was los war. Ich hatte aber zu große Angst, aus meinem Versteck zu kommen. Die Wahrheit zu sagen, würde die Dinge für mich nur verkomplizieren."

Ich musste gestehen, dass Zach da nicht ganz unrecht hatte. „Was ist denn gestern Nacht vorgefallen? Ich habe dich am frühen Abend telefonieren hören. Dabei klang es so, als hättest du das Treffen in der Gasse vermeiden wollen."

„Natürlich wollte ich das. Laurie drängte mich, sie trotz der Umstände weiterhin zu unterstützen. Selbst wenn sie die Ranch nun verkaufen könnte, da sich Jared nicht mehr querstellen würde, müssten dafür immer noch die Finanzen in Ordnung gebracht werden. Jareds Brust wies Kratzspuren auf. Mir wurde klar, dass mich jemand schuldig aussehen lassen wollte. Ich war besorgt, wie verdächtig ich mich darüber hinaus noch machen würde, wenn jemand sieht, wie ich mich nach dem Mord mit Laurie treffe. Es war auch nicht ganz unberechtigt. Du und Gunnar habt mich ja ertappt."

„Warum hast du dem Treffen dann gegen deinen Willen zugestimmt?"

Zach seufzte. „Nach allem, was ich für sie getan habe, hat sie mir gedroht, mich zu verraten, wenn ich aufhöre, ihr zu helfen."

Ich klammerte mich an die Lehne meines Stuhls. „Also kannte Laurie schon die Wahrheit, bevor du dich gestern Abend verwandelt hast?"

„Nein, natürlich nicht! Ich meinte damit, sie wollte aufdecken, dass ich die Buchhaltung der Ranch erledigte. Sie dachte sich, wenn ich sie nicht mehr unterstütze, würde sie mich einfach verdächtig aussehen lassen. Sie weiß, dass Jared und ich eine ... schwierige Vergangenheit haben."

Na bitte, jetzt wird's spannend!, dachte ich. Ich war im Begriff, einige pikante Details zu erfahren, die Damien zum Hauptverdächtigen machen könnten. Zach musste meine Neugier spüren, als ich ihn wissen ließ: „Ich habe heute ein Foto von dir, Jared und Damien gesehen. Mir war bis dato nicht bewusst, dass ihr mal befreundet wart."

„So wie er heutzutage mit mir spricht, ahnt man es auch nicht. Aber als ich noch ein Teenager war, hat Damien mir das Leben gerettet."

Okay, das war nicht der Schmutz, den ich erwartet hatte, aufzuwirbeln. Tatsächlich war es das ganze Gegenteil. „Sag mir nicht, dass dieser Idiot eigentlich ein guter Kerl ist", sagte ich grimmig.

„Jedenfalls war er mal ein guter Kerl. Jared und ich waren nie enge Freunde. Wir waren nur zufällig beide mit Damien befreundet, also bewegten wir uns in den gleichen Kreisen. Als wir älter wurden, wurde es unter den Teenies immer offensichtlicher, dass ich anders war. Meine Abwesenheit in der Schule während des Vollmonds, Verletzungen von meinen Streiftouren als Wolf in den Wäldern ... Jared wusste nichts von der Werwolf-Sache, aber er hatte kapiert, dass ich ein Außenseiter war und begann, mich zu mobben. Je älter wir wurden, desto schlimmer wurden die Schikanen."

„Oh Mann, Zach, das tut mir sehr leid", sagte ich aufrichtig. Bis vor wenigen Stunden hatte ich mich von Zach, dem mürrischen Dickschädel, einschüchtern lassen. Jetzt tat er mir plötzlich leid.

„Eines Abends hat es Jared zu weit getrieben. Er und

ein paar andere Jungs hatten mich umstellt. Damien kam dazu und hat mich dort weggeholt. Das hat ihn seine Freundschaft mit den Normalos gekostet. Du weißt schon, mit jenen Freunden, die nicht zum Dunstkreis des Nightmare Sanctuary zählen."

„Madge erzählte, dass Damien sich zu verändern schien, kurz nachdem das Foto entstanden war. Damien hatte sich geärgert, diesen Teil seiner Welt verloren zu haben, nicht wahr?"

„Ja. Außerdem hatten er und sein Vater eine Art Zerwürfnis. Keiner von uns weiß, worum es dabei ging. Damien verließ die Stadt am Tag nach seinem Highschool-Abschluss. Montagabend habe ich ihn das erste Mal seit unserer Zeugnisausgabe gesehen."

„Und dann ist er auch nur aufgekreuzt, um uns zu drohen und uns mitzuteilen, was für unverantwortliche Nieten wir sind", ergänzte ich.

„Deshalb hat mich Damiens Rede an diesem Tag auch so wütend gemacht. Er weiß, dass ich die Buchhaltung für das Sanctuary verwalte und auch, dass ich das seit Jahren ohne Probleme schaffe. Aber er hasst das Haus und daher ist ihm jeder Vorwand recht, es dichtzumachen."

„Ist das Haus wirklich in so großen finanziellen Schwierigkeiten, wie Damien behauptet?"

„Es läuft nicht besonders gut", gab Zach zu. „Aber daran ist niemand schuld. Ein Teil des Gebäudes musste renoviert werden. Dann gab es auch noch einen Kurzschluss, der einen kleinen Brand verursachte. Es ist, als wären wir vom Pech verfolgt, seit Baxter weg ist. Vielleicht ist Pech auch nicht der richtige Ausdruck dafür. Es ist fast so, als würde das alte Krankenhausgebäude ohne ihn zu bröckeln beginnen."

Wir beide schwiegen für einen Moment. Es war kein unangenehmes Schweigen. Vielmehr nahm ich wahr, dass jeder für sich das gerade Gesagte verarbeitete.

„Zach", sagte ich schließlich. „Seit wir uns kennen, bist du mir gegenüber kurz angebunden und schroff. Woher der plötzliche Wandel heute Abend?"

Zach sah mich lange an, sein Blick war überraschend sanft. Fast sympathisch, dachte ich. „Als du zu deinem Vorstellungsgespräch kamst", setzte er an, „dachte ich, du wärst eine ganz normale Person, eine Fremde, der man nicht trauen kann. Schau dir zum Beispiel Laurie an. Sie hat zur gleichen Zeit wie du erfahren, was ich bin. Du siehst ja, wie sie heute auf mich reagiert hat. Einerseits ist sie verängstigt, andererseits glaubt sie bestimmt, dass sie sich meine Verwandlung bloß eingebildet hat. Du und ich hingegen kommen prima miteinander aus. Du hast mich akzeptiert, wie ich bin. Und je länger ich dich erlebe, desto überzeugter bin ich, dass du ins Sanctuary gehörst. Du passt zu uns, weil du nirgendwo anders hineinpasst."

Inzwischen hatte ich mich an solche Worte gewöhnt. Doch wenn sie von jemand unnahbarem wie Zach ausgesprochen wurden, schienen sie noch mehr Gewicht zu haben. „Wir werden sehen", entgegnete ich.

Etwa eine halbe Stunde später begannen die anderen UFO-Beobachter einzupacken und aufzubrechen. Ich konnte das Gähnen der Leute um mich herum hören und merkte, wie erschöpft ich selbst war. Ich verabschiedete mich von Zach und Luke und fuhr, um wach zu bleiben, mit laut aufgedrehtem Autoradio zurück zum Motel.

Erst als ich am Samstagmorgen aufwachte, erinnerte ich mich wieder an den Umschlag, den Zach mir überreicht hatte. Ich schaute hinein und fand einen Stapel Bargeld. Ich hatte mit Justine nie über die Gehaltshöhe gesprochen. Der Betrag war eine angenehme Überraschung. Ich hatte genug verdient, um Mama für den einwöchigen Motelaufenthalt zu bezahlen. Von dem Rest konnte ich zwar noch nicht die komplette Autoreparatur begleichen, aber immerhin konnte ich dafür schon etwas Geld beiseitelegen. Auch für ein paar Lebensmittel reichte es. So konnte ich meine Lusty-Mittagsroutine hin und wieder aufbrechen. Noch ein weiterer Gehaltsscheck, dachte ich mir, und ich wäre auf dem Weg nach San Diego.

Als ich für meinen Morgenkaffee ins Motelbüro ging, war ich guter Dinge. Ich goss meinen Kaffee ein und fragte Mama fröhlich, was ich ihr schuldete.

„Darüber wollte ich mit dir sprechen", sagte sie.

Mein Herz rutschte mir in die Hose. War ich ihr einen höheren Betrag als vermutet schuldig?

„Du erwähntest mal, dass du in Nashville im Marketing tätig warst, richtig?", fuhr sie fort.

Ich schüttelte verwirrt den Kopf und versuchte gleichzeitig zu nicken. Ich besaß die Anmut eines Wackeldackels.

„Nun, dieses Motel könnte etwas Werbung vertragen. Wir bekommen zwar konstant viele Reservierungen, aber mit Ausnahme langer Wochenenden sind wir noch lange nicht ausgebucht. Wenn du uns für den Rest deines Aufenthalts ein wenig im Marketing unterstützen würdest, erlasse ich dir die Hälfte des Zimmerpreises der letzten Woche. Und ...", Mama hob den Finger und grinste mich an, „ich werde dir für den Rest deines Aufenthalts nichts berechnen, egal wie lange der dauern mag."

Vor Aufregung ließ ich fast meinen Kaffeebecher fallen. Schneller als ich es in vernünftige Worte fassen konnte, stimmte ich Mamas Vorschlag zu. Mama lachte über meine wirre Euphorie und nickte zufrieden. „Ich würde dich allerdings bitten, aus deinem Zimmer auszuziehen. Im hinteren Teil des Südflügels gibt es ein Einzimmerapartment. Das Apartment und das Obergeschoss dieses Bürogebäudes wurden beim Bau so konzipiert, dass die Verwalter vor Ort wohnen können. Doch Benny und ich brauchten mehr Platz, weshalb wir etwa eine Meile die Straße hinunter wohnen. Du müsstest das Apartment lüften und ein bisschen aufhübschen, aber dafür ist es sauber und lichtdurchflutet."

Auch wenn ich nur noch eine weitere Woche in Nightmare sein sollte, war ich für den kostenfreien Aufenthalt dankbar. Na ja, nicht ganz kostenfrei, aber ich war froh, mein Marketingwissen gegen eine kleine Bleibe eintauschen zu können.

Ich wollte doch weiterhin in einer Woche abreisen, oder etwa nicht?

Mich überkam ein seltsames Unbehagen bei diesem Gedanken. In einer Woche würde ich nicht nur die Reparatur bezahlt, sondern dank Mamas Angebot auch Geld für Benzin, Lebensmittel und mein Sparschwein übrigen haben.

Ich dachte an Zachs Worte vom Vorabend und daran, wie wohlgesonnen er mir entgegnet hatte, dass ich nun Teil des Sanctuary-Teams bin. In diesem Moment wurde mir bewusst, dass ich meinen Weggang nicht an das Geld knüpfen würde. Vielmehr würde ich bleiben, bis Jareds Mörder gefunden war. Das war das Mindeste, was ich für meine neuen Freunde tun konnte.

Eine Stunde später stellte ich meine Koffer auf einem sehr staubigen, rostroten Zotteppich ab. Das Apartment war klein, aber gemütlich. Da es sich im ersten Stock befand, verfügte es über eine viel bessere Aussicht und mehr Tageslicht als mein Zimmer im Erdgeschoss. Die Küchenzeile war einfach, aber zweckmäßig. Ich war froh, dass Kühlschrank und Herd moderner als der Teppichboden waren. Ich war mir sicher, dass dieser verlegt worden war, als karierte Schlaghosen noch in Mode waren.

In einer Nische stand ein Doppelbett. Als ich das Laken wegzog, wirbelte eine beachtliche Staubwolke auf und zwang mich zum Niesen. Putzen war eindeutig meine oberste Priorität. Mama hatte mir zu diesem Zweck einen Staubsauger, einen Mopp und Sprühreiniger überlassen. Ich öffnete das Fenster für einen frischen Luftzug und begab mich an die Arbeit.

Als ich mit dem Putzen fertig war und das Bett frisch bezogen hatte, war es schon fast Zeit, zur Arbeit aufzubrechen. Doch meine Mühe war die Zeit wert gewesen. Die Wohnung roch nicht mehr wie ein Antiquitätenladen. Auch meine Kleidung hatte ich bereits in einer hohen, hölzernen Kommode verstaut.

Ich ging rasch duschen und summte dabei vor mich hin, während ich mir die Haare wusch. Erst nachdem ich angekleidet war und nach meinen Schuhen griff, sah ich ein weißes Blatt Papier auf dem Boden, direkt vor der Tür, liegen.

Es war eine Notiz, handgeschrieben in einer dicken, krakeligen Schrift. Jemand musste sie unter der Tür durchgeschoben haben, während ich geduscht hatte.

Darauf stand: *Verlass die Stadt. Heute noch.*

KAPITEL 21

SO SCHNELL ICH KONNTE, rannte ich aus dem Apartment. Ich hielt nicht einmal mehr inne, um meine Schuhe anzuziehen. Das bereute ich sofort. Als meine Fußsohlen auf dem heißen Beton am unteren Ende der Treppe aufsetzten, hüpfte ich wie ein Frosch den ganzen Weg vom hinteren Teil der Motelanlage bis zum Büro. Dort angekommen, war ich außer Atem und meine Füße fühlten sich an, als würden sie mit heißen Nadeln traktiert. Ich stieß die Tür zur Rezeption auf.

„Aua! Mama! Hilfe!", rief ich, während ich von einem Fuß auf den anderen hüpfte.

Mamas voluminöses Haar lugte hinter ihrem Schreibtisch hervor. Sie saß am Computer und erhob sich nun mit einem fest entschlossenen Gesichtsausdruck, der verriet, dass sie mich, je nach der Art meiner Notlage, entweder verteidigen oder beruhigen würde.

„Bist du verletzt?", fragte sie ernst und betrachtete meine Füße.

„Nein, ich bin bloß barfuß hergelaufen. Ich bin eindeutig zu alt für so etwas." Mit zehn Jahren mochte es vielleicht vergnüglich sein, barfuß durch die Gegend zu laufen. Mit vierzig Jahren nicht mehr ganz so sehr. „Das hier habe ich gerade unter meiner Tür entdeckt.

Hast du hier jemanden vorbeigehen sehen?" Ich legte den Zettel auf den Tresen und bewegte mich, immer noch hüpfend, ein Stück rückwärts, um Abstand zu der Nachricht zu gewinnen.

Mama blickte lange auf das Papier. Dann sah sie mit verzogenem Mund wieder zu mir auf. „Ich habe niemanden gesehen, aber die Person könnte sich über die Seitengasse hinter dem Grundstück genähert haben. Meinst du, das hat etwas mit dem Mord an Jared zu tun?"

Ich nickte. Eine andere Erklärung fiel mir nicht ein. Offensichtlich hatte jemand aufmerksam verfolgt, was ich hier trieb. Das konnte bedeuten, dass eine meiner wilden Schlussfolgerungen mitten ins Schwarze getroffen hatte. Was, wenn ich die Stadt nicht verlassen würde? Würde die Aufdeckung von Jareds Mord zu meinem eigenen führen?

„Ich muss weg", sagte ich überstürzt. „Wie es hier steht. Aber mein Auto ist noch nicht abfahrbereit und mit dem Cadillac komme ich nicht weit. Es ist ja nicht einmal mein Auto und ich habe auch nicht das Geld, um es Nick abzukaufen. Und wenn ich verschwinde, verdiene ich auch kein Geld, um mein altes Auto zu bezahlen. Also muss ich es hier zurücklassen, während ich vor all dem hier weglaufe, und ..."

„Olivia", sagte Mama in einem bestimmenden Ton.

Ich verstummte augenblicklich und sah Mama an. Mir stiegen Tränen in die Augen. *Nicht heulen, nicht heulen, nicht heulen,* befahl ich mir. „Soll ich die Polizei rufen?", fragte ich mit etwas weniger hysterischer Stimme.

„Ja, selbstverständlich." Mama nahm bereits den Hörer in die Hand. „Das übernehme ich. Du setzt dich hin und gönnst deinen armen Füßen eine Pause."

Ich gehorchte pflichtbewusst. Zwanzig Minuten später kam derselbe Polizist zur Tür herein, der mich auch am Abend von Jareds Leichenfund befragt hatte. Mama reichte ihm die Notiz und eine Tasse Kaffee. Dann setzte er sich neben mich.

Es gab nicht viel zu berichten und die Polizei konnte entsprechend wenig unternehmen. Officer Reyes erklärte mir, dass es ohne weitere Hinweise am besten sei, einfach wachsam zu bleiben und die Polizei zu alarmieren, falls noch etwas passierte.

„Wissen Sie", sagte Officer Reyes und warf mir einen Seitenblick zu, bevor er einen großen Schluck Kaffee nahm, „manchmal tun sich die Bewohner von Nightmare mit Neuankömmlingen schwer. Besonders, wenn diese dann auch noch in Mordermittlungen verwickelt sind. Es ist nicht auszuschließen, dass sich jemand daran gestört haben könnte, wie Sie quasi aus dem Nichts auftauchen, einen Job bei dem merkwürdigen Völkchen im Spukhaus annehmen und dann auch noch die Leiche eines beliebten Gemeindemitglieds *finden*." Ich konnte nicht umhin, die leicht sarkastische Betonung dieses Wortes herauszuhören. „Und das alles in Ihren ersten drei Tagen hier."

Okay, Punkt verstanden. So viel räumte ich ein. Bevor er aufbrach, riet mir Officer Reyes noch einmal eindringlich, nicht mehr durch die Stadt zu laufen und unbequeme Fragen über Jared und seine Verbindungen zu stellen. Ich sparte mir, nachzuhaken, woher er das wusste. In einer Kleinstadt verbreitete sich sowas vermutlich wie ein Lauffeuer.

Als Mama und ich wieder unter uns waren, erklärte ich: „Ich muss mich immer noch entscheiden, ob ich das

Risiko eingehen und bleiben will oder ob ich die Stadt besser verlasse."

Mama stieß einen Laut der Ungeduld aus. „Du solltest bleiben. Du wirst die Stadt auf den Kopf stellen und vielleicht wird die Stadt auch dich ein wenig auf den Kopf stellen. Gib bloß nicht so schnell auf. Bleib dran."

„Das könnte gefährlich werden", bemerkte ich.

„Ich werde jemanden finden, der heute Abend auf dich Acht gibt. Wenn du Feierabend hast, wird jemand am Kassenhäuschen auf dich warten, um dich nach Hause zu begleiten. Bis dahin kümmere ich mich darum. Ich bringe dich zur Arbeit."

Trotz meiner Angst musste ich lächeln. „Danke, Mama." Ich warf einen Blick auf die Uhr an der Wand und quietschte auf. „Und wir müssen los! In sechs Minuten beginnt meine Schicht!"

Ich rannte zurück in mein Apartment, wobei ich darauf achtete, möglichst von Schatten zu Schatten zu huschen. Ich schnappte mir ein Paar Socken, Schuhe und meine Handtasche. Unten stand bereits Mama in einem alten, mitternachtblauen Mustang vor der Tür. Der Motor dröhnte. Ich sprang auf den Beifahrersitz und zog meine Schuhe an, während sie bereits fuhr.

Es war Punkt neunzehn Uhr, als ich vor dem alten Krankenhausgebäude aus dem Wagen stieg. Ich bedankte mich bei Mama. Sie zeigte nur auf mich und erinnerte mich: „Ohne deinen Wachdienst verlässt du nach Feierabend nicht den Kassenbereich."

Ein Versprechen, das ich nur zu gern einhielt. Ich vertraute auf Mamas Urteilsvermögen und war unbesorgt, dass sie jemanden finden würde, der für meine Sicherheit sorgen könnte. Natürlich konnte es sich bei der ominösen Botschaft auch um eine leere Drohung handeln, aber sicher ist sicher.

Es fiel mir schwer, mich auf eine zwanglose Unterhaltung mit Mori und Theo einzulassen, während wir im Speisesaal auf den Beginn des Familientreffens warteten. Ich beäugte plötzlich alle mit Argwohn. Hatte mir einer meiner Kollegen etwa die Nachricht unter der Tür durchgeschoben? Womöglich hatte sich Zach gestern Nacht nur auf eine Runde Smalltalk mit mir eingelassen, um den Verdacht von sich lenken. Auch Mori stand weiterhin auf meiner Liste der Verdächtigen. Zwar versicherten mir alle immer wieder aufs Neue, dass ich nun Teil ihrer Sanctuary-Familie sei, aber vielleicht gab es da doch jemanden, der anderer Meinung war.

Ich erspähte Damien, der im hinteren Teil des Raumes stand, während Justine vom Podium aus zu uns sprach. Er trug wieder seine Sonnenbrille, was ihn albern aussehen ließ. Wir befanden uns in einem geschlossenen Raum. Wenn die Vampire mit dem Deckenlicht zurechtkamen, dann sollte er das auch schaffen.

Vielleicht war Damien der Absender der Botschaft.

Selbst Gunnar kam mir plötzlich verdächtig vor. Er könnte Zach den Mord angehängt haben, dachte ich. Vielleicht war er in jener Nacht nicht in die Gasse geschlichen, um Zach auszuspionieren, sondern um weitere Beweise zu sammeln, die Zach schuldig wirken ließen.

So ein dummer Gedanke. Ich verhielt mich völlig paranoid. Leider steigerte ich mich nur noch weiter hinein, als das Spukhaus um zwanzig Uhr seine Pforten für Besucher öffnete. Ich war am Eingang postiert, um Eintrittskarten entgegenzunehmen und Leute zu begrüßen. Der Andrang am Samstagabend war noch größer, als ich angenommen hatte. Jeder Gast, der an mir vorbeiging, schien mir bedrohlich. Machte jemand in meiner Nähe eine unerwartete Geste, zuckte ich prompt zusammen. Ich drückte mich inzwischen so fest in die angelehnte Tür, dass ich fürchtete, im alten Holz einen Abdruck meiner Hinterseite zu hinterlassen.

Nach der Hälfte meiner Schichtdauer tauchte Clara auf. Ich erwartete, dass sie mich wie gehabt für meine Pause ablösen würde. Doch stattdessen teilte sie mir mit, dass sie meinen Platz für den Rest des Abends einnehmen würde. „Im Flur vor der Krankenhausszene gibt es ein Problem mit der Elektrik", erklärte sie, „deshalb funktionieren nicht alle Lichter. Ich kann im Dunkeln nicht so gut sehen, also dachte ich, du könntest dich dort aufstellen und darauf achten, dass niemand im Vorbeigehen stolpert oder gegen die Kulissen stößt."

Das ließ ich mir nicht zweimal sagen. Ich konnte mich in einer dunklen Ecke aufhalten, wo mich die meisten Gäste nicht einmal sehen würden. Das schien mir sicherer zu sein, als direkt vor dem Sanctuary auf dem Präsentierteller zu stehen, wo man mich spielend leicht ins Visier nehmen könnte.

Ich bahnte mir meinen Weg durch die Mitarbeiterflure zwischen den Szenen, die ich auf Grund ihrer Enge und Dunkelheit nur noch als Tunnel bezeichnete. Schließlich erreichte ich die Krankenhausszene. Die Durchgangstür war als Eingang zur Leichenhalle getarnt worden. Ich spähte durch einen schmalen Spalt in der Tür und wartete den Leerlauf zwischen zwei Gästegruppen ab. Dann flitzte ich hinaus und eilte den Gang entlang, der zurück zur Lagunenszene führte. Ich musste für einen Moment innehalten, bis sich meine Augen an die Dunkelheit gewöhnt hatten. Kein Wunder, dass Clara hier jemanden positionieren wollte, um auf die Gäste Acht zu geben. Ich stellte mich in eine kleine Wandnische, von wo aus ich die entgegenkommenden Leute gut beobachten konnte.

Erst nach etwa einer halben Stunde wurde mir der Fehler in meiner Logik bewusst. Sicher, die meisten Gäste gingen an mir vorbei, ohne mich überhaupt zu bemerken. Doch wenn jemand wüsste, wo ich mich aufhielt, wären dies der ideale Zeitpunkt und Ort, um mich heimzusuchen. Ich stand mutterseelenallein in der Dunkelheit.

Als die letzten Besucher des Abends das Spukhaus verließen und die Deckenbeleuchtung eingeschaltet wurde, war ich ein absolutes Nervenbündel. Mit zittrigen Händen holte ich meine Handtasche aus dem Spind.

Ich befolgte genau, was ich mit Mama besprochen hatte und machte mich auf den Weg zum Ticketschalter. Ich trat hinaus ins Freie und stockte. Damien und Zach standen am Ticketfenster und unterhielten sich. Ich hatte nicht die geringste Lust, mich mit Damiens Gehabe auseinanderzusetzen. Genauso wenig stand mir der Sinn danach, mit einem der beiden ins Gespräch zu kommen. Ich verharrte also direkt vor der Eingangstür. Es waren nur ein paar Meter bis zur Kasse, ich sollte hier also immer noch sicher genug sein.

Zach erblickte mich und winkte mir zu. Ich lächelte so gut es meine Nervosität eben zuließ und winkte tapfer zurück. In dem Moment drehte sich auch Damien zu mir um. Er nahm seine Sonnenbrille ab und sah mich ungeduldig an. „Was machen Sie denn da drüben?"

„Ich warte auf jemanden."
„Ja. Auf mich. Ich bleibe heute Nacht bei Ihnen."

KAPITEL 22

OH MANN. AM NÄCHSTEN Morgen würde ich mit Mama ein ernstes Wörtchen reden müssen. Vorausgesetzt, ich überlebte eine Nacht mit Damien. Ich war naiv genug zu glauben, ich könne mich auf Mamas Urteil verlassen. Stattdessen hatte sie einen potenziellen Mörder als meine Leibwache engagiert. War es ihr nicht in den Sinn gekommen, dass Damien der Absender der Nachricht sein könnte?

Nein, war es nicht. Natürlich nicht. Mama war diejenige gewesen, die mich bat, nicht zu hart mit Damien ins Gericht zu gehen. Sie schien ja Mitleid mit ihm zu haben.

Ich bemerkte, wie Damien mich ansah und darauf wartete, dass ich mich entweder bewegte oder ihm antwortete. „Das ist wirklich nicht nötig", beteuerte ich hastig. „Ich bin sicher, dass ich heute Abend gut allein zurechtkomme."

Darauf verschränkte Damien die Arme.

„Es tut mir leid, dass Sie umsonst gewartet haben", fuhr ich fort. „Ich gehe dann mal. Also, ähm, tschüss." Ich deutete auf die Straße und ging in diese Richtung.

Ich weiß nicht, wie Damien mich so schnell einholen konnte, doch plötzlich stand er unmittelbar neben mir.

Zu mir gewandt streckte er seinen Arm aus, um mich am Vorwärtskommen zu hindern. Ohne ihn anzusehen, blieb ich stehen. „Ich habe es Mama versprochen", sagte er. Seine Stimme war leise, aber sein Tonfall klang unverkennbar bestimmt. Damiens Botschaft war deutlich: Er hatte ein Versprechen gegeben und kein noch so großer Widerstand meinerseits würde ihn davon abhalten, auf mich aufzupassen.

„Na schön", sagte ich gereizt.

Mit seinem immer noch ausgestreckten Arm zeigte Damien in Richtung Parkplatz. „Mein Auto steht dort drüben."

Ich ließ mich von Damien zu einer silbern glänzenden Corvette lotsen. Was auch sonst würde jemand fahren, der spätabends Sonnenbrille trägt. Ich linste zu ihm hinüber und registrierte, dass er die besagte Brille nicht wieder aufgesetzt hatte. Immerhin brauchte ich mir also keine Sorgen darüber machen, ob er auf der kurzen Fahrt zum Motel überhaupt die Straße erkennen würde.

Keiner von uns beiden sprach während der Fahrt. Dieses Schweigen war jedoch nicht von der angenehmen Sorte und ganz anders, als ich es mit Zach während der UFO-Beobachtungsparty erlebt hatte. Es war jene beklemmende Art des Schweigens, die mich darüber nachdenken ließ, was *ihm* wohl gerade durch den Kopf ging. Es erinnerte mich an ein schreckliches Blind Date, das ich einst auf dem College hatte. Obwohl gut zwei Jahrzehnte her, hatte ich noch immer nicht vergessen, welch miserable Arbeit meine beste Freundin als Verkupplerin geleistet hatte.

Als ich meine Wohnungstür aufschloss und Damien hineinwinkte, unterbrach ich unsere stumme Episode.

„Tut mir leid, dass es hier so kahl ist. Ich habe das Apartment erst heute bezogen und bin noch gar nicht richtig angekommen." Das klang fast so, als würde eine ganze Wagenladung Möbel und Besitztümer nur darauf warten, bald angeliefert zu werden. Ich machte mir nicht die Mühe, das richtigzustellen. Warum sollte ich mich auch für den Zustand meiner Bleibe entschuldigen? Ich hatte Damien jede Chance gegeben, nicht mein Leibwächter zu sein und würde bestimmt nicht versuchen, den Kerl zu beeindrucken.

In den Küchenschränken herrschte gähnende Leere, also konnte ich Damien nicht einmal ein Glas Wasser anbieten. Ich begann, in meiner Handtasche zu kramen, während Damien zögerlich auf dem breiten Sessel Platz nahm und seinen Blick missbilligend durch den Raum schweifen ließ. Ich angelte eine Handvoll Vierteldollar-Münzen aus meiner Tasche. „Ich werde uns Getränke aus dem Verkaufsautomaten ziehen", eröffnete ich. „Was möchten Sie?"

Damien hob eine Augenbraue. „Glauben Sie wirklich, ich ließe Sie das alleine machen? Wir gehen zusammen."

Wenige Minuten später saß Damien erneut auf dem Sessel, diesmal mit einer Limonade in der Hand. Man konnte ihm ansehen, dass er befürchtete, die Polster könnten seinen Hintern beschmutzen. Ich ließ mich auf dem Fußende meines Bettes nieder und streifte mit der freien Hand meine Schuhe ab. „Also", begann ich.

„Also."

„Ich habe noch keinen Fernseher ..."

„Dann können wir ja einfach reden."

Oh ja, genau danach stand mir der Sinn. Aber tatsächlich hatte ich mir eine Gelegenheit herbeigewünscht, um Damien über seine Vergangenheit mit Zach und Jared zu befragen. Ich bezweifelte, dass es einen besseren Moment als diesen Abend geben würde. Gerade, als ich all meinen Mut für meine Investigation zusammengenommen hatte, klopfte es an der Tür. Augenblicklich stieg Angst in mir auf und ich versteifte.

Damien rollte mit den Augen, als er aufstand. „Ein unerwünschter Eindringling würde nicht erst klopfen." Er öffnete die Tür einen Spalt, dann lächelte er – ja, er konnte tatsächlich lächeln – und öffnete die Tür weiter. „Hey, Mama, komm doch rein. Brauchst du Hilfe damit?"

Es war verblüffend, wie plötzlich sich Damiens gesamtes Verhalten veränderte. Er wurde direkt sanfter, sein Gesicht nahm weichere Züge an und seine Schultern lockerten sich. Selbst sein Tonfall war freundlich.

„Ich habe es die Treppe hinaufgeschleppt, du kannst es nun gerne hineintragen", erwiderte Mama und zeigte mit dem Daumen über ihre Schulter. Sie schritt an Damien vorbei und tätschelte dabei seinen Arm. „Und wie kommst du zurecht, Olivia?"

Ich zuckte mit den Schultern. „Ein bisschen paranoid", gab ich zu.

„Das ist verständlich. Aber dafür hast du ja Damien, der gut auf dich aufpassen wird." Damien musterte das Rollbett, das er gerade durch die Tür bugsierte. Entschuldigend sagte Mama: „Tut mir leid, Junge, was Besseres habe ich nicht anzubieten."

Während Damien damit beschäftigt war, das Rollbett aufzuklappen, grinste Mama mich an. „Das wird ihm guttun", flüsterte sie. „Es holt ihn von seinem hohen Ross herunter."

Ich presste meine Hand auf meinen Mund, um nicht laut loszuprusten. Mamas Vertrauen in ihn mochte vielleicht ein Irrtum sein, doch zumindest waren wir uns darin einig, dass ein wenig Bodenhaftung Damiens Ego nicht schaden konnte.

Mama gähnte. „Ich sollte schon längst im Bett sein, aber ich wollte sichergehen, dass ihr beide sicher angekommen seid. Nun mache ich mich aber auf den Heimweg. Schlaft gut, ihr zwei."

Ich folgte Mama zur Tür hinaus und schloss sie hinter mir. „Er könnte derjenige sein, der mir die Nachricht hinterlassen hat", zischte ich leise.

Mama schüttelte den Kopf. „Nein, das kann ich mir nicht vorstellen. Das strahlt er nicht aus."

Na toll. Hier läuft ein Mörder frei herum, jemand bedroht mich und Mama redet von Ausstrahlung. Ich sah sie mit großen Augen an und flehte im Stillen, dass sie mich nicht mit Damien allein lassen würde. Sie aber drückte nur beruhigend meinen Arm. „Ich würde es wissen, wenn Damien ein so großes Geheimnis verbirgt", sagte sie. „Du wirst bei ihm sicher sein. Versprochen."

Ohne meine Reaktion abzuwarten, drehte sich Mama um und lief die Treppe hinunter. Ich zog kurz in Erwägung, nicht in mein Apartment zurückzukehren. Ich trug den Autoschlüssel nicht bei mir, also war eine Fahrt irgendwohin ausgeschlossen. Aber zum Sanctuary würde ich es auch zu Fuß schaffen. Oder ich könnte zur Under the Undertaker's-Bar rennen. Die übernatürlichen Gäste dort wären bestimmt bereit, mich zu beschützen. Es sei denn, dort würde ich dem Absender der Botschaft in die Arme laufen. Mein Hirn ging eine lange Liste unnützer Vorschläge durch, ehe mir die naheliegendste

Lösung in den Sinn kam.

Ich hätte einfach fragen sollen, ob ich die Nacht bei Mama verbringen durfte. Im Moment war sie die einzige Person in ganz Nightmare, der ich vertraute.

„Mama!", rief ich und eilte ein paar Stufen hinunter. Sie war gerade am Fuß der Treppe angekommen und nur noch wenige Meter von ihrem Auto entfernt.

Ich hörte die Tür hinter mir. „Gute Nacht, Mama. Komm gut heim." Damiens Hand legte sich um meinen Oberarm. „Kommen Sie schon, Olivia. Wenn Sie hier lange stehen, werden Sie noch zur Zielscheibe."

„Es ist nicht nötig, dass Sie bleiben", beteuerte ich. „Ich fahre einfach mit Mama mit. Und Sie können in einem richtigen Bett schlafen und müssen nicht auf mich aufpassen."

Damien ließ von meinem Arm ab und sah mich an, als wäre ich ein bockiges Kind. „Glauben Sie, Mama hat diese Möglichkeit nicht in Betracht gezogen? Von uns beiden bin ich derjenige, der Sie besser schützen kann. Wenn Sie bei Mama sind, bringen Sie sie doch mit in Gefahr."

Verdammt. Da hat er recht.

Widerstrebend folgte ich Damien zurück in mein Apartment. Das Geräusch, als er die Tür schloss und den Riegel drehte, klang unheilvoll. Das metallische Klirren hallte durch den weitgehend leeren Raum.

„Ich gehe ins Bett", ließ ich ihn wissen. Ich schnappte mir meinen Schlafanzug aus einer Kommodenschublade und stolzierte ins Bad. Fertig umgezogen stapfte ich hinüber zum Bett und schlüpfte unter die Bettdecke.

Damien hatte den Wink offenbar nicht verstanden.

Er saß wieder im Sessel und schaute auf seine Hände. „Olivia", eröffnete er, „wir müssen noch reden."

„Müssen wir nicht", wandte ich ein. „Das haben Sie doch nur vorgeschlagen, um uns die Zeit zu vertreiben."

Damien sah zu mir auf, seine grünen Augen leuchteten förmlich. Es war beunruhigend, fast unnatürlich. „Sind Sie noch im Besitz der Stellenanzeige, die Sie am Schwarzen Brett der Handelskammer gefunden haben?"

Irritiert runzelte ich die Stirn. „Ja, sie liegt drüben auf dem Küchentisch, in dem Stapel Papiere."

Damien stand auf, ging zum Küchentisch und fing an, die Unterlagen durchzusehen. Sarkastisch warf ich ein: „Ach, schon in Ordnung. Gerne können Sie einfach alle meine persönlichen Dokumente durchwühlen, ohne vorher zu fragen."

Damien wandte sich zu mir um, die Anzeige nun in seiner Hand. Dann kam er zu mir herüber und ließ sich auf der Bettkante nieder. Ich setzte mich auf und lehnte mich mit dem Rücken gegen das Kopfteil des Bettes. Er starrte das Inserat einen Moment lang an, dann hielt er es mir hin. „Kommt Ihnen diese Handschrift bekannt vor?"

„Nein. Woher denn auch?" Worauf wollte er hinaus?

„Sie wurde mit einem Füllfederhalter geschrieben. Das sieht man an den Unebenheiten der Tinte an einigen Stellen. Vor allem aber ist das die Handschrift meines Vaters."

Ich zog Damien den Zettel aus der Hand und untersuchte ihn genauer. Er hatte Recht, was die Tinte betraf. Im Gegensatz zu einem modernen Kugelschreiber hatte der Stift, mit dem die Stellenanzeige geschrieben worden war, keinen gleichmäßigen Tintenstrahl abgegeben. Außerdem befand sich in einer Ecke ein kleiner Tintenklecks. „Ist Baxter nicht vor sechs Monaten verschwunden?", fragte ich. „Es fällt mir schwer zu glauben, dass die Stelle bereits vor so langer Zeit ausgeschrieben wurde. Dann hätte man sie doch sicher längst besetzt."

„Ja, es ist sechs Monate her", antwortete Damien ungerührt. „Und nein, diese Stelle wurde nicht vor dem Verschwinden ausgeschrieben. Tatsächlich wurde sie nie ausgeschrieben."

Ich schüttelte den Kopf. „Doch, wurde sie. Ich habe sie ja an der Stellenbörse gefunden."

„Nein, Olivia. Ich habe mit Justine gesprochen. Nightmare Sanctuary hat derzeit keine offenen Stellen. Niemand von uns hat das hier an die Tafel geheftet."

„Aber ... Wie ... Hält es jemand für witzig, eine Stelle zu inserieren, die nicht existiert? Und wenn es doch keine Stelle gab, warum hat Justine mir dann trotzdem einen Job angeboten?" Ich zog meine Knie an die Brust und schlang meine Arme um sie. Mehr zu mir selbst als zu Damien sagte ich: „Das erklärt, warum Justine so seltsam reagierte, als ich sie angerufen hatte."

„Sie waren auf der Suche nach einem Job. Und einfach so, wie von Zauberhand, erscheint ein Inserat, dass es eigentlich gar nicht gibt, auf dem Schwarzen Brett. Fragen Sie sich wirklich, warum Justine Ihnen das Angebot unterbreitet hat?"

Ich lachte. „Wollen Sie damit andeuten, dass ich den Job heraufbeschworen habe?"

„Ja."

„Na klar. Ich bin insgeheim ein übernatürliches Wesen, das Schutz und Arbeit suchend das Sanctuary her beigewünscht hat. Also habe ich einfach einen Job mit meinen Superkräften manifestiert."

„Das ist exakt, was ich denke."

KAPITEL 23

DAMIEN LACHTE NICHT. AUCH mein Lachen verstummte und ich wurde still. Ich schüttelte bedauernd den Kopf. „Wie ich schon erwähnte, bin ich geschieden und pleite", gab ich zu bedenken. „Wenn ich die Fähigkeit hätte, mir etwas herbeizuzaubern, glauben Sie nicht, ich befände mich nun stattdessen auf einer Yacht in den Tropen? Ganz sicher hätte ich das nämlich dem Einzimmerapartment eines in die Jahre gekommenen Motels vorgezogen. Hier kann ich nur dank der Wohltätigkeit von jemandem wohnen, den ich erst vor einer Woche kennengelernt habe."

„Vielleicht haben Sie diese Fähigkeit erst im Laufe Ihres Lebens entwickelt. Es ist auch möglich, dass Sie sie schon immer besaßen, aber jetzt erst entdecken. Das ist ziemlich interessant. Ich habe schon von Beschwörern gehört, aber bin noch nie einem begegnet."

„Dafür halten Sie mich also? Eine ... Beschwörerin?"

„Vielleicht."

Wieder schüttelte ich den Kopf, dieses Mal sehr energisch. „Nein. Auf keinen Fall. Ich falle nicht aus der Norm. Und schon gar nicht besitze ich übernatürliche Fähigkeiten." Während ich sprach, hallten Zachs und Moris Beteuerungen, ich gehöre zum Nightmare Sanctuary, in meinem Kopf wider. Ich war den ganzen Abend über schon verängstigt, doch jetzt beschlich mich noch eine ganz neue Furcht. Ich wollte nicht anders sein. Ich wollte doch bloß wieder ein normales Leben führen – ein Leben, das einen halbwegs anständigen Kontostand und meine Füße im kalifornischen Sand implizierte.

Im Bemühen, die Aufmerksamkeit von mir auf Damien zu lenken, fragte ich: „Was für ein übernatürliches Wesen sind Sie? Sie sehen menschlich aus, aber auch Sie müssen irgendeine ungewöhnliche Fähigkeit haben."

Damien wandte seinen Kopf von mir ab. Gerade als ich die Hoffnung, eine Antwort aus ihm herauszubekommen, aufgab, murmelte er: „Meine Fähigkeit besteht darin, es damals aus dieser Stadt heraus geschafft zu haben."

„Warum sind Sie zurückgekehrt, wenn Sie das Sanctuary doch so sehr hassen?"

Damien rutschte unbehaglich hin und her. „Ich hasse es nicht." Er sah mich wieder an. Eine Mischung aus Traurigkeit und Verbitterung lag in seinem Blick, als er sagte: „Das Nightmare Sanctuary ist das Vermächtnis meines Vaters. Das macht es zu meiner Verantwortung."

„Haben Sie sich auch für Zach verantwortlich gefühlt, damals, als Sie beide noch Teenager waren?", fragte ich leise.

Mehrere Male waren mir bereits Damiens leuchtende Augen aufgefallen. Doch in diesem Moment schienen sie regelrecht in einem blendenden Grünton zu funkeln. Es passierte so schnell, dass ich es mir eingebildet haben konnte. Ich blinzelte ein paar Mal heftig. Nein, sagte ich mir, er hat normale Augen. Schöne Augen zwar, aber gewöhnliche.

„Jared war abscheulich zu Zach." Ich konnte die Wut spüren, die von Damien ausging. Selbst nach all den Jahren war es offensichtlich, dass er es Jared immer noch übelnahm. „Er wusste natürlich nicht, dass Zach ein Werwolf ist, doch jeder konnte sehen, dass Zach ein unbeholfener Typ war, der nicht zu den normalen Jugendlichen passte. Mir war bewusst, dass Jared Zach schikanierte, aber ich ging davon aus, dass es bei Hänseleien blieb. An dem Abend, an dem ich sah, wie Jared und seine Freunde sich an Zach vergreifen wollten, fürchtete ich wirklich, sie würden ihn umbringen."

„Und durch Ihr Eingreifen war Ihre Freundschaft zu Jared dahin?"

„Ja. Mit meiner Einmischung hatte ich mich endgültig für eine Seite entschieden und das war die des Sanctuarys. Bis dahin hatte Jared stets Spaß daran, uns beim Bau von Kulissen zu helfen und bei meinem Vater zu Stoßzeiten etwas Taschengeld nebenbei zu verdienen. Aber von da an wurde er wie alle anderen in Nightmare und befand, wir seien alle ein Haufen Sonderlinge, die nicht hierher gehörten."

„Deshalb haben Sie Nightmare nach dem Schulabschluss verlassen?"

Damien schenkte mir den Hauch eines Lächelns. „Sie haben Ihre Hausaufgaben gemacht, wie ich sehe. Ja, das ist einer der Gründe, warum ich gegangen bin. Ich hätte hier nie ein normales Leben führen können. Jareds Familie ist seit Generationen Teil der Gemeinde. Die Leute hätten sich lieber sein Geschwätz angehört, als mir die Chance zu geben, mich zu behaupten."

„Haben Sie Jared umgebracht?" Die Frage kam so

unerwartet aus meinem Mund, dass ich zusammenzuckte und mir beide Hände vors Gesicht presste.

Damien schien nicht im Geringsten von meiner Frage
überrascht zu sein, was bedeutete, dass er darum
wusste, auf meiner Verdächtigenliste zu stehen. „Nein.
Ich bin erst in die Stadt gekommen, als ich von Jareds
Tod erfuhr. Ich glaube auch nicht, dass Zach ihn getötet
hat. Er ist nicht diese Sorte Mensch."

„Werwolf", korrigierte ich. „Vielleicht war Zach als
Teenager nicht so. Doch vergessen Sie nicht, dass er
nach dem College hierher zurückgekehrt ist. Er war
zwanzig Jahre lang der Aussätzige. Ich möchte auch
nicht glauben, dass Zach Jared getötet hat. Er hat sogar
ein Alibi für einen Teil des Abends. Zach hat mir erzählt,
dass er mit Jareds Witwe Laurie zusammen war, als der
Mord geschah ..."

„Bitte was?"

Ich klärte Damien kurz über Zachs Nebentätigkeit als
Buchhalter auf. Damien wirkte wütend. „Das war dumm
von ihm", sagte er. „Wenn Jared nicht getötet worden
wäre, hätte er es irgendwann herausgefunden. Er hätte
extrem ungehalten reagiert, wenn er gewusst hätte, dass
Zach derjenige war, der die Ranch vor dem finanziellen
Ruin bewahrt hat."

„Jared wurde aber ermordet, also ist das ein frag-
würdiger Punkt. Wie gesagt, ich möchte auch nicht
glauben, dass Zach unser Täter ist, aber wir können ihn
nicht ausschließen. Noch nicht."

Und, so sagte ich mir im Stillen, *dich können wir auch
nicht ausschließen. Du stehst nach wie vor auf der Liste.*

Mehr gab es nicht zu sagen und als ich breit gähnte,
stand Damien auf. „Versuchen Sie zu schlafen", sagte er.

„Sie sind heute Nacht in Sicherheit."

Seltsamerweise vertraute ich Damien vollkommen damit. Ich wusste nicht, was der morgige Tag mit sich bringen würde, aber ich glaubte, dass ich es zumindest bis zum Morgengrauen schaffen würde. Gefährlich oder nicht, Damien hatte ein Versprechen einzuhalten. Ich kroch unter die Bettdecke, rollte mich zusammen und schlief ein, noch bevor Damien das Licht ausgeschaltet hatte.

In der Nacht wurde ich häufig wach. In wirren Träumen wurden mir Hunderte von Zetteln unter meiner Tür durchgeschoben und schattenhafte Gestalten jagten mich die Straße entlang. Jedes Mal, wenn ich mich erschrocken aufrichtete, sah ich Damien. Er hatte das Beistellbett direkt vor der Tür platziert. Er war noch immer wach und saß aufrecht mit dem Rücken gegen die Tür gelehnt auf seinem provisorischen Nachtlager. Seine Augen glitzerten im Schein des Mondlichts, das durch die Fenster fiel. Schließlich beschloss ich, dass seine übernatürliche Kraft die Fähigkeit sein musste, ohne Schlaf auszukommen.

Erst ein Klopfen an der Tür weckte mich endgültig auf. Ich war etwas überrascht festzustellen, dass es draußen bereits taghell war. Irgendwann hatte meine Erschöpfung endlich die Oberhand über meine Albträume gewonnen und ich hatte ein paar Stunden ungestörten Schlafes genossen. Die Uhr auf dem Nachttisch zeigte neun Uhr, als ich Damien dabei beobachtete, wie er das Rollbett wegschob und die Tür öffnete.

Mama brachte Kaffee und Donuts vorbei, die wir beide dankend annahmen. Sie gesellte sich zu uns an den quadratischen Resopaltisch, der vor der Küchenzeile stand. Wir berichteten, dass die Nacht ruhig verlaufen ist. „Hast du heute Pläne?", fragte sie mich, bevor sie einen großen Bissen von einem schokoladenglasierten Donut nahm.

Während ich schlief, hatte mein Unterbewusstsein nicht nur schlechte Träume, sondern auch noch einen Plan ausgeheckt. „Tatsächlich würde ich heute gerne ein Gespräch mit Emmett führen."

Damiens Körperhaltung versteifte sich. „Ich bin mir nicht sicher, ob das eine gute Idee ist."

„Warum nicht?"

Er hielt einen Finger hoch. „Zum einen wurden Sie bereits bedroht. Es könnte also gefährlich werden, wenn Sie weiter so offensiv nach Jareds Mörder suchen." Damien hob einen zweiten Finger. „Zum anderen, was ist, wenn Emmett der Mörder ist?"

„Ich werde ihn in seinem Büro aufsuchen, nicht an irgendeinem geheimen Ort in einer abgelegenen Gegend. Damit sollte ich sicher sein."

Damien schüttelte den Kopf. „Selbst wenn Emmett unschuldig ist, ist er niemand, mit dem man sich anlegen möchte."

„So wie Jared es tat?", fragte ich und hob eine Augenbraue.

„Und mein Vater. Ich weiß, ich habe behauptet, dass Dad irgendwann schon wieder auftauchen würde, aber offen gestanden, bin ich sehr besorgt. Er würde das Sanctuary nie im Stich lassen. Diese Leute sind seine Familie." Damien hob seine Kaffeetasse und kurz bevor seine Lippen den Tassenrand berührten, murmelte er: „Mehr als ich es je war."

„Sie glauben also, wie alle anderen im Sanctuary, dass Emmett etwas mit dem Verschwinden Ihres Vaters zu tun haben könnte?"

„Ja, das glaube ich."

„Ein Grund mehr, mich mit ihm zu unterhalten." Ich ließ mich nicht abschrecken. Irgendetwas sagte mir, dass es an der Zeit war, den Immobilienmakler, dessen Name in all dem immer wieder fiel, zu konfrontieren. „Wenn Sie es für ein gefährliches Unterfangen halten, wollen Sie mich dann als mein Leibwächter begleiten?"

„Das wäre die sicherere Variante, aber ich bezweifle, dass Sie Informationen aus ihm herausbekommen, wenn ich dabei bin. Mir gefällt der Gedanke, dass Sie sich mit Emmett anlegen, zwar nicht, aber ich werde Sie auch nicht daran hindern."

Mama hatte unser Gespräch schweigend verfolgt und den Donut in ihrer Hand für den Moment völlig vergessen. Schließlich sagte sie: „Bleib auf den belebten Straßen, stell Fragen, aber erhebe keine Anschuldigungen. Und melde dich bei mir, sobald du zurück bist."

Ich deutete einen Salut an. Offensichtlich hatte Mama bereits verstanden, wie stur ich sein konnte und sie wusste, dass es keinen Sinn hatte, mich umzustimmen. Das schätzte ich sehr.

Bald darauf ging Mama zurück in ihr Büro. Damien verstand das als Zeichen, ebenfalls aufzubrechen. Ich bedankte mich vielmals bei ihm, als er zur Tür hinausging. Ich hielt ihn immer noch für einen Idioten. Außerdem glaubte ich, dass er etwas mit dem Mord an Jared zu tun haben könnte – mein derzeitiges Motto lautete: Traue niemandem. Aber fest stand auch, dass ich ohne ihn letzte Nacht wohl kein Auge zugetan hätte.

Damien hatte mir erklärt, wo ich Emmetts Büro find-
en konnte. Ich war erfreut zu erfahren, dass es nur
einen Block vom Lusty Lunch Counter entfernt war. So
konnte ich mich im Anschluss mit einem Cheeseburger
belohnen.

Auf dem Weg zu Emmetts Büro blieb ich nicht nur auf
den belebtesten Straßen, sondern fuhr auch, anstatt zu
Fuß zu gehen. Es war herrlich, irgendwo anzukommen,
ohne einen Schweißfilm auf dem Gesicht zu haben. Und
definitiv fühlte ich mich sicherer.

Emmetts Büro war ein schlichter Raum mit Glas-
front in einem langen, flachen Gebäude aus Lehmziegel,
dessen Fassade blassrosa gestrichen war. An den
Schaufenstern des Büros klebten Ausdrucke von
Häusern und Grundstücken, die zum Verkauf standen
und die Sicht nach innen versperrten. Auf dem Schild
an der Tür stand *Geschlossen*, aber ich klopfte trotzdem
an. So schnell gab ich mich schließlich nicht geschlagen.

Als meine Fingerknöchel die Tür berührten, wackelte
sie leicht im Rahmen. Ich drückte mit der Handfläche
dagegen und sie öffnete sich. Ich fand es merkwürdig,
dass die Eingangstür außerhalb der Öffnungszeiten un-
verschlossen war und trat vorsichtig über die Schwelle.

Das Büro sah vollkommen gewöhnlich aus, aber es
war niemand hier. Ich ging auf den breiten Schreibtisch
im hinteren Teil des Büros zu und überlegte, ob ich Emmett eine Notiz mit der Bitte um Rückruf hinterlassen
sollte. Als ich näherkam, bemerkte ich, dass mittig auf
dem Schreibtisch ein Blatt Papier lag. Darauf war in
großen Buchstaben *Hör auf zu fragen* geschrieben.

Es war die exakt gleiche Handschrift wie die
des Warnhinweises, der unter meiner Tür hindurch

geschoben worden war.

KAPITEL 24

ICH VERFIEL IN EINE Schockstarre. Mein Blick fixierte das Stück Papier. Es war offensichtlich, dass derjenige, der mich bedroht hatte, auch diese Botschaft geschrieben hatte. Das ließ jedoch eine sehr wichtige Frage offen. Wurden Emmett und ich von der gleichen Person bedroht, oder war Emmett der Verfasser beider Nachrichten? Immerhin lag dieser Zettel hier auf seinem Schreibtisch. Schlagartig wurde mir die Möglichkeit bewusst, dass Emmett diesen Zettel in der Absicht vorbereitet haben könnte, ihn mir zeitnah unterzuschieben. Offenkundig hatte ich die Stadt noch nicht verlassen. War das also ein erneuter Versuch, mich davon abzuhalten, meine Nase weiter in fremde Angelegenheiten zu stecken?

Ich machte auf dem Absatz kehrt und sprintete zur Eingangstür. In der Sekunde, in der ich sie erreichte, öffnete sie sich von außen. Ich blieb stehen und erkannte Emmett, der nun direkt vor mir stand.

Emmett schreckte auf und presste eine Hand auf sein Herz. Seine Augen starrten mich entsetzt an. Mein Anblick schien ihn mehr aus der Fassung zu bringen als andersherum. Er stand im Türrahmen und atmete schwer. „Sie sind diejenige, die Jared tot aufgefunden hat."

Ich nickte, zu verängstigt, um auch nur ein Wort herauszubringen.

„Waren Sie es?", fragte er atemlos.

Mit dieser Anschuldigung fand ich meine Stimme wieder „Ob ich ... Jared umgebracht habe?"

„Nein. Haben Sie mir diese Nachricht hinterlassen?"

„Ich? Nein. Ich dachte, Sie hätten mir eine Nachricht gesendet."

„Sie haben auch eine erhalten?"

„Es war ein anderer Text, aber trotzdem eine Warnung. In der gleichen Handschrift."

Emmett blickte fix in beide Richtungen, spähte den Gehweg hinunter, bevor er mich wieder ansah. „Jemand hat mir das Papier vor ein paar Minuten unter meiner Tür durchgeschoben. Ich bin noch um den Block gelaufen, in der Hoffnung, den Verantwortlichen zu finden." Er war so aufgewühlt, dass ich ihm zu glauben begann.

„Lassen Sie uns darüber sprechen", schlug ich vor.

„Nicht hier", antwortete Emmett hastig. Er fuhr sich mit der Hand durch die Haare. „Irgendwo in der Öffentlichkeit, wo andere Leute sind."

„Wie wäre es dann mit einem frühen Mittagessen? Ich lade Sie ein." Ich konnte es mir nicht wirklich leisten, jemanden zum Mittagessen einzuladen, aber wenn ich auf diese Weise potenziell wertvolle Informationen aus Emmett herauslocken konnte, war es mir die Ausgabe allemal wert.

Emmett schloss sein Büro ab, dann begaben wir uns auf den kurzen Weg zum Lusty Lunch Counter. Ich winkte Ella zu, die hinter dem Tresen stand. Anstatt mich auf meinen üblichen Barhocker zu setzen, wählten

Emmett und ich einen Tisch in der hintersten Ecke des Diners. Es war noch zu früh für den Mittagsbetrieb. Unser Platz war weit genug von den anderen Gästen entfernt, sodass wir uns frei unterhalten konnten, ohne belauscht zu werden.

„Bei der Nachricht geht es also um Jared", sagte Emmett. Er zog ein weißes Stofftaschentuch aus seiner Tasche und wischte sich über die Stirn. „Ich habe gehört, dass Sie der Sache mit seinem Mord nachgehen. Wenn Sie einen ähnlichen Schrieb erhalten haben, ist das der einzige Schluss, der Sinn ergibt."

„Auf dem Blatt auf Ihrem Schreibtisch stand: *Hör auf zu fragen*. Ich schließe daraus, dass auch Sie Nachforschungen angestellt haben."

„Nein, habe ich nicht. Natürlich will ich wissen, wer Jared getötet hat. Wir waren nicht gerade befreundet, aber wir kannten uns seit Jahren und er war ein guter Kerl. Aber ich bin nicht herumgelaufen, um Fragen zu stellen oder zu ermitteln, wer es getan hat. Das überlasse ich gerne der Polizei."

Ich räusperte mich und merkte so höflich wie möglich an: „Aber Ihnen ist doch klar, dass Sie verdächtig wirken, oder?"

Emmett wischte sich erneut über die Stirn. In diesem Moment kam eine Bedienung zu uns herüber, um unsere Getränkebestellungen aufzunehmen. Emmett bat mit zittriger Stimme um einen Eistee. Als wir wieder allein waren, lehnte er sich über den Tisch und zischte: „Natürlich weiß ich das! In der Nacht, in der Jared gefunden wurde, kam ein Polizist zu mir nach Hause. Jemand gab der Polizei den Tipp, dass Jared und ich uns hier im Diner gestritten hatten."

Das war ich gewesen, behielt es Emmett gegenüber aber für mich. „Und was haben Sie der Polizei erzählt?"

„Was hätte ich ihnen erzählen sollen? Ich habe mir an Jareds Todestag allein ein Grundstück östlich der Stadt angesehen. Ich habe also kein Alibi, das mich entlastet. Gleichzeitig gibt es aber auch kein Indiz, das für meine Schuld spricht. Ich habe einen guten Ruf in dieser Stadt, also bin ich zuversichtlich, dass ich problemlos aus der Sache herauskomme."

Ich widerstand dem Drang, Emmett darauf aufmerksam zu machen, dass er weder besonders zuversichtlich aussah noch klang.

Ich rief mir in Erinnerung, was man über Emmett redete. Er schien als skrupelloser Immobilienmakler bekannt zu sein. Es sei klüger, ihm bei Geschäften nicht in die Quere zu kommen. Entweder log Emmett, was seinen Ruf betraf oder es gab Leute in Nightmare, die sich an seiner Geschäftspraktik nicht störten.

Ich dachte auch an Moris Schilderung, dass es in Nightmare Parallelgesellschaften gab. Die übernatürliche Gemeinschaft mochte Emmett als gefährlich empfinden, aber der Rest der Stadt möglicherweise nicht.

„Selbstverständlich", fuhr Emmett fort, als unsere Getränke vor uns standen, „wissen alle, dass Laurie Jared zum Verkauf der Ranch bewegen wollte. Ich hatte Jared beinahe überredet. Kurz nach unserem Streit hier im Diner habe ich mein Angebot noch einmal erhöht. Jetzt, da er tot ist, können Laurie und ich das Kaufgeschäft besiegeln. Und das, obwohl mir bewusst ist, dass mich das in den Augen einiger Leute nur noch verdächtiger aussehen lässt." Emmett hörte auf zu reden und trank das halbe Glas seines Eistees in nur einem Zug leer. Er stierte in sein Glas, während er nachdenklich sagte: „Vielleicht war sie es."

„Den Gedanken habe ich auch schon verfolgt. Laurie wusste, dass die Ranch in finanziellen Schwierigkeiten steckt und wollte, dass Jared dem Verkauf zustimmt. Es ist durchaus möglich, dass sie ihren eigenen Mann umgebracht hat." Ich sprach leise, um zu vermeiden, dass jemand hörte, wie ich so unverhohlen über Laurie sprach. Während ich die These von Lauries Schuld darlegte, behielt ich im Hinterkopf, dass ebenso gut Emmett der Täter sein könnte. Vielleicht hat er die Notiz selbst verfasst und auf seinem Schreibtisch drapiert, nur um sich als unschuldiges Opfer zu inszenieren. Seine Nervosität schien echt zu sein, aber das konnte daran liegen, dass ich der Wahrheit immer näherkam.

Mein Cheeseburger wurde serviert, doch ich rührte ihn kaum an. Ich war viel zu nervös, um zu essen. Emmett hingegen verschlang sein Roastbeef-Sandwich, als hätte er seit Tagen nichts mehr gegessen.

Als wir mit dem Essen fertig waren, zahlte ich und stand auf, um zu gehen. Ich wollte mich gerade bei Emmett für seine Zeit bedanken, als er sagte: „Wenn Sie mit mir zurück ins Büro kommen, würde ich Ihnen gerne noch etwas zeigen."

Damit hatte er meine volle Aufmerksamkeit. Wenn es weitere Beweise gab, warum hatte Emmett das dann noch nicht erwähnt? Würde ich in eine Falle tappen, wenn ich ihm in sein Büro folgte? Wohl oder übel siegten meine Neugier und Entschlossenheit, diesen Mord aufzuklären über die Warnsignale, die mein Gehirn aussandte. Ich willigte ein und wir gingen zurück in sein

Büro. Ich behielt Emmett im Auge und schob meine Hand langsam in meine Handtasche, um die Schlüssel für den Cadillac herauszuziehen. Nicht um zu fliehen, sondern um mich zu verteidigen. Der Schlüsselbund war von allem, was ich bei mir trug, das, was einer Waffe am nächsten kam.

Emmett schloss die Bürotür auf und winkte mich herein. Ich hielt inne. „Nein, gehen Sie zuerst. Ich folge Ihnen", bat ich. Er zuckte nur mit den Schultern und gehorchte. Als wir drinnen waren, lehnte ich mit dem Rücken gegen die Tür. Ich wollte mir einen möglichst kurzen Fluchtweg freihalten.

„Einen Moment", sagte Emmett. Er schien meine vorsichtige Haltung gar nicht zu bemerken.

Emmett kramte in der untersten Schublade eines Aktenschranks herum, bevor er sich mir wieder zuwandte. Er brummte ein überraschtes *Oh*, als er sah, dass ich noch immer bei der Tür stand. Er machte einen Schritt auf mich zu und reichte mir eine Hängemappe aus braunem Manilakarton.

Ich steckte den Autoschlüssel in die Tasche meiner Shorts und nahm die Mappe entgegen. Darin befanden sich vier Luftaufnahmen einer Hügellandschaft. Ich blätterte sie schnell durch, aber nichts daran schien ein Hinweis auf einen Mord zu sein. „Was ist das?", fragte ich.

„Das sind Satellitenbilder von der Barker Ranch", erklärte Emmett. Er zeigte auf einen dunklen Fleck auf dem Foto, das ganz oben lag. „Sehen Sie das? Das ist der Eingang zu einem Minenschacht."

„Was hat das mit dem Mord an Jared zu tun?"

„Nightmare ist nur wegen der Kupfermine entstanden. Das letzte Erz wurde dort bereits vor vielen Jahren abgebaut, aber es gibt noch Dutzende kleinerer Minen in dieser Gegend. Einige davon dienten nur der Entnahme von Erdproben und wiesen keine vielversprechenden Anzeichen von Bodenschätzen auf. Andere wiederum bestehen aus einer ganzen Reihe Stollen, in denen eine beachtliche Menge an Kupfer zutage gefördert wurde."

„Sicherlich gibt es dort nun nichts mehr zu bergen", mutmaßte ich.

„Es mag sein, dass es keine weiteren Kupfervorkommen gibt, aber die Minen hier können trotzdem wertvoll sein. Kristalle, Mineralien, sogar Gold."

„Wusste Jared, dass sich eine Mine auf seinem Grundstück befindet?"

Emmett zuckte mit den Schultern. „Ja, aber er erklärte mir, dass er darin keinen Wert sieht. Sie befindet sich an einem schwer zugänglichen Ort, also hatte er sie ausgeblendet."

„Warum hat er sich dann die Mühe gemacht, Ihnen davon zu berichten?", fragte ich.

Ohne eine Spur von Verlegenheit oder Scham antwortete Emmett: „Hat er ja gar nicht. Die Barker Ranch liegt auf einem wertvollen Fleckchen Erde, allein schon wegen der Aussicht. Ich habe angefangen, mir Satellitenbilder anzuschauen, um zu sehen, wie luxuriöse Ferienhütten auf dem Land arrangiert werden könnten. Dabei habe ich diese Mine entdeckt. In unserer Gegend ist es keine Überraschung, eine alte Mine zu finden. Als ich Jared danach fragte, sagte er, er wisse, dass sie existiere, aber er habe sich nie darum bemüht, sie aufzusuchen."

„Ich ahne, es folgt noch ein ‚aber‘.“

„Sehen Sie sich die restlichen Fotos genauer an.“

Ich folgte Emmetts Aufforderung, konnte aber beim besten Willen keinen Unterschied zum ersten Foto erkennen, außer dass ein Bild grüner war als die anderen und eindeutig während einer regenreicheren Jahreszeit aufgenommen worden war.

Ich starrte weiterhin ausdruckslos auf die Fotos, da tippte Emmett auf das zweite Bild. „Sehen Sie sich die Gegend um die Mine an.“

Ich blinzelte. Es war winzig, aber ich konnte erkennen, dass nicht weit von der Mine entfernt ein Auto geparkt war. Ich blätterte zum dritten und vierten Foto. Auf beiden war das gleiche Fahrzeug zu sehen. Ich schnappte nach Luft. „Jemand hat die Mine besucht.“

„Ganz genau. Ich weiß nicht, wer, und ich weiß nicht, zu welchem Zweck, aber anscheinend gibt es etwas Wertvolles in dieser Mine.“

Ich blickte von dem Foto, das ich gerade studierte, auf. „Sie wollten die Barker Ranch nicht kaufen, um darauf Luxuskabinen zu errichten, oder? Und ich nehme an, Sie haben Jared nie von Ihrem Verdacht bezüglich des Wertes der Mine erzählt.“

„Sie können sich ja denken, warum ich diese Informationen nicht an die Polizei weitergegeben habe. Es würde mich schlecht aussehen lassen.“

„Warum erzählen Sie mir das dann? Ich könnte einfach zur Polizei gehen und ihnen einen Hinweis geben.“

Emmetts Mund verzog sich. „Ich vertraue darauf, dass Sie das nicht tun. Wenn Sie Drohbriefe unter Ihrer Tür finden, dann sind Sie der Wahrheit schon sehr nahegekommen. Ich hoffe, dass Ihnen diese Information hilft."

„Danke. Eine Frage habe ich aber noch. Wenn ein Auto so nahe an der Mine parkt, dann wird es ja wohl eine Straße dorthin geben. Man kann sogar sehen, dass das Auto am Ende eines Weges, einer Art Feldweg, steht. Warum haben Sie sich nicht selbst auf den Weg begeben, die Mine zu erkunden?"

„Das habe ich versucht, doch ich habe nicht herausfinden können, wo die Straße beginnt. Die Zufahrt muss durch einen Hügel oder Pflanzen oder ähnliches verborgen sein. Und der Versuch, sich zu Fuß durch die Vegetation zu schlagen, ist praktisch unmöglich. Der steile Hang um die Mine herum und die vielen Kakteen bilden eine große natürliche Barriere."

„Ein Jammer, dass auf diesem Foto nicht mehr Details zu erkennen sind. Das Auto scheint eine dunkle Farbe zu haben, aber das ist auch schon alles, was ich ausmachen kann. Trotzdem könnte das, wie Sie schon sagten, eine nützliche Information sein. Danke, Emmett."

„Viel Erfolg."

Ich verabschiedete mich von Emmett, wobei mein Blick auf die Wand hinter seinen Schreibtisch fiel. Dort hing ein Kalender. Scheinbar hatte Emmett für kommenden Montag ein Treffen angesetzt. In roter Tinte hatte er geschrieben: *Damien, 14:00.*

KAPITEL 25

MEIN GEHIRN GING ALLE neuen Informationen durch, als ich aus Emmetts Büro heraustrat. Nicht nur, dass ich über diese geheime Mine grübelte, jetzt musste ich mich auch noch darum sorgen, ob Damien das Sanctuary tatsächlich an Emmett verkaufen würde.

Alle angenehmen Dinge, die ich Damien jüngst zugutehielt – dass er als Teenager Zach verteidigt hatte, dass er die ganze Nacht pflichtbewusst auf mich Acht gab – wurden von seinem scheinbaren Eifer überschattet, das Leben aller Mitarbeitenden des Spukhauses ruinieren zu wollen. Ich ertappte mich dabei, wie ich leise vor mich hinmurmelte, während ich die kurze Fahrt zurück zum Motel antrat.

Ich hielt mein Versprechen und stoppte am Büro, um mich bei Mama zurückzumelden. Ich erzählte ihr nichts von der Mine oder Emmetts Drohbrief. Dafür versicherte ich ihr aber, dass wir uns zivilisiert und in aller Öffentlichkeit unterhalten hatten.

„Gut. Ich bin froh, dass du vorsichtig vorgehst. Wir haben dich gerade erst kennengelernt, Olivia. Wir wollen dich nicht so schnell wieder verlieren." Mama lächelte. „Ich bin sicher, Damien würde gerne noch einmal den Helden für dich spielen."

„Ja, ganz bestimmt", erwiderte ich spöttisch. Nach dem, was ich in Emmetts Kalender erspäht hatte, rangierte Damien wieder ganz weit oben auf meiner Liste der Verdächtigen. Eine Leiche im Sanctuary zu finden, wäre der perfekte Vorwand für ihn, das Anwesen zu verkaufen, das Geld dafür einzukassieren und sich dann so weit wie möglich von Nightmare abzusetzen.

„Auf Nimmerwiedersehen", sprach ich laut aus.

„Bitte was?", fragte Mama.

„Ach, nichts. Ich ... denke bloß laut."

„Bevor du gehst, nimm das." Mama holte ein kleines Klapphandy hervor und hielt es mir hin. „Es ist von Lucy. Sie hat es hier vergessen. Du brauchst es im Moment dringender als sie. Meine Nummer steht da drin und auch die von Damien habe ich eingespeichert. Aber wenn die Lage wirklich brenzlig wird, rufst du die Polizei."

„Das werde ich. Danke, dass du dich so gut um mich kümmerst, Mama."

Mama schnalzte mit der Zunge, aber sie lächelte. „Irgendjemand muss es ja tun."

Zurück in meinem Apartment setzte ich mich prompt mit einem Stift und dem Warnbrief an den Tisch. Ich drehte das Stück Papier um, damit ich auf der Rückseite schreiben konnte. Ich fertigte eine Liste mit Namen der Leute an, die ich noch verdächtigte. Dabei war es gleichgültig, wie unwahrscheinlich sie erscheinen mochten: Damien, Laurie und Emmett standen auf der Seite der nicht-übernatürlichen Verdächtigen. Zach und Mori standen auf der Seite der Sanctuary-Verdächtigen.

Von allen, vermutete ich, dass Damien und Laurie am ehesten von der Mine wissen könnten. Mit Damien wollte ich mich im Moment nicht befassen. Ich war zu wütend auf ihn. Würde ich ihn jetzt zur Rede stellen, würde ich vermutlich mehr schreien als sachliche Fragen zu stellen. Damit blieb nur Laurie.

Die Fahrt zur Barker Ranch dauerte gefühlt eine Ewigkeit, so versessen war ich darauf, Antworten zu erhalten. Endlich kam ich an und hielt direkt vor dem Wohnhaus. Ich stieg aus und klingelte an der Tür, aber nichts geschah. Ich klingelte erneut und klopfte ein paar Mal, aber es tat sich noch immer nichts.

Es stand ein Auto in der Einfahrt, also musste Laurie zu Hause sein. Die logisch denkende Hälfte meines Gehirns sagte mir, dass sie vermutlich gerade duschte oder ein Nickerchen hielt. Gleichzeitig war ich besorgt, dass ihr etwas Schlimmes zugestoßen war. Ich drehte eine schnelle Runde um das Haus, in der Hoffnung, sie auf der Veranda oder bei der Arbeit im Blumenbeet zu sehen, aber auch dort traf ich sie nicht an.

Ich spürte Panik in mir aufsteigen. Wieder im Vorgarten angelangt, drehte ich mich prüfend einmal um die eigene Achse. Der einzige andere Ort, an dem Laurie sein konnte, war die Scheune, also eilte ich in diese Richtung. Als ich mich dem Scheunentor näherte, rannte ich schon.

Ich riss das Holztor auf. Die rostigen Scharniere quietschten laut. Wenn Laurie hier drinnen war, würde sie nun mit Sicherheit wissen, dass sie Besuch hatte.

Aber Laurie war nicht hier. Die Scheune war leer. Ich schaute sogar hinter einem rostigen, alten Traktor und einem Stapel Lagerkisten nach, sollte sie sich hier verkrochen haben. Aber ich war tatsächlich ganz allein.

Meine schnelle Suche war abgeschlossen. Ich stand

in der Mitte der Scheune und überlegte, wo ich noch suchen könnte. Mein Gefühl sagte mir, dass ihr etwas Übles zugestoßen war und ich mich beeilen musste. Während ich grübelte, starrte ich auf die Wand vor mir und konnte zunächst nicht wirklich erkennen, was ich dort sah. Allmählich realisierte ich, dass ich auf eine Reihe von Bodenbelüftern blickte, die an Eisenhaken an der Wand hingen. Jeder von ihnen war am unteren Ende mit fünf scharfen Metallzinken ausgestattet, mit denen man die harte Erde von Arizona bearbeiten konnte.

Die Zinken sahen Tierklauen erschreckend ähnlich. Einer der Haken war leer.

Zach hatte Jared nicht getötet. Jemand ohne übernatürliche Fähigkeiten hatte ihn umgebracht und dem Leichnam mit Hilfe der Gartenkralle Kratzspuren zugefügt. Ich wusste instinktiv, dass ich Recht hatte.

Vielleicht war Laurie nicht verschwunden, weil jemand hinter ihr her war. Vielleicht war sie untergetaucht, weil sie die Schuldige war.

Aber es gab eine Person, die als Täter noch wahrscheinlicher war als Laurie. Ich hätte es sofort erkennen müssen, als ich die Luftaufnahmen sah. Zu sehr hatte ich mich von den vermeintlichen Krallenspuren auf Jareds Körper in die Irre führen lassen. Ich hatte in der letzten Woche versucht, ein Puzzle in meinem Kopf zusammenzusetzen. Jetzt, da mir einleuchtete, dass die Krallenspuren nur vorgetäuscht waren, fügten sich die Teile endlich zu einem Gesamtbild zusammen.

Und sollte ich richtig liegen, war Laurie wirklich in Gefahr. Ich betete, dass es nicht zu spät für sie war, als ich aus der Scheune sprintete.

Ich bog um die Ecke der Scheune und duckte mich sofort wieder. Ein schwarzes Auto rollte die unbefestigte Zufahrt entlang. Es kam aus der Richtung des Hauses.

Nein, stellte ich fest. Lauries rotes Auto war das einzige, das am Haus geparkt war. Dieser Wagen kam geradewegs vom versteckten Weg, der zur Mine führte. Es musste so sein, denn wie sonst wäre er mir auf meiner Runde um das Haus völlig verborgen geblieben?

Ich spähte um die Ecke der Scheune, als das Auto näherkam. Es musste dasselbe Auto sein, das ich auf den Luftaufnahmen gesehen hatte. Überhaupt war es mir nicht unbekannt, denn ich hatte es bereits einige Male gesehen.

Ich drehte mich weg, drückte mich mit dem Rücken gegen die Scheune und lauschte dem Geräusch der Autoreifen auf dem Feldweg. Ich wartete ängstlich darauf, dass das Auto vorbeifuhr. Mein Herz überschlug sich förmlich, als das Geräusch plötzlich verstummte.

Dann hörte ich, wie sich eine Autotür öffnete und wieder schloss, gefolgt von dem dumpfen Aufprall von jemandem, der über den Zaun sprang. Luke Dawes, der Mann, der Jared Barker umgebracht hatte, kam direkt auf mich zu. Luke musste mein Auto am Haus gesehen und erkannt haben, dass ich hier herumschnüffelte. Ich war mir fast sicher, dass er nun nach mir suchte.

Hatte er mich gesehen? Mir blieb nichts anderes übrig, als zurück in die Scheune zu schleichen. Ich bewegte mich so leise wie möglich, aber es gab keine Chance, die rostigen Türscharniere am Quietschen zu hindern. Ich schlüpfte hinein, ließ die Tür einen Spalt offen und zwängte mich hinter den Traktor. Schmutz und alter Heustaub wirbelten auf, als ich in die Hocke ging. Ich kniff mir die Nase zu, um nicht niesen zu müssen.

Ich holte Lucys Handy aus meiner Tasche. Luke würde mich hören, wenn ich die Polizei rief. Stattdessen schrieb ich sowohl Mama als auch Damien eine SMS. Ich hielt die Nachricht kurz und teilte ihnen mit, dass ich auf der Barker Ranch in Gefahr sei und sie die Polizei verständigen sollten. Ich hoffte, einer von ihnen würde die Nachricht noch rechtzeitig lesen.

Ich machte mir Vorwürfe, die Wahrheit nicht früher erkannt zu haben. Luke war neben Jared und Laurie die einzige Person, die unbeschränkten Zugang zur Barker Ranch hatte. Luke war nicht nur nachts für seine UFO-Beobachtungspartys dort, sondern auch tagsüber, um seine Mondblumen zu pflegen. Unweigerlich fragte ich mich, ob er überhaupt an UFOs glaubte, oder ob das Ganze nur ein Schauspiel war, um sich unbehelligt auf dem Grundstück zu bewegen.

Am Freitagabend hatte ich während der UFO-Beobachtung direkt neben Luke gesessen und mich zu meiner anderen Seite mit Zach über den Mordfall unterhalten. Zwar sprachen wir leise, doch wäre es für Luke ein Leichtes gewesen, uns zu belauschen. Mein Interesse daran, Jareds Mörder zu finden, hatte Luke wahrscheinlich aufhorchen lassen. Also ließ er mir mit dem Zettel unter meiner Tür eine Warnung zukommen.

Sogar die Notiz, die Emmett gefunden hatte, ergab jetzt Sinn. *Hör auf zu fragen* bezog sich nicht auf Nachforschungen zu Jareds Mord. Vielmehr bezweckte Luke, Emmett davon abzuhalten, am Kauf der Barker Ranch festzuhalten. Würde das Gelände erschlossen, hätte Luke den Zugriff auf die Mine und dessen identifizierten Wert verloren.

Ich hockte so lange hinter dem Traktor, dass meine Knie zu rebellieren begannen. Vielleicht, so redete ich mir ein, war Luke zu seinem Auto umgekehrt. Oder, so argumentierte mein Verstand, er stand vor der Scheune und wartete darauf, mich auf meinem Weg nach draußen abzufangen.

Ich schätze, er hatte das Warten satt, denn gerade als ich aufstehen wollte, um meine Beine durchzustrecken, ächzte das Scheunentor. Ich hörte leise Schritte. Mein Atem dröhnte in meinen Ohren, aber nicht laut genug, um das sachte Kratzen und das metallische *Kling*-Geräusch zu übertönen. Luke hatte eine der Gartenkrallen von der Wand genommen.

Lukes Schritte klangen leise durch die Scheune. Sie wurden lauter, als er sich meinem Versteck näherte. Ich hielt den Atem an und hoffte, dass er nicht hinter dem Traktor nachsehen würde. Ich hörte ein gedämpftes Lachen, dann sagte Luke: „Ich weiß, dass du da hinten bist, Olivia."

Völlig in der Falle kam ich aus meinem Versteck auf. Den Traktor behielt ich als Abstand zwischen Luke und mir. Er hielt den Bodenbelüfter locker in der Hand, aber sein irrer Blick und das grimmige Lächeln verrieten mir, dass er durchaus die Absicht hatte, das Teil gegen mich einzusetzen.

Weglaufen wäre zwecklos. Luke würde mich attackieren, lange bevor ich es zum Scheunentor geschafft hätte. Stattdessen versuchte ich, ihn abzulenken. „Woher wusstest du das mit Zach?", fragte ich.

Mein Plan ging auf, zumindest für ein paar Sekunden. Luke hielt inne und warf mir einen verwirrten Blick zu.

„Woher wusste ich was?"

„Der Bodenbelüfter", antwortete ich und deutete mit dem Kinn auf das Gerät in Lukes Händen. „Du hast ihn an Jared so eingesetzt, dass es so aussah, als stammen die Verletzungen von Krallen."

„Was hat das mit Zach zu tun?"

„Erst hast du Jared umgebracht und es dann so aussehen lassen, als wäre er von einem Wesen mit Klauen angegriffen worden. Anschließend hast du die Leiche vor dem Sanctuary abgelegt", warf ich ihm vor. „Du wolltest Zach dein Verbrechen in die Schuhe schieben."

„Ich habe ihm die Kratzspuren beigefügt, damit es so aussieht, als ob Jared von demselben Ding angegriffen worden ist, das auch seine Kühe erledigt hat. Die hatten nämlich alle Krallenspuren auf ihren Leibern. Natürlich konnte ihm nicht sein ganzes Blut aus dem Körper ziehen, aber ich nahm an, irgendwer würde die Parallele schon erkennen."

Ich war so überrascht, dass ich für einen Moment meine Angst vergaß. Luke hatte also versucht, dem Chupacabra das Verbrechen anzuhängen und dabei versehentlich Zach schuldig aussehen lassen. „Warum hast du dann Jareds Leiche am Sanctuary zurückgelassen?", wunderte ich mich.

„Ich wusste, die Polizei würde mit der Erklärung, Jared sei von einem mysteriösen Tier getötet worden, das noch nie jemand zu Gesicht bekommen hatte, nicht zufrieden sein. Stattdessen konnten sie sich so einen der Sonderlinge im Sanctuary aussuchen. Genug geredet. Kommen wir zu wichtigeren Dingen."

Luke begann, sich auf die Vorderseite des Traktors zuzubewegen. Mir fiel ein, dass es in der Scheune eine

Seitentür gab, die sich hinter mir befand. Durch diese hätte ich eine bessere Chance zu flüchten als durch das große Tor auf der Vorderseite. Es kostete mich all meinen Mut, Luke den Rücken zuzukehren, aber ich tat es und rannte so schnell ich konnte zur Seitentür. Zum Glück war sie nicht verschlossen. Ich stürzte durch sie hinaus.

Ich warf einen Blick über die Schulter, als ich mich im Laufschritt der Zufahrt näherte. Luke war fast in greifbarer Nähe. Mir blieb nichts anderes übrig als weiter zu rennen. Ich kletterte über den niedrigen Holzzaun, dann fing ich an zu lachen. Ein Polizeiauto kam die Auffahrt herauf, direkt auf mich zu. Ich winkte mit den Armen und steuerte auf das Auto zu, das gerade zum Stehen kam.

Luke ließ den Bodenbelüfter fallen und rannte zurück zur Scheune, als zwei Polizisten aus dem Auto sprangen. Nun, da ich mich in Sicherheit wog, folgte ich dem Spektakel als Zuschauerin. Kurze Zeit später war Luke in Handschellen.

Das Geräusch weiterer heranschnellender Autos veranlasste mich, mich umzudrehen. Ein Minivan und ein SUV kamen hinter dem Polizeifahrzeug zum Stehen. Erst stiegen nur mir unbekannte Personen aus den Fahrzeugen. Dann entdeckte ich Laurie, die sich von der Beifahrerseite des Minivans erhob.

Erleichterung durchströmte mich, auch wenn ich den Kopf über meine völlig übertriebene Angst um Lauries Wohlergehen schütteln musste. Ich hatte völlig vergessen, dass ihre Familie wegen Jareds Beerdigung in der Stadt war. Offenbar waren sie alle ausgegangen, wahrscheinlich zum Mittagessen, und hatten Lauries

Auto einfach am Haus stehen lassen.

Laurie rannte mit großen Augen auf mich zu. „Wird da gerade etwa Luke verhaftet?", fragte sie ungläubig.

Zu diesem Zeitpunkt hatten Luke und die Beamten den Streifenwagen schon fast erreicht. Luke versuchte, auf Laurie und mich zuzuhechten, doch die Polizeibeamten packten ihn fest an den Armen.

Luke begann, Laurie anzuschreien, wobei er Spucke spie. „Du hättest es sein sollen! Ich dachte, du wärest an diesem Tag in die Scheune gegangen! Wenn ich dich losgeworden wäre, hätte ich Jared locker überreden können, das Land zu behalten!"

KAPITEL 26

BEVOR ICH ZUR POLIZEIWACHE fuhr, um meine Aussage aufnehmen zu lassen, schaute ich auf mein Handy. Mama und Damien hatten mir beide zurückgeschrieben, dass die Polizei auf dem Weg zu mir ist. Auf diese Nachrichten folgten drei weitere von Mama, in denen sie mich fragte, ob es mir gut ginge. Ich antwortete, bedankte mich bei beiden für die Lebensrettung und versprach, ihnen bald die ganze Geschichte in Ruhe zu erzählen.

Laurie erlitt einen hysterischen Nervenzusammenbruch, nachdem sie erfahren hatte, dass sie das Opfer hätte sein sollen. Es war eine glückliche Fügung, dass sie jetzt ihre Familie zur Unterstützung an ihrer Seite hatte. Als ich sie auf dem Polizeirevier wiedertraf, hatte sie sich bereits merklich beruhigt.

Mir ging durch den Kopf, dass aus dieser ganzen Angelegenheit nur ein Gewinner hervorging: Emmett. Er würde die Ranch nun vermutlich ohne Probleme kaufen können.

Nachdem ich der Polizei alles Geschehene geschildert hatte, kam Officer Reyes, mit dem ich in der vergangenen Woche bereits zweimal Kontakt hatte, herein und setzte sich mir gegenüber. Da ich mich in einem Büro befand, fühlte es sich wie ein lockeres Gespräch und nicht wie ein Verhör an.

„Silber", sagte er. „Das hat Mr. Dawes in der Mine gefunden. Jared hatte ihm erzählt, dass es irgendwo auf der Ranch eine Mine gab. Dawes hat nicht eher geruht, bis er sie aufgespürt hatte. Das Silbervorkommen war zu marginal, um die Mine kommerziell zu betreiben, doch für nur eine Person stellte der Fund ein beträchtliches Zusatzeinkommen dar. Er baute immer nur eine geringe Menge ab und malte sich aus, die Mine über Jahre hinweg als seine persönliche Bank nutzen zu können."

„Luke hat Jared also des Geldes wegen umgebracht", stellte ich unumwunden fest.

„Das kommt häufiger vor, als Sie vielleicht denken." Der Beamte erhob sich und reichte mir die Hand. „Danke, Ms. Kendrick. Ohne Ihren Eingriff in die Ermittlungen wäre Jareds Mörder noch immer auf freiem Fuß."

Ich ignorierte den Part mit dem „Eingriff" und schüttelte dem Polizisten freundschaftlich die Hand.

Als ich wieder im Motel ankam, ging ich zur Rezeption und wurde von Mama fast umgerissen, aber in ihrer heftigen Umarmung auch gleich wieder aufgefangen. Ich erzählte ihr in aller Ausführlichkeit, was ich erlebt hatte. Sie begleitete meine Erzählung mit etlichen *Wie schrecklich-* und *So eine Schande*-Kommentaren sowie einer Auswahl passender Schimpfwörter.

Nachdem ich meinen Bericht beendet hatte, warf Mama mir einen prüfenden Blick zu. „Nick sagt, dein Auto ist fertig. Und den Mord hast du auch aufgeklärt. Wie geht es nun weiter für dich?"

Ich öffnete den Mund, bevor mir klar wurde, dass ich

die Antwort auf ihre Frage nicht kannte. Tatsächlich gab es nur eine ehrliche Antwort, die ich geben konnte. „Ich werde heute Abend zur Arbeit gehen und mich dabei absolut sicher fühlen."

Und genau das tat ich. Ich lief an diesem Abend zu Fuß zum Sanctuary, anstatt das Auto zu nutzen. Zuvor hatte ich heiß geduscht, ein langes Nickerchen gehalten und fühlte mich erfrischt. Gleichzeitig spürte ich Nervosität in mir aufsteigen. Ich wusste nicht, wie ich nun handeln wollte. Mein Plan hatte vorgesehen, aufzubrechen, sobald der Mord an Jared aufgeklärt war und ich das Geld für die Autoreparatur zusammen hatte. Das würde bedeuten, dass ich noch knapp eine Woche in Nightmare verweilen würde. Im Moment war ich mir allerdings nicht sicher, ob ich überhaupt noch nach San Diego wollte. Mein einziger Wunsch, als ich Nashville verlassen hatte, war es, ein neues Leben zu beginnen. Mich beschlich das Gefühl, dass ich genau das in Nightmare bereits tat.

Als ich den Hügel entlang der Straße, die zum Sanctuary führte, erklomm und das alte Krankenhausgebäude vor mir sah, empfand ich tatsächlich so etwas wie Zufriedenheit. Wofür auch immer ich mich entscheiden würde, ich nahm mir vor, den heutigen Abend zu genießen. Ich würde so gruselig und gastfreundlich sein, wie ich nur konnte.

Als ich an der Kasse vorbeikam, flog die Tür auf, und ich sah eine verschwommene Bewegung. Zach warf seine Arme um mich. „Wir haben gehört, was passiert ist", sagte er. „Danke."

Ich erwiderte die Umarmung, obwohl ich über diese Zuneigungsbekundung vom Griesgram höchstpersönlich ziemlich verblüfft war. Die Ergreifung von Jareds tatsächlichem Mörder hatte dazu geführt, dass Zachs Name nun wieder reingewaschen war. Ich konnte also schon nachvollziehen, dass ihn das in eine selten gute Stimmung versetzte.

Als Zach mich losließ, ließ er mich wissen: „Du wirst in Damiens Büro erwartet. Er und ich hatten vorhin ein langes Gespräch."

„Gut", sagte ich aufrichtig.

Ich hatte ein wenig Bammel, als ich den Flur hinunter zu Damiens Büro ging. Die Tür stand offen, also klopfte ich gegen den Türrahmen. „Sie wollten mich sprechen?", fragte ich.

Damien blickte von den Dokumenten auf, in denen er geblättert hatte und stieß einen Seufzer aus. „Du bist wohlauf."

Ich deutete auf mich. „Offensichtlich."

„Ich wollte mich persönlich davon überzeugen, obwohl du mir bereits geschrieben hattest, dass es dir gut geht." Damien lehnte sich in seinem Stuhl zurück. „Glückwunsch. Du hast nicht nur einen Mörder geschnappt, sondern auch im Alleingang das Nightmare Sanctuary gerettet. Wieder einmal ist dein Wunsch in Erfüllung gegangen. Das Spukhaus bleibt in Betrieb."

Ich ließ mich in einen Stuhl fallen und nahm das Du mit meiner Antwort an. „Ich bin erleichtert, dass du das Sanctuary nicht schließen wirst. Aber das ist nicht dieser Beschwörungsmagie zu verdanken, von der du glaubst, dass ich sie beherrsche. Nun ist klar, dass niemand aus dem Sanctuary Jared getötet hat, sondern es Luke Dawes war. Damit fehlt dir eine Rechtfertigung, den Betrieb einzustellen."

„Wenn ich den Laden dichtmachen wollte, würde ich es einfach tun. Ich bräuchte keine Rechtfertigung", brummte Damien. *Aha, da haben wir es wieder,* dachte ich. *Bei aller Sorge um mich ist er immer noch ein Idiot.* „Trotzdem habe ich beschlossen, das Haus noch nicht aufzugeben."

„Das weiß ich zu schätzen. Das tun wir alle. Aber ich weiß auch, dass du morgen ein Treffen mit Emmett hast."

Damien schürzte die Lippen. „Das ist meine Sache und geht dich nichts an. Und das meine ich wörtlich. Wenn ich in der Stadt bleibe, muss ich irgendwo wohnen. Emmett kann mir dabei helfen, eine Wohnung zu finden. Weißt du, außerdem", Damien senkte seine Stimme, „glaube ich, dass Emmett etwas mit dem Verschwinden meines Vaters zu tun haben könnte. Ich möchte etwas Zeit mit ihm verbringen und ihm vielleicht ein paar Fragen stellen. Einfach um ein Gefühl dafür zu bekommen, was er weiß oder was er möglicherweise getan haben könnte."

„Da ist unsere Heldin." Es war Moris Stimme. Ich drehte mich um und sah sie mit einem breiten Grinsen in der Tür stehen. „Ich bin gerade aufgewacht und habe von dem Knüller erfahren. Ich schätze, ich muss mich bei Zach entschuldigen. Aber zuerst wollte ich mich bei dir bedanken, Olivia." Felipe schlängelte sich an Mori vorbei, krabbelte auf meinen Schoß und schmiegte sich an meinen Arm.

„Gern geschehen", antwortete ich.

„Weißt du, warum Justine dich aufgefordert hat, als Gast durch das Spukhaus zu laufen, bevor du deinen Job hier angefangen hast?"

„Ich hatte angenommen, dass es eine Art alberne Schikane war. Wenn ich eure Versuche, mich zu Tode zu erschrecken, überlebte, könnte ich hier arbeiten."

Mori lachte. „Habe ich dir Angst eingejagt? Ups. Eigentlich war Justine nicht sicher, was sie von dir halten sollte. Sie wollte auch unsere Eindrücke einholen, vor allem von denen, die übersinnliche Fähigkeiten besitzen. Die Hexen waren sich einig, dass du eine sehr gute Energie ausstrahlst."

Meine Tour durch das Spukhaus war also keine Schikane gewesen, sondern ein einziges, langes Vorstellungsgespräch. Ich zwinkerte Mori zu. „Ich bin froh, dass ich den Test bestanden habe."

„Was wirst du nun tun?", fragte Damien.

Ich drehte mich wieder zu ihm um. „Mein Auto ist repariert. Jetzt muss ich nur noch die Reparaturrechnung begleichen."

„Und dann?"

„Das hat mich Mama auch schon gefragt. Ehrlich gesagt bin ich mir nicht sicher."

„Du gehörst hierher", warf Mori ein. „Das sehen wir doch alle."

Ich lächelte und kraulte Felipe hinter dem Ohr. „Vielleicht bleibe ich noch ein paar Wochen hier. So übel ist Nightmare ja gar nicht."

NÄCHSTER TEIL DER SERIE

Wie geht es für Olivia und die Bewohner von Nightmare, Arizona, weiter?

Ertrunken im Diner

Band 2 der paranormalen Cosy-Krimiserie Nightmare, Arizona

Sterben, Spannung und schmutziges Geschirr in Nightmare, Arizona.

Ihr Auto ist zwar repariert, aber das bedeutet nicht, dass Olivia Kendrick die Stadt Nightmare, Arizona, so schnell verlässt. Während sie sich in ihren neuen Arbeitsalltag im Nightmare Sanctuary Haunted House einfindet, brennt Olivia weiterhin die Frage unter den Nägeln, was Damien Shackleford wirklich ist – außer attraktiv, geheimnisvoll und ein völliger Mistkerl.

Als der neue Tellerwäscher des Lusty Lunch Counter ertrunken in einem Spülbecken voller schmutzigem Geschirr gefunden wird, gerät Olivias Freundin Ella unter Hauptverdacht. Immerhin hatte das Opfer ihr nachgestellt. Gleichzeitig führt die Ankunft eines mysteriösen Fremden zu einer erstaunlichen Erkenntnis über die gewalttätige Vergangenheit des Lokalinhabers.

Olivia ruft die übernatürliche Crew des Nightmare Sanctuary zur Hilfe, um die Wahrheit aufzudecken und den Namen ihrer Freundin reinzuwaschen.

Zur gleichen Zeit beginnt Olivia, eine Phantomstimme aus einer verlassenen Mine am Rande von Nightmare zu hören, die mit dem Verschwinden von Damiens Vater zusammenzuhängen scheint. Sind das Olivias eigene, übersinnliche Kräfte, die sich entfalten oder lauert etwas Unheilvolles in den alten Stollen ...?

EINE NACHRICHT DER AUTORIN

Herzlichen Dank, dass Sie Mord im Spukhaus gelesen haben! Die Inspiration zu dieser Buchserie fand ich durch meinen Umzug nach Arizona. Ich genieße es sehr, die alten Bergbaustädte in der Gegend zu erkunden und fand Freude an der Idee, über eine Wildweststadt voller Touristen und übernatürlicher Wesen zu schreiben.

Ich freue mich außerdem sehr, dass meine Bücher nun zum ersten Mal auf Deutsch erhältlich sind. Bevor ich in Arizona lebte, wohnten mein Mann und ich in Deutschland. Wir haben es geliebt und sind noch immer so oft wie möglich zu Besuch.

Bevor Sie sich verabschieden, würden Sie bitte noch eine Rezension hinterlassen? Indie-Autoren wie mir bedeutet das außerordentlich viel. Ich danke Ihnen für Ihre Unterstützung!

Auf ewig die Ihre
Beth

PS.: Jetzt auf BethDolgner.com meinen Newsletter abonnieren und nie mehr Informationen rund um meine

neuesten Bücher, tolle Geschenkaktionen und vieles
mehr verpassen!

DANKSAGUNG

Das Schreiben und Übersetzen eines Buches ist eine wahre Teamleistung. Zunächst möchte ich mich bei meiner Freundin und Übersetzerin Melanie Schrandt bedanken. Es war schon immer mein Traum, meine Bücher ins Deutsche zu übersetzen und mit ihr hat sich der ganze Prozess einfach und angenehm gestaltet. Danke an Senta, Christine und Ingrid für das Feedback, das dabei geholfen hat, dieses Buch zur besten Version seiner selbst werden zu lassen. Danke an Jena von Book-Mojo für die Illustrationen und die Unterstützung bei meiner Organisation.

Über die Autorin

Beth Dolgner schreibt paranormale Romane und Sachbücher. Ihr Interesse an Dingen, die in der Nacht
geschehen, wurde auf einer Reise nach Savannah, Georgia, geweckt. Daher ist es nur zu passend, dass ihre erste
Buchserie – Betty Boo, Ghost Hunter – in ebendieser
gruseligen Stadt spielt. Beth veröffentlicht auch Sachbücher über paranormale Phänomene, darunter ihr er-
stes Buch, Georgia Spirits and Specters, sowie eine
Sammlung von Geistergeschichten aus Georgia.

Beth und ihr Mann Ed leben in Tucson, Arizona. Die
Nähe zu Tombstone ermöglicht es Beth, die Wildweststraße zu besuchen und inszenierte Schießereien zu erleben – alles im Namen der Recherche für die Buchserie
Nightmare, Arizona.

Beth hält außerdem passionierte Vorträge über vik-
torianische Toten- und Trauerbräuche sowie über den
viktorianischen Spiritualismus. Sie arbeitete als ehren-
amtliche Helferin auf einem historischen Friedhof,
führte Geistertouren und war Ermittlerin für Paranor-
males.

Jetzt für den Newsletter auf BethDolgner.com anmelden und über Beth auf dem Laufenden bleiben!

BÜCHER VON BETH DOLGNER

Serie: Nightmare, Arizona
Paranormaler Cosy-Krimi
Homicide at the Haunted House
Drowning at the Diner
Slaying at the Saloon
Murder at the Motel
Poisoning at the Party
Clawing at the Corral
Axing at the Antique Store
Fatality at the Festival
Terminated at the Trailhead
Body at the Bakery

Serie: Nightmare, Arizona (erhältlich auf Deutsch)
Paranormaler Cosy-Krimi
Mord im Spukhaus
Ertrunken im Diner
Erstochen im Saloon

Serie: Eternal Rest Bed and Breakfast
Paranormaler Cosy-Krimi

Sweet Dreams
Late Checkout
Picture Perfect
Destination Wedding (Novella)
Scenic Views
Breakfast Included
Groups Welcome
Quiet Nights

Serie: Betty Boo, Ghost Hunter
Urban Fantasy
Ghost of a Threat
Ghost of a Whisper
Ghost of a Memory
Ghost of a Hope
Manifest
Steampunk (Junge Erwachsene)
A Talent for Death
Urban Fantasy (Junge Erwachsene)

Sachbücher
Georgia Spirits and Specters
Everyday Voodoo

www.ingramcontent.com/pod-product-compliance
Lightning Source LLC
Chambersburg PA
CBHW030125180626
46812CB00002B/563